AF398340

Claudia Romes wurde 1984 als Kind eines belgischen Malers in Bonn geboren. Sie war schon immer eine begeisterte Leserin und liebte es, in fremde Welten einzutauchen. Mit neun Jahren begann sie, ihre eigenen Geschichten zu erzählen und fasste den Entschluss, eines Tages Schriftstellerin zu werden. Heute lebt die Autorin mit ihrem Mann und ihren zwei Kindern in der Vulkaneifel.

CLAUDIA ROMES

Das Erbe *der* Teeblüten

KENSINGTON CROWN-SAGA

Ein historischer
Liebesroman in England

Erstausgabe Dezember 2024

Copyright © 2024 dp Verlag, ein Imprint der
dp DIGITAL PUBLISHERS GmbH
Made in Stuttgart with ♥
Alle Rechte vorbehalten

Das Erbe der Teeblüten

ISBN 978-3-98998-405-9
E-Book-ISBN 978-3-98998-069-3

Covergestaltung: Jasmin Kreilmann
Unter Verwendung von Abbildungen von
© depositphotos.com: © Milanares, © Kruchenkova, © Bluefish_ds,
© dutourdumonde, © P.Kanchana
shutterstock.com: © ciavelio, © Ironika, © faestock,
© ESB Professional
Lektorat: Katrin Gönnewig
Satz: dp DIGITAL PUBLISHERS GmbH
Druck und Bindung: Books on Demand GmbH, Norderstedt

Das Werk darf – auch teilweise – nur mit
Genehmigung des Verlages wiedergegeben werden.

Sämtliche Personen und Ereignisse dieses Werks sind frei erfunden. Etwaige Ähnlichkeiten mit real existierenden Personen, ob lebend oder tot, wären rein zufällig.

Kapitel 1

Kensington, Anfang 1883

Als eine der ersten Amtshandlungen nach ihrer Krönung ließ sich Königin Victoria eine Tasse Tee bringen. Sie wisse jetzt, dass sie tatsächlich regiere, sollen ihre Worte dabei gewesen sein.

Auch wenn sie an diesem schicksalhaften Tag das Teetrinken zum Kulturgut erklärte, wurde die Tradition in den britischen Teehäusern gelebt und perfektioniert. Maßstab dafür war die royale Etikette:

Beim Trinken soll die Tasse mitsamt Untertasse aufgenommen und nur ein kleines Stück zum Mund angehoben werden. Es gilt als unrühmlich, den kleinen Finger abzuspreizen.

Bei der Zugabe von Milch (bevor oder nachdem der Tee in die Tasse eingeschenkt wurde) zeigt sich die Gesellschaft durchaus aufgeschlossen. Beides ist erlaubt. Wenngleich auch die Milch vor dem Tee das feine Porzellan zu schützen vermag, aus dem verbindlich serviert und getrunken wird.

Maryanne Landerton hatte jene Regeln verinnerlicht. Mehr als drei Jahre waren vergangen, seit sie sich des Kensington Crown angenommen hatte. Der Tod ihres Vaters war damals ausschlaggebend gewesen. Auf dem Sterbebett hatte sie ihm das Versprechen gegeben, sich um das familieneigene Teehaus zu kümmern. Ein Vorhaben, das sie nicht nur in eine ungewisse Zukunft führen sollte, sondern für eine junge Frau auch vollkommen inakzeptabel war. Die Londoner hatten Schwierigkeiten damit gehabt, eine Frau in einer Männerdomäne zu akzeptieren. Dennoch war es Maryanne nach einigen Herausforderungen gelungen, sich zu etablieren. Zwar gab es immer noch Menschen, die sie aufgrund ihres Lebensstils ablehnten – immerhin weigerte sie sich strikt zu heiraten und löste sich damit aus den Erwartungen, die die Gesellschaft an eine Frau ihrer Zeit hatte –, doch es gab auch solche, die sie für ihren Mut bewunderten. Für Lady Drummond jedenfalls, die sich regelmäßig mit ihrer Gruppe der fortschrittlichen Damen im Hinterhaus des Kensington Crown traf, war Maryanne eine Inspiration. Ein Freigeist, der allen Frauen mit gutem Beispiel voranging. Bei kräftigem Schwarzen Tee, Kuchen und Sandwiches diskutierten sie über die Rechte der Frauen und hielten Forderungen für das Parlament fest. Maryanne war stolz, diese Gruppe unter ihrem Dach zu wissen, deren Einsatz – da hatte sie keine Zweifel –, allen eines Tages zugutekommen würde. Doch nicht nur die einflussreiche Lady Drummond hatte ihren Teil dazu beigetragen, dass das Kensington Crown wieder in altem Glanz erstrahlte. Es war auch jenen zu verdanken, denen die Traditionen am Herzen lagen. Stammgäste füllten die Stube und sprachen ihre Empfehlungen unter Freunden und Bekannten aus. So war das Teehaus, das Maryannes Vater so wichtig gewesen war, zu einem der beliebtesten Treffpunkte Londons geworden. Ein Ort, an dem die feine Gesellschaft mit Freuden verkehrte, wo Familien

und Freunde in der gemütlichen Gaststube zusammenkamen. An dem aber auch neben all der Behaglichkeit,
Toleranz und Fortschritt ihren Platz hatten. Und Maryanne galt als dessen gute Seele. Nicht zuletzt hatte sie
deshalb die leise Hoffnung darauf, eines Tages auch
dessen Eigentümerin zu sein. Als Erbe und Familienoberhaupt verwaltete ihr Bruder Anthony das gesamte
Vermögen und den Besitz der Landertons von seinem
Wohnsitz in York aus. Obgleich Maryanne dieser Umstand, allein schon durch Anthonys ständige Abwesenheit, nicht immer bewusst war, war da doch dieses
dumpfe Gefühl, das sich hin und wieder bemerkbar
machte, und sie daran erinnerte, dass sie in einer fortwährend Abhängigkeit zu ihm lebte. Dass der schöne
Schein des Kensington Crown, für den sie verantwortlich war, ihm zustand, und sie, trotz all ihrer Bemühungen, keinerlei Anspruch darauf hatte. Ironischerweise
hatte Anthony keinen Bezug zum Teehaus. Sein Interesse galt einzig seiner Druckerei. Obwohl er zum gegenwärtigen Zeitpunkt nicht vorzuhaben schien, das
Kensington Crown zu veräußern, umgab Maryanne
dennoch die ständige Angst davor, er könnte seine Meinung ändern. Wann immer diese Angst in ihr an-
schwoll, klammerte sie sich an das Vertrauen in Lady
Drummond. Daran, dass deren Forderung nach einer
Änderung des Erb- und Besitzrechts für Frauen beim
Parlament Gehör fand. Vielleicht, so dachte Maryanne
dann, würde sie eines Tages mit einem Schmunzeln auf
die Tage ihrer Abhängigkeit zurückblicken, so wie sie
inzwischen auf die Zeit zurückschaute, in der von ihr
einzig erwartet wurde, eine gute Partie zu machen –

den Weg der ehrbaren Frau zu gehen und sich einem Dasein als Ehefrau und Mutter zu verschreiben.

Mit den Jahren war jene Bevormundung leiser geworden, aber nie ganz verstummt. Immerhin hatten die meisten Menschen um sie herum begriffen, dass sie andere Ziele im Leben verfolgte. Dass sie sich dem Teehaus widmen wollte und ihrer Freiheit – als Mensch und weniger als Frau. Das Geschlecht, so sagte sie inzwischen jedem, der mit ihrer Lebensweisheit noch nicht vertraut war, sei unbedeutend, wenn es darum gehe, sich zu verwirklichen. Mittlerweile hatten sich ihre Mutter und sogar ihre strenge Tante Ursula damit abgefunden, dass es Maryanne nicht auf eine Heirat ankam. Letztere besuchte sie nun sogar mit einer gewissen Regelmäßigkeit im Kensington Crown, ließ sich von ihr über die neu eingetroffenen Teesorten unterrichten und wich so manches Mal sogar von ihrem altbewährten Kräutertee ab, um eine der exotischen Sorten zu kosten, die aus den Kolonien eintrafen. Oolong, Darjeeling, Ceylon … Und manchmal glaubte Maryanne, so etwas wie Bewunderung in den grauen Augen ihrer Tante aufblitzen zu sehen, und Stolz löste ihre Unsicherheit ab. Denn Ursula, die immerzu betont hatte, dass eine Dame nicht arbeite, dass nur eine Anstellung als Gesellschafterin oder Gouvernante für eine junge Frau akzeptabel sei, schien von ihr bekehrt worden zu sein.

***

»Henry hat geschrieben.« Bertha betrat die Küche, in der Maryanne gerade Teeblätter in die Kannen füllte.

Erschrocken schaute sie zu ihr auf, ließ den Messlöffel sinken und hielt den Atem an. Selten hatte sie ihre Mutter aufgewühlter gesehen.

»Geht es ... Geht es Trudi gut?«

Ihre Mutter sank in einen Stuhl, fasste sich keuchend an die Brust, dann nickte sie strahlend. »Deine Schwester hat alles ohne Schwierigkeiten überstanden.«

»Und ... das Kind?«

»Ein strammer, kleiner Junge.« Freudig wedelte Bertha mit dem Brief in der Hand. »Beide sind wohlauf.«

Maryanne prustete erleichtert, ging auf sie zu und las sich die Nachricht ihres Schwagers durch.

»Wie wundervoll!«, sagte sie gerührt. »Ich freue mich so sehr für sie.«

Seit sie erfahren hatte, dass Gertrud ein Kind erwartete, hatte sie um deren Wohlergehen gebangt. Immer wieder hatte sie aus Londoner Kreisen gehört, wie gefährlich eine Geburt für die Mutter sein konnte. Zu erfahren, dass Gertrud alles unbeschadet überstanden hatte, ließ sie aufatmen.

»Wir sollten sie schnellstmöglich besuchen. Denkst du nicht auch?« Bertha sah sie mit großen Augen an.

»Gewiss ... doch. Ja ...« Maryanne druckste herum, abwägend ließ sie ihren Blick umherschweifen. Das Geschirr stapelte sich in der Spüle. Die Auftragsbücher waren zum Bersten voll. Noch dazu stand die monatliche Abrechnung an, auf die ihr Bruder penibel bestand. Bisher war ihr dafür einfach keine Zeit geblieben.

»Du solltest fahren, Mama. Unbedingt. Ich fürchte, ich bin momentan nicht abkömmlich. Es ist einfach zu viel zu tun. Und die Arbeit ... die ...«

»Aber, Maryanne, du wirst dir doch gewiss ein paar Tage frei nehmen können. Sophie und Charlotte schaffen das. Mit Bettys Unterstützung werden sie die Teestube gewiss allein unterhalten können. Und dann ist da noch das neue Mädchen ...«

»Prudence«, sagte Maryanne, weil ihrer Mutter deren Namen einfach nie einfallen wollte.

»Sehr richtig.« Bertha nickte hastig. »Prudence. Sie ist doch schon recht gut eingearbeitet. Oder etwa nicht?«

Maryanne presste die Lippen aufeinander, während sie nachdachte. Prudence war noch keine Woche bei ihnen und die Auftragsbücher waren so gut gefüllt, dass Maryanne bereits Überstunden für sich eingeplant hatte. In den kommenden zwei Wochen hatten sie mehrere Feiern und wichtige Veranstaltungen, über die sie wachen musste.

»Es geht leider nicht, Mama«, sagte sie schließlich. »Die Verantwortung ist zu groß. Vielleicht im Herbst.«

Bertha winkte schnaufend ab. »Im Herbst. Das ist hoffentlich nicht dein Ernst, Maryanne. Deine Schwester hat gerade ein Kind zur Welt gebracht und du willst dich hier verkriechen.«

»Mir sind die Hände gebunden. Ich werde nun einmal hier gebraucht.«

»Du musst auch mal Verantwortung abgeben, Liebes. Das täte dir gut.«

»Schon möglich. Momentan aber bin ich im Kensington Crown einfach unentbehrlich.«

Bertha schüttelte grummelnd den Kopf. »Was ich weiß, ist, dass es dir so scheint, Maryanne. Da bist du eben genau wie dein Vater.«

Maryanne schluckte ein bitteres Seufzen hinunter. Mitunter schien ihre Mutter nämlich zu vergessen, wie sehr sie sich für den Erhalt des Kensington Crown aufgeopfert hatte, und das schmerzte sie. Es war ihrem unermüdlichen Einsatz zu verdanken, dass sie alle inzwischen gut von der Teestube leben konnten – trotz der hohen Pacht, die sie jeden Monat an Anthony und seine Familie entrichten mussten.

»Nun denn, wie du meinst, Liebes.« Bertha stimmte ihren Ton milder, als hätte sie Maryannes Gedankengänge verfolgt. »Nichtsdestotrotz, Trudi wird traurig sein, wenn du mich nicht begleitest. Sie hätte sich so sehr gefreut, dich wiederzusehen.«

»Trudi wird es verstehen.«

»Mag sein, das ändert jedoch nichts an der Tatsache, dass sie enttäuscht sein wird. Aber, was rede ich ... Was das angeht, bist du genauso unbelehrbar, wie dein Vater es war.« Bertha tätschelte ihr den Arm, schnalzte mit der Zunge, nahm ein Teegedeck aus dem Regal und trug es in die Gaststube. Gedankenverloren schaute Maryanne ihr nach. Sie musste zugeben, dass ihre Mutter nicht ganz Unrecht hatte. Maryanne konnte sich schon gar nicht mehr an den Moment erinnern, an dem sie begonnen hatte, das Kensington Crown allem voranzustellen. Es war einfach passiert. Und es tat ihr leid, dass sie deswegen Treffen mit Familie und Freunden aufschob, sie versäumte. Doch sie hatte auch dafür Sorge zu tragen, dass ihre Gäste zufrieden waren und die von ihnen gewohnte Qualität erhielten – damit sie wiederkamen, sie weiterempfahlen. Nur so würde ihre Familie auch in Zukunft finanziell abgesichert sein. Zwar liefen die Geschäfte äußerst zufriedenstellend, aber die Vergangenheit hatte Maryanne gezeigt, wie schnell sich das wieder ändern konnte. Die Sorge blieb, dass die Zeiten wieder schlechter werden würden. Zu viel hatte Maryanne in den vergangenen Jahren in das Teehaus investiert. Und sie wollte auf keinen Fall aufs Spiel setzen, was sie sich so hart erarbeitet hatten. Obgleich sie sich nach ihrer Schwester sehnte, die ihr stets einer der wichtigsten Menschen in ihrem Leben gewesen war, musste ihr Wiedersehen warten. Gertrud hatte mittlerweile in York ihre eigene Familie gegründet und selbstverständlich wollte sie an ihrem Glück teilhaben. Auch konnte Maryanne nicht bestreiten, dass ihr der Sinn nach einer Auszeit stand. Oft arbeitete sie rund um die Uhr. An manchen Tagen war sie so viele Stunden auf den Beinen, dass sie am Abend kaum noch Gefühl darin hatte. Meist bemerkte sie es jedoch erst in der Nacht, dann, wenn die Erschöpfung sie förmlich überrollte. Da war dieser stechende Schmerz im Rücken, der in ihre Oberschenkel strahlte und sie anhielt, sich herumzuwälzen, auf der Suche nach einer Liegeposition, die ihr Linderung verschaffte. Letztlich wurde sie jedoch immer schneller von der Müdigkeit überwältigt und ehe sie es sich versah, brach schon wieder ein neuer Tag an. Mit ihm wiederholten sich die Verpflichtungen, die das Teehaus mit sich brachte. Maryanne lebte eine ewige Schleife. Zuweilen hatte sie Glück, wenn ein tiefer, traumloser Schlaf die Frage danach auslöschte, was das Leben neben dem Kensington Crown für sie bereithielt.

Maryanne schätzte das gesellige Treiben in der Teestube. Sie mochte den Kontakt zu den Gästen und war stets daran interessiert, die Karte zu erweitern, neue

Teesorten hinzuzufügen und den Londonern in gemütlicher Atmosphäre feinstes Gebäck zu servieren. Viele der Gäste, die, seit sie das Teehaus übernommen hatte, zu ihnen gefunden hatten, waren inzwischen zu Freunden geworden. Stammgäste, die das persönliche Gespräch schätzten und sich hie und da sogar Maryannes Rat erboten.

Seit einiger Zeit besuchte eine junge Frau das Kensington Crown, die anders zu sein schien. Maryannes Nichte Betty war sie zuerst aufgefallen. Sie hatte bemerkt, dass sie ohne Begleitung am Tisch unter dem Fenster in der Ecke saß, in einen Roman vertieft war und dabei genussvoll ihren Earl Grey trank. Immerzu allein? Es war dieses Gebaren, das der fantasievollen Betty Anlass genug gab, um in der jungen Frau ein Geheimnis von empirischem Ausmaß zu wittern. Hinzu kam ihre Verlässlichkeit: Jeden Donnerstag war sie um Punkt sechzehn Uhr in der Teestube. Sie hielt ihre Kleidung schlicht, was jedoch, wollte man der fünfzehnjährigen Betty glauben, eine Strategie sein konnte. Vielleicht, um nicht aufzufallen, so hatte Betty in einem mitternächtlichen Gespräch mit ihrer Tante verlauten lassen.

»Warum auch sonst?«, hatte Maryanne daraufhin entgegnet, sich die Bettdecke bis unters Kinn gezogen und war schmunzelnd eingeschlafen. Bettys Ideen waren stets Ausdruck ihrer außergewöhnlichen Vorstellungskraft. Auch deshalb konnte Maryanne es weder Charlotte noch Sophie und auch nicht der leicht zu beeindruckenden Prudence verübeln, die nur unwesentlich älter war als Betty, dass sie deren Verdacht teilten.

Immerhin konnte Betty sehr überzeugend sein. Maryanne schätzte sie für ihre lebhafte Fantasie, mit der sie die Familie immer wieder zu unterhalten wusste. Selbstverfasste Geschichten gehörten, neben dem Lesen von Romanen, zu ihrer Leidenschaft.

Auch wenn Maryanne in der jungen Frau am Tisch in der Ecke, unter dem Fenster, kein großes Geheimnis vermutete, musste sie zugeben, dass die vornehme und dabei selbstbewusste Art und Weise, wie sie ihren Nachmittagstee einnahm, das Kensington Crown bereicherte. Denn sie schien das Alleinsein nicht zu scheuen, sondern vielmehr zu genießen. Und so war es nicht verwunderlich, dass auch sie inzwischen jeden Donnerstag darauf hoffte, sie im Kensington Crown anzutreffen.

»Da ist sie wieder.« Charlotte spähte mit der Schüssel voll Scones-Teig unter dem Arm von der Küche aus in die Teestube.

»Bestimmt ist sie von zu Hause fortgelaufen. Wahrscheinlich der Liebe wegen.« Mit Betty, die neben Charlotte gekommen war, ging einmal mehr die Fantasie durch.

Sophie drängte sich zwischen die beiden.

»Eine Gefallene der Gesellschaft?«, flüsterte sie übertrieben echauffiert.

Betty nickte, als hätte sie den Fall der rätselhaften Dame gelöst. Charlotte umklammerte die Teigschüssel fester und schaute erwartungsvoll zu ihr.

»Nun ja, offenbar scheut sie die Gesellschaft anderer. Vermutlich ist sie enttäuscht von der Welt, von den Menschen, die ihr kein Verständnis entgegenbringen.«

Sophie pflichtete ihr nickend bei. »Sie spricht immer nur das Allernötigste. Lediglich ihre Bestellung. Earl Grey mit zwei Stück Zucker.«

Maryanne, die von einem der Tische in der Nähe aus alles mitangehört hatte, brachte das Geschirr in die Küche und drängte sich unwirsch an ihnen vorbei. Betty folgte ihr auf dem Fuß. »Was denkst du, Tante Maryanne?«

Maryanne wandte sich um und stellte fest, dass nicht nur Betty ihre Einschätzung ungeduldig abwartete, sondern auch Charlotte und Sophie. Perplex blinzelte sie mehrmals hintereinander. »Vielleicht möchte sie allein sein? Also für mich sieht es danach aus, als wäre es ihre freie Entscheidung gewesen.«

Charlotte runzelte die Stirn. »Wer trinkt denn schon gerne immer nur allein seinen Tee?«

Betty ließ ein theatralisches Seufzen hören. »Das sehe ich auch so. Sie wirkt traurig auf mich.«

Maryanne schüttelte fast unmerklich den Kopf, während sie gleich zwei Tabletts auf einmal mit Teeservice bestückte. »Ihr dürft das Alleinsein nicht mit Einsamkeit gleichsetzen. Es ist sehr gut möglich, dass sie bei uns einfach nur zur Ruhe kommen möchte. Wer weiß, womöglich kommt sie gerade deswegen her, weil sie hier niemand behelligt. Bei Gott, ich wünschte mir manchmal auch so einen Ort für mich.« Rasch biss sie sich auf die Unterlippe, als ihr klar wurde, wie harsch ihre Worte gewesen waren. In den Mienen ihrer Nichte und der Bediensteten hatten sie jedenfalls Staunen und gleichermaßen Ratlosigkeit hinterlassen. Sogleich setzte Maryanne ein beschwichtigendes Lächeln auf und winkte ab. »Die Scones machen sich nicht von allein. Die Gäste warten, Sophie. Betty?«

»Ja?« Sie sah sie mit großen Augen an.

Maryanne lächelte sanftmütig. »Auch du gehst jetzt bitte zurück an die Arbeit.«

Betty ließ die Schultern hängen, befolgte jedoch, wie die anderen, Maryannes Anweisungen.

Als sie wenig später gemeinsam in der Stube bedienten, fiel Maryanne auf, dass sich Betty nur schwer von dem einsamen Gast am Tisch in der Ecke unter dem Fenster lösen konnte. Immer wieder warf sie der Dame verstohlene Blicke zu, sodass Maryanne ihre Nichte sanft am Arm fasste, um sie zur Einsicht zu bringen.

»Vielleicht ist sie eine Prinzessin.« Betty verzog die Lippen zu einem Lächeln, als Maryanne sie sanft zurück durch die Küchentür schob. Sie stützte die Hände in die Hüften und betrachtete sie streng. »Ist das deine neue Theorie? Wirklich, Betty?«

Diese zuckte verhalten die Schultern. »Es wäre sehr romantisch und es hätte etwas Verschwörerisches an sich. Wäre das nicht ungemein aufregend?«

Maryanne stöhnte leise, dann drückte sie Betty eine Etagere mit Scones in die Hand, die Prudence soeben fertig eingedeckt hatte. »Dein Tisch wartet«, sagte sie. Betty trottete zur Tür.

»Und ... Betty?«

Sie wandte sich Maryanne noch einmal zu.

»Du hast recht. Es wäre aufregend!« Maryanne zwinkerte mit einem Auge. Lächelnd kehrte Betty in die Teestube zurück.

Kapitel 2

Am nächsten Morgen brach Bertha nach York auf, um Gertrud zu besuchen. Zunächst hatte Betty sie begleiten wollen, doch Maryanne hatte auch sie auf den Herbst vertrösten müssen. Zu viel Arbeit wartete in der Teestube und sie benötigte ihre Unterstützung, um die kommenden Veranstaltungen im Hinterhaus zu stemmen. Ein wenig wehmütig blieben sie zurück, doch Maryanne wusste ihre Nichte aufzuheitern. Beim Abendessen einigten sie sich auf deren Theorie über die rebellische Prinzessin, die im Kensington Crown Zuflucht suchte. Und der Ehrgeiz, ihren Verdacht bestätigt zu wissen, entschädigte Betty letztlich für York. Bettys Behauptungen fanden jedoch in den darauffolgenden Tagen so großen Anklang unter Sophie und Prudence, dass diese sie an Bedienstete anderer Häuser weitergaben. Binnen kürzester Zeit war somit ein neues Gerücht geboren, über das in London getuschelt wurde und das sich jedes Mal, wenn es jemand Neuem zugetragen wurde, ein wenig veränderte. Am Hafen, wo Maryanne einmal im Monat persönlich die Teelieferungen entgegennahm, kamen ihr gleich mehrere Versionen zu Ohren. Mal ging es um die Enkelin der Königin, die einer aufgezwungenen Heirat entflohen war, dann war es eine ausländische Prinzessin, die nach einer unerwiderten Liebe in London Zerstreuung suchte. Maryanne war erleichtert darüber, den Klatsch derart auseinandergezogen zu erleben, dass ihn niemand mehr mit dem Kensington Crown in Verbindung brachte. Damit dies so blieb, hatte sie Betty und ihre Bediensteten angewiesen, bis auf Weiteres nicht mehr über die Dame am Tisch in der Ecke unter dem Fenster zu sprechen.

Die Zeit verwässerte den Klatsch weiter, bis er irgendwann beinahe restlos fortgespült war wie der Regen mit dem Themsestrom.

Der Sommer lockte noch mehr Gäste als gewöhnlich an die Themse und sorgte im Kensington Crown für eine volle Gaststube. Für den Nachmittagstee war es mittlerweile unumgänglich, sich einen Tisch vormerken zu lassen. Jedes Mal, wenn Maryanne eine ruhigere Woche witterte, kamen neue Reservierungen für das Hinterhaus hinzu, die nunmehr bereits bis in den Herbst hineinreichten. Zwar war sie froh darüber, denn sie gaben dem Teehaus Sicherheit, gleichzeitig aber sehnte sie zunehmend eine Pause vom Trubel und den Anstrengungen herbei, die es ihr ermöglichen würde, ihre Schwester zu besuchen. Zum gegenwärtigen Zeitpunkt jedoch rückte eine Reise nach York, mit dem zunehmend vollen Auftragsbuch, immer weiter in die Ferne.

Berthas Briefe brachten die ersehnte Ablenkung. Sie schrieb, dass sich der kleine Junge prächtig mache und dass er bereits gelächelt habe und dabei aussehe wie seine liebe Mama. Maryanne freute sich darauf, ihren Neffen kennenzulernen und vor allem ihre geliebte Schwester nach so vielen Monaten der Trennung wieder in ihre Arme schließen zu können. Doch die Tatsache, dass sie zu Hause geblieben war, hatte auch etwas

Gutes. Denn sie brachte ihr die Möglichkeit ein, ihren langjährigen Freund Robert Webber persönlich im Kensington Crown begrüßen zu können. In einem Brief hatte er sich angekündigt. Er habe eine Stelle als Anwalt in einer Londoner Kanzlei angenommen und beschlossen, seinen Lebensmittelpunkt deshalb zu ihnen zu verlagern. Seine Entscheidung ließ Maryannes Herz mit einer Leichtigkeit schlagen, die sie lange entbehrt hatte. Ihren ältesten Kindheitsfreund in der Nähe zu wissen, war etwas, worauf sie schon nicht mehr zu hoffen gewagt hatte. Es erfüllte sie mit Stolz, dass er seinen Weg festen Schrittes gegangen war und nun Teilhaber in einer Kanzlei werden würde. Er jedenfalls war seinem Traum vom Lord Oberrichter so nah wie noch nie. Sie konnte es kaum erwarten, ihn zu sehen und gänzlich, als gute Freundin, für ihn da zu sein.

***

Die Dämmerung senkte sich langsam über London und Maryanne fieberte dem Ende eines weiteren erschöpfenden Tages entgegen. Ihre Beine fühlten sich vom ständigen Hin- und Herlaufen schwer an, ihre Füße brannten von den vielen Wegen quer durch die Stube und die Küche. Wieder einmal hatte sie kaum gesessen. Stöhnend presste sie eine Hand gegen ihre Lendenwirbel, während sie mit der anderen über die Tische in der Gaststube wischte. Gedanklich ging sie den Brief ihrer Mutter durch, der sie am Morgen erreicht hatte. Bertha hatte geschrieben, dass sich der kleine Alfred prächtig entwickle und sogar schon ein Zähnchen bekomme, was, laut ihrer Erfahrung, ungemein früh sei. Schon bald, so teilte sie Maryanne mit, sei er gewiss in der Lage, seine Großmutter zu erkennen. Und diesen wesentlichen Moment seiner Entwicklung wolle sie auf keinen Fall verpassen. Ihrem Brief entnahm Maryanne, dass ihre Mutter ihren Aufenthalt ausdehnen wollte. Und sie würde es nicht über sich bringen, ihr diesen Wunsch abzuschlagen. Maryanne hatte beschlossen, ihr nichts darüber zu schreiben, dass ihr die Arbeit in Kensington über den Kopf wuchs. Zu sehr freute es sie, zu erfahren, dass ihre Mutter in Gegenwart des neuen Familienmitgliedes regelrecht aufblühte. Die Schicksalsschläge der Vergangenheit, der frühe Tod ihrer anderen Kinder und die Witwenschaft hatten sie gezeichnet. Oft fragte sich Maryanne, wie sie überhaupt die Kraft hatte aufbringen können, weiterzuleben. Doch es waren genau jene Lichtblicke, die ihrer Mutter Kraft verliehen, aus denen diese Hoffnung für die Zukunft schöpfte. Bertha teilte ihre neu gewonnenen Kräfte nach Bedarf ein, und nun war eben Gertrud an der Reihe. Maryanne gönnte ihrer Schwester die intensive Zeit mit der Mutter. Bis zu deren Rückkehr galt es für Maryanne, allein durchzuhalten. Und schließlich hatte sie ja noch Betty, Charlotte und Sophie. Prudence gewöhnte sich zunehmend ein und mit ihrer Unterweisung würde sie schon bald ihre eigenen Bestellungen aufnehmen können. Problematisch war einzig die Tatsache, dass sie weder lesen noch schreiben konnte. Was das anging, so schufen Maryanne und Betty nach Ladenschluss Abhilfe, indem sie das Mädchen darin unterwiesen. Maryanne war sicher, dass die Zeiten auch wieder leichter werden würden. Trotzdem ließ sie das Gefühl, für alles verantwortlich zu sein, mitunter innerlich brodeln wie eine Kartoffel im zu heißen Ofen. Dann erwischte sie sich dabei, wie sie im Umgang mit den Bediensteten versehentlich ungeduldig, zuweilen sogar ruppig klang. Neben dem laufenden Betrieb blieb ihr kaum Zeit für einen wesentlichen Teil ihres Geschäfts: die Buchführung. Anthony drängte darauf, regelmäßig von ihr über die Einkäufe und Absätze informiert zu werden. Obwohl das Teehaus seit zwei Jahren Gewinne erzielte, die es ihnen ermöglicht hatten, den Kredit bei der Bank zurückzuzahlen, für den sich Gertruds Ehemann Henry für sie verbürgt hatte, blieb Anthony immer noch skeptisch, was die Zukunft des Kensington Crown anging. Offenbar sah er in Maryannes Geschäftsführung nach wie vor lediglich eine Übergangssituation. Erst an Weihnachten hatte er sie darüber ausgefragt, ob ihr denn endlich jemand den Hof mache. Als Maryanne dies verneint hatte, hatte sie geglaubt, seine Enttäuschung in Form eines gedehnten Seufzers herausgehört zu haben. Doch sie hatte nicht weiter nachgehakt und es einfach dabei belassen.

***

Draußen vor den Fenstern war es dunkel geworden. Die Straßenlaternen warfen ihr gelbes Licht auf das Pflaster. Müde rieb sich Maryanne die Augen. Neben ihr flackerte eine Kerze in ihrer Halterung. Im Haus war es still geworden. Betty hatte sich zur Nachtruhe begeben. Maryanne hatte ihr zugesichert, alsbald nachzukommen und diesmal nicht über den Büchern einzuschlafen. Ein kurzer Blick auf die Standuhr im Flur verriet ihr jedoch, dass sie ihr Versprechen wieder einmal nicht würde einhalten können. Die Einnahmenliste, auf die ihr Bruder wartete, musste fertiggestellt werden, damit Maryanne sie noch in dieser Woche in die Post geben konnte. Daneben galt es, die Aufträge und Reservierungen zu überprüfen, um frühzeitig bei den Händlern anzufordern, was benötigt wurde. Maryannes Augen brannten, ihre Schläfen pochten. Es gelang ihr kaum noch, sich zu konzentrieren. Prustend sank sie zurück in die Stuhllehne und ihr Blick glitt zur Kerze, die fast abgebrannt war. Heißes Wachs tropfte vom Ständer und ergoss sich auf den Tisch. Eilig kramte Maryanne eine neue Kerze aus der Schublade, entzündete den Docht an der flackernden Flamme und wechselte die Kerzen aus. Den Stumpf legte sie in die oberste Schreibtischschublade, in der sie auch die Briefe ihrer Mutter und ihrer Schwester aufbewahrte. Ihre Gedanken schweiften ab. Noch bis vor drei Jahren hatte sie das Kensington Crown zusammen mit Gertrud geführt, bevor diese sich entschieden hatte, sich zu verändern. Gertrud, der aufgrund ihrer Schüchternheit kaum jemand zugetraut hatte, sich von zu Hause loszueisen, geschweige denn einen Ehemann zu finden, ging nun im eigenen Familienglück auf. Obwohl Maryanne nie am Mut ihrer Schwester gezweifelt hatte und auch nicht daran, dass sie ihr Glück finden konnte, erwischte sie sich bisweilen dabei, wie sie der Zeit nachtrauerte, in der sie gemeinsam im Kensington Crown gearbeitet hatten. Und obgleich sie sich bewusst für das Teehaus entschieden hatte, folgte darauf die Frage danach, ob das Leben auch für sie noch etwas anderes vorgesehen hatte. Unwillkürlich seufzte sie gedehnt. Zischend umfasste sie ihren schmerzenden Nacken. Dabei glitt ihr Blick über die Postkarten, die ihr begeisterte Gäste geschrieben hatten und die nun die Wand über ihrem Schreibtisch schmückten. Sie riefen ihr ins Gedächtnis, was sie geschafft hatte. Ihre Unabhängigkeit war bedeutsam. Sie war so viel mehr als das, was die meisten Frauen ihrer Zeit je erreichen würden. Warum war da diese Leere? Sie keimte in ihr seit geraumer Zeit und schien sich auszudehnen. Doch was am schlimmsten war: Sie drängte ihr einen Vergleich auf. Scheuchte sie in die Vorstellung davon, was sie hätte haben können, hätte sie sich in einer kalten Herbstnacht anders entschieden. Edward. Sein Name hallte in ihren Gedanken wider. Was er wohl gerade tat? Ihr war, als läge der Moment, an dem sie ihm widerstrebend mitgeteilt hatte, dass sie, aufgrund ihrer beider Verpflichtungen, nicht zusammen sein konnten, eine Ewigkeit zurück. Seither hatte sie weder etwas von ihm gehört noch gelesen, geschweige denn ihn gesehen. Im Nachhinein hatte sie das Gefühl, zu hart mit sich und ihm umgesprungen zu sein. Edward hatte sich ihre Worte mehr zu Herzen genommen, als ihr lieb gewesen war. Still und ohne Aufsehen zu erregen, hatte er London den Rücken zugekehrt. Er war aus ihrem Leben verschwunden, nicht aber aus ihrem Herzen. Insgeheim hatte Maryanne sich die Erinnerung an ihn bewahrt. Die Liebe zu ihrem Edward, Lord Grey, hatte sie tief in sich eingeschlossen – sicher und für niemanden zugänglich.

Leise aufseufzend strich sich Maryanne über die Stirn. Zweifellos waren die Gedanken an die Vergangenheit ihrer Erschöpfung geschuldet und der Einsamkeit, die sie hin und wieder überfiel. Mittlerweile, da war sie sich sicher, gab es in Edwards Leben keinen Platz mehr für sie. Sie schluckte schwerfällig, rieb sich erneut die Augen, um der Müdigkeit zu trotzen, dann wandte sie sich wieder den Büchern zu. Fein säuberlich schrieb sie die Listen für ihren Bruder ab und verstaute sie in einem Kuvert. Anschließend widmete sie sich dem Auftragsbuch und notierte die Bestellungen für die Händler:

- eine Kiste Ceylon-Tee für die fortschrittlichen Frauen zusätzlich
- eine Kiste Oolong-Tee
- fünf Säcke Mehl
- zwei Pfund Butter
- Zucker ...
... für die Prinzessin am Tisch in der Ecke ... unter dem Fenster.

Ihre Lider wurden schwer. Maryanne sank mit der Wange zuerst aufs Blatt, das sich ihr plötzlich überraschend behaglich und überaus einladend darbot.

Kapitel 3

Das weiße Licht der Morgensonne flutete die Küche und fiel durch die geöffnete Tür ins Arbeitszimmer. Maryanne streckte sich, drehte den Kopf erst nach links, dann nach rechts. Vergrämt nahm sie das Ziehen im Hals wahr, das von der unbequemen Lage auf dem Schreibtisch herrührte, und knetete sich den Nacken.

Das wiederholte Klopfen an der Haustür veranlasste sie aufzustehen. Durch das Fenster sah sie die große Gestalt eines Mannes im dunklen Zweireiher und ihr Herz machte einen Sprung. Die Sonne war noch nicht lange aufgegangen, doch sie wunderte sich nicht über Roberts frühen Besuch. Sein Anblick hatte eine derart belebende Wirkung auf sie, dass die unbequeme Nacht sogleich vergessen war. Schnell entriegelte sie das Schloss und ließ ihn herein.

»Rob! Ich hatte dich noch gar nicht erwartet«, sagte sie und strahlte.

»Nun, ich dachte, ich komme, bevor die ersten Gäste eintreffen.« Er griff in seine Manteltasche und hielt Maryanne eine Halskette, bestehend aus honigfarbenen Perlen, hin.

»Ist die etwa für mich?«

Er nickte lächelnd und legte Maryanne die Kette in die Hand. Sprachlos strich sie mit den Fingern über die rund geschliffenen Steine, die sie nun, bei genauer Betrachtung, als solche erkannte.

»Ich danke dir«, sagte sie ergriffen. »Die Halskette ist wunderschön.«

»Die stammt von meiner Reise auf die Isle of Wight.« Er half ihr, sie anzulegen. »Ich habe mir sagen lassen, Bernstein stehe für Lebensfreude und Optimismus. Da musste ich zwangsläufig an dich denken. Also ... Außerdem haben wir etwas zu feiern. Denn vor dir, geschätzte Freundin, steht der neue Teilhaber von Abernathy & Crump.«

»Wie wundervoll!« Maryanne konnte ihre Freude nicht zurückhalten und umarmte Robert herzlich. »Niemand hat es mehr verdient als du! Das ist großartig, Rob!«

»Ich kann es selbst noch gar nicht richtig glauben.« Dankbar umschloss er ihre Hände mit seinen, nachdem sie sich aus der Umarmung gelöst hatten.

»Nun ja, jetzt bist du ein wichtiger Mann. Du wirst dich schon noch daran gewöhnen.« Maryanne lachte und er stimmte mit ein. Sie gingen in die Küche, wo Maryanne kräftigen Schwarzen Tee für sie beide aufbrühte.

»Und?«, fragte sie, während sie ihn anschließend in die Tassen goss. »Weißt du schon, wo du wohnen wirst? Ich meine hier in London?« Mit forschem Blick setzte sie sich hin.

»Also, was das angeht.« Er druckste herum. »Da hatte ich eigentlich vor, bei euch zu bleiben. Für den Anfang und nur solange ich noch keine eigene Wohnung habe oder, so Gott will, ein Haus. Nur wenn es euch genehm ist, natürlich.«

Maryanne lächelte breit. »Und wie es das ist, Rob.« Sie griff nach seiner Hand und drückte sie sanft. »Du kannst hier wohnen, solange du möchtest. Wir haben noch zwei Fremdenzimmer über der Gaststube frei. Du kannst dir also sogar eins aussuchen. Ach, Betty wird begeistert sein, wenn sie das erfährt. Und ... was mich angeht, so muss ich gestehen, durchaus darauf gehofft zu haben, dass du es wenigstens in Erwägung ziehst, vorübergehend bei uns zu bleiben. Nun, da Mama bei Trudi in York ist, ist das Kensington Crown in der Nacht recht gespenstisch. Da kann es nicht schaden, einen starken Mann im Haus zu haben. Wir freuen uns über deine Gesellschaft.«

Er lachte. »Da bin ich erleichtert. Es ist wohl so, dass es gar nicht so einfach ist, in London eine Unterkunft zu finden, die meinen Ansprüchen genügt.«

»Sind die denn so schwer zu erfüllen?«

Wieder lachte er. »Du weißt, wie ich bin. Ich möchte mich wohlfühlen. Solange ich noch kein eigenes Zuhause hier habe, würde ich gerne an dem Ort bleiben, der einem Zuhause für mich am nächsten kommt.«

»Aber dies hier ist doch dein Zuhause«, sagte Maryanne. »Du bist jederzeit willkommen.«

Roberts Blick tastete sich über ihr Gesicht. Gerührt sah er ihr in die Augen. »Ich weiß das sehr zu schätzen, Maryanne.«

Für einen Moment hielt Maryanne seinem Blick stand, dann durchströmte sie eine Hitze, die ihre Wangen glühen ließ, und sie schaute betreten auf ihre Tasse. Eine Weile saßen sie sich still gegenüber und tranken ihren Tee. Bis Maryanne das Schweigen zu unangenehm erschien.

»Hast du ... bestimmte Vorstellungen von deiner Wohnung oder deinem Haus? Ich meine, abgesehen von dem Wunsch, sich wohlfühlen zu können?«

Grübelnd kratzte er sich am Hinterkopf.

»Muss es für dich zwingend in Kensington sein? Oder zieht es dich vielleicht eher nach Mayfair? In dessen illustrer Nachbarschaft du dich nun nicht mehr zu schämen brauchst.«

»Der Verdienst ist ansehnlich, in der Tat.«

»Mayfair dürfte also erschwinglich für dich sein.«

Er nickte prustend. »Ich denke schon. Auch wenn ich darüber noch gar nicht nachgedacht hatte. Nun ... wo auch immer es mich am Ende hin verschlägt ... für den Anfang wird mir eine kleine Bleibe reichen. Als Alleinstehender braucht man nicht viel Platz.«

Maryanne nahm die Gebäckdose aus dem Schrank und stellte sie mittig auf den Tisch.

»Ich bin froh zu hören, dass es nicht eilt.«

Er lächelte. »Genau wie ich. Zunächst würde ich mich nämlich gerne in der Anwaltskanzlei zurechtfinden. Und dann, nach und nach, meine Lebensverhältnisse klären.«

»Das finde ich gut!«, sagte Maryanne. Dann reichte sie ihm Scones, Butter und Marmelade. Sie frühstückten gemeinsam in der Küche und es war, als hätten sie sich gestern erst gesehen. Maryanne berichtete von ihrem Alltag im Teehaus und Gertruds Mutterglück. Robert hingegen erzählte ihr von Oxford und seinem Besuch in Sheffield, wo seine Mutter ein kleines Cottage bewohnte. Davon, wie enttäuscht sie gewesen sei, als er ihr verkündet habe, dass er nicht nach Sheffield, sondern nach Kensington ziehen würde. Er habe ihr daraufhin vorgeschlagen, ihn zu begleiten. Bisher habe sie wohl aber nicht den Eindruck gemacht, dass ein Umzug nach London für sie infrage komme.

Maryanne wunderte es nicht, dass Robert sich für den Ort entschieden hatte, an dem er aufgewachsen war. Oft genug hatte er in der Vergangenheit betont, wie sehr er Kensington vermisse, und die Zeit, die sie gemeinsam als Kinder dort verbracht hatten. Neben der Familie wusste Robert Maryanne auch über ihren gemeinsamen Freund Colin etwas zu berichten. So habe der offenbar seine Leidenschaft für die Zeitung entdeckt und sei nach seinem Jurastudium mittlerweile bei der Morning Post festangestellt. Nach allem, was Robert gehört hatte, mache er sich dort außerordentlich gut. Maryanne freute sich für den selbstbewussten Lebemann. Und sie hoffte, dass sie irgendwann noch einmal alle im Kensington Crown zusammenkommen würden – wie früher.

Manchmal kam es ihr so vor, als wäre es erst gestern gewesen, dass Robert mit Colin und seinen beiden anderen Studienfreunden George und Charles unter der alten Eiche vor dem Hinterhaus gesessen hatte. Und doch hatte sich seitdem so vieles verändert. Es überraschte Maryanne nicht, zu erfahren, dass der bodenständige George die Pastorentochter, Rosalind Potter, geheiratet hatte. Der ehrgeizige Charles hingegen war noch ungebunden und strebte danach, sich in der Politik einen Namen zu machen.

»Er wäre eine Bereicherung für das moderne England«, sagte Maryanne, die in Charles schon früh einen ausgeprägten Sinn für Gerechtigkeit gesehen hatte.

»In der Tat. Das wäre er.« Robert half ihr, den Tisch abzuräumen.

»Manchmal kommt mir alles, was in den vergangenen Jahren geschehen ist, unwirklich vor.«

»Es ist erleichternd zu hören, dass es dir genauso geht.« Maryanne lächelte wehmütig. »Meine liebe Schwester ist jetzt selbst Mutter. Alles verändert sich, Rob. Und mitunter habe ich das Gefühl, auf der Stelle zu treten.«

Er hielt mit den Tellern in der Hand inne und betrachtete sie nachdenklich. »Du klingst so melancholisch. Trauerst du dem Vergangenen nach? Etwas Bestimmtem?«

Sie zuckte leicht die Schultern. »Nein. Aber ... Warum können die Dinge, an die man sich gewöhnt hat, nicht einfach so bleiben, wie sie sind? Alles, was war, verblasst irgendwie, verschmilzt mit dem Rad der Zeit. Verschwindet.« Maryanne drehte das Geschirrtuch in der Hand und schaute vor sich hin – irritiert von dem, was so unvermittelt aus ihr herausgesprudelt war. Als hätte ihr Unterbewusstsein für sie gesprochen.

»Nicht alles hat sich verändert und nicht alle sind verschwunden. Ich bin noch hier.« Sie spürte Roberts tröstliche Berührung an ihrer Schulter und sah ihm ins Gesicht. Sein warmes Lächeln umfing sie. Es löste die Verkrampfung, die jene tristen Gedankengänge ihrem Körper zugefügt hatten. Kurz schlug sie die Augen nieder und tat ihr Gerede mit einem knappen Kopfschütteln ab. »Du hast ja recht. Ich weiß selbst nicht, warum ich das gesagt habe. Es war Unsinn. Ich muss die Tische in der Gaststube eindecken. Wir öffnen gleich.«

Er räusperte sich. »Soll ich dir dabei helfen?«

»Nein, danke.«

»Bist du sicher? Es macht mir nichts aus, wenn ...«

Sie nickte hastig. »Du bist nicht zum Arbeiten hier, Rob.«

Einen Moment standen sie sich schweigend gegenüber, dann nahm er ihr das Tuch aus der Hand. »Also gut.« Er spülte das Geschirr ab.

Maryanne wollte etwas sagen, ihm klarmachen, dass es nicht seine Aufgabe war, doch dann knarzten die Stufen. Betty kam die Treppe hinunter. Sobald sie Robert sah, fiel sie ihm freudig um den Hals. »Du bist schon da!«

»Hallo, Betty.« Er lächelte.

»Wann bist du eingetroffen? Noch in der Nacht?« Betty ließ ihn nicht zu Wort kommen. »Maryanne hat es gewiss nicht gestört. Sie schläft sowieso nie. Meist verbringt sie die Nächte über die Bücher gebeugt, in Großvaters Stuhl.«

Robert bedachte Maryanne mit einem skeptischen Blick, diese winkte nur ab. Robert wandte sich wieder an Betty.

»Nach meiner langen Reise war mir danach, Freunde zu sehen.«

»Zeigst du Rob bitte sein Zimmer?«, fragte Maryanne.

Betty schaute perplex zwischen ihr und Robert hin und her. »Du wirst bei uns wohnen?«

Robert nickte. »Vorübergehend. Ja.«

Betty strahlte. »Großartig! Dann ... folge mir bitte unauffällig.« Mit einem Kopfnicken gab sie die Richtung vor. Robert nahm seinen Koffer und ging hinter Betty die Treppe hinauf.

***

Am Donnerstagnachmittag machte die Sonne die Tische im Schatten der Eiche vor dem Hinterhaus zu den begehrtesten Plätzen des Kensington Crown. Während es die meisten hinaus verschlagen hatte, bevorzugte die junge Dame, ihren Tisch unter dem Fenster in der Ecke der Gaststube und nährte damit erneut Bettys Fantasie.

»Ist das nicht merkwürdig?«, fragte sie, als sie in der Küche auf Maryanne und Charlotte stieß. »Wieso zieht sie die stickige Stube vor, wo sie sich doch rechtzeitig einen Tisch im Hof hätte vormerken lassen können? Immerhin kommt sie jede Woche her. Das wäre kein Problem gewesen, und das muss sie doch wissen.«

»Vielleicht ist sie an ihrem Stammtisch rundum zufrieden«, meinte Maryanne.

Betty schaute auf die Teeblätter, die in der Kanne vor ihr langsam im heißen Wasser versanken, als könnten sie ihr Antworten geben. »Ich werde sie fragen, ob sie heute ausnahmsweise etwas Besonderes möchte. Etwas von der Tageskarte.«

»Lass ihr doch bitte ihre Ruhe«, sagte Maryanne. »Sie wird sich schon melden, wenn sie etwas anderes möchte.«

»Aber was, wenn sie bisher einfach noch nicht auf Charlottes Kirschkuchen aufmerksam geworden ist? Wie wir alle wissen, ist ihr Kirschkuchen der beste in ganz London.«

»Nun ja ...« Charlottes Wangen verfärbten sich rosa, als Betty ihr auf die Schulter klopfte.

»Ich halte das für unnötig. Außerdem ... hatte ich nicht gesagt, es wird nicht mehr über sie geredet? Wir können von Glück sagen, dass das Gerücht sich zerstreut hat und niemand auf die Idee kam, es mit unserer Teestube in Verbindung zu bringen.«

»Gewiss doch, aber ...«

Maryanne hob ihren Zeigefinger. »Lass ihr ihre Ruhe, Betty. Sie ist ihr offenbar überaus wichtig und das gilt es zu respektieren.« Die Art und Weise, wie die junge Dame am Tisch saß, ihre leicht angewinkelten Arme, das Gesicht stets gesenkt, den Blick konzentriert auf ihr Buch geheftet – das alles waren für Maryanne eindeutige Signale. Sie wollte ungestört sein. Unbehelligt. Ein wenig war es so, als würde Maryanne sich selbst in der Dame wiederfinden. In deren Bedürfnis nach Zeit für sich allein. Doch sie wusste auch, dass Betty nicht so leicht klein beigeben würde, weshalb sie kurzerhand eine Entscheidung traf.

»Ich werde zu ihr gehen! Wenn ihr mir im Gegenzug versprecht, dann endlich mit diesen Verdächtigungen aufzuhören. Keine weiteren wilden Spekulationen mehr. Habe ich mich klar ausgedrückt?«

Betty wechselte einen vielsagenden Blick mit Charlotte, dann nickten beide gleichsam.

Mit einer flotten Kopfbewegung zu der Frau drängte Betty Maryanne anschließend, ihr Versprechen einzuhalten. Maryanne ließ sich jedoch nicht scheuchen. Langsam und mit Bedacht trat sie an den Tisch der Frau heran, die wieder ganz in ihr Buch vertieft war. Maryanne verschränkte die Hände vor ihrer Schürze und räusperte sich leise, um sie nicht zu erschrecken. Zögerlich schaute die Dame zu ihr auf, blinzelte ein paar Mal hintereinander, als hätte Maryanne sie soeben aus einem anderen Land herbeigerufen.

»Entschuldigen Sie bitte, ich wollte Sie nicht stören, aber ... darf es noch etwas für Sie sein?«

»Ich denke nicht, nein.« Sie deutete auf ihre Tasse, in der der Tee noch zu sehen war, wenn er auch nicht mehr dampfte.

Maryannes Blick glitt zur Küchentür, durch die Betty und Charlotte lugten, und sie wagte sich weiter vor. »Wir ... haben heute Kirschkuchen auf der Karte. Er ist ganz ausgezeichnet.«

Die Frau schob unentschlossen das Kinn vor, dann schüttelte sie den Kopf. »Ich habe alles, was ich brauche. Vielen Dank!«, antwortete sie in einem undurchsichtigen Ton, bevor sie sich erneut ihrem Buch widmete.

Maryanne nickte. Kurz schaute die Dame nochmals von ihrer Lektüre auf, wobei sich ihre Brauen leicht hoben. Peinlich berührt kehrte Maryanne zu Betty und Charlotte zurück, die in der Küche ihren Bericht erwarteten.

»Und? Was hat sie gesagt?« Betty tapste unruhig von einem aufs andere Bein.

Vorwitzig lehnte sich auch Charlotte vor.

»Sie sagte, sie habe alles, was sie brauche«, antwortete Maryanne schulterzuckend. Sie hatte keine Ahnung, was sich die beiden erhofft hatten. Betty zog enttäuscht die Brauen tief. »Dann hast du nichts Auffälliges an ihr bemerkt?«

Maryanne presste stöhnend die Kiefer aufeinander.

Betty bohrte weiter. »Denk nach!«

»Wenn du mich so fragst, dann ... Stolz und Vorurteil.« Maryanne griff hinter ihre Nichte nach den Tabletts.

»Was soll das nun wieder heißen?«, fragte Betty.

Maryanne neigte sich vor und sprach leise weiter. »Jane Austens Roman. Der, den du bisher nicht lesen wolltest. Für mich ist der Fall eindeutig. Sie kommt her, um zu lesen.«

»Das soll ihr Geheimnis sein?« Entrüstet knetete Charlotte den Hefeteig durch.

»Tut mir leid, dass es nicht aufregender ist.« Maryanne ging zur Hintertür, die auf den Hof hinausführte.

»Ich glaube nicht, dass das alles ist.« Betty lud Scones und Tee auf ihr Tablett.

»Wer weiß, was sich wirklich hinter einem jeden Gast verbirgt«, entgegnete Maryanne, mit einem Auge zwinkernd. Sie wusste, Betty gefiel die Vorstellung davon, dass das Kensington Crown für die Menschen nicht nur ein Ort des Zeitvertreibs, sondern auch eine Zuflucht war. Wer konnte besser verstehen, als sie, wie es sich anfühlte, im Teehaus eine Heimat gefunden zu haben?

»Hilf doch bitte Sophie und Prudence im Hinterhaus, Betty. Ich kümmere mich um die Gäste im Hof.« Maryanne trat hinaus, räumte Tische ab, nahm Bestellungen auf. Wieder war es heißer geworden. Kein Wind bog die Äste der alten Eiche. Maryanne wischte sich mit dem Ärmel über die Stirn und schaute hinauf in einen wolkenlosen Himmel. Schwalben zogen in einer sanften Woge über das Kensington Crown hinweg. Wie jedes Jahr nisteten sie unter den Dächern der Stadt. Geschützt und abgeschirmt vom menschgemachten Trubel.

***

Am Abend kam die ersehnte Abkühlung. Der Himmel färbte sich grau-schwarz. Ein Gewitter grollte und verleitete die Gäste zum Aufbruch. Maryanne, die den Horizont fest im Blick hatte, beschloss, früher zu schließen. Gerade noch rechtzeitig, bevor sich ein heftiger Regenschauer über die Stadt ergoss, der binnen weniger Minuten die Straßen in einen reißenden Strom verwandelte. So schnell, wie es gekommen war, verzog sich das Unwetter auch wieder. Doch Maryanne war an diesem Tag dankbar dafür gewesen. Sie konnte sich nicht mehr daran erinnern, wann sie zuletzt noch vor dem Abend die Türen geschlossen hatte. Den Bediensteten hatte sie daraufhin freigegeben. Bereitwillig kochte Betty das Abendessen für Maryanne, Robert und sich. Es gab eisgekühlte Zitronenlimonade und Roberts Leibgericht: Shepherd's Pie. Dazu frisch gebackenes Brot. Als Betty in die Küche ging, um sich um die Nachspeise zu kümmern, hatten Maryanne und Robert einen Moment für sich allein.

»Das Teehaus läuft gut, oder?« Robert betrachtete Maryanne mit einer Mischung aus Sorge und Bewunderung.

»Ja, das tut es.«

»Warum wirkst du dann nicht zufrieden?«

Maryanne schüttelte fast unmerklich den Kopf. »Tue ich das etwa nicht? Verzeih mir ...«

Er runzelte die Stirn. »Warum entschuldigst du dich dafür?« Er lehnte sich vor. Besorgt und irritiert zugleich.

»Ach, ich weiß auch nicht. Ich darf mich nicht beklagen. Unsere Kassen sind voll, ebenso wie unsere Auftragsbücher.« Sie lachte leise und stoppte abrupt. »Ehrlich gesagt, weiß ich nicht, wann es zuletzt so gut lief.« Ihr Blick verlor sich ins Leere.

»Dann habt ihr an alte Zeiten angeknüpft? An jene mit deinem Vater?«

Maryanne ließ ihren Blick schweifen, sie dachte nach, dann nickte sie. »Wenn unsere Zeiten nicht sogar besser sind«, antwortete sie leise.

»Das ist wundervoll, Maryanne!«, sagte er. »Ich freue mich für euch. Dennoch ... Du kommst mir auch sehr erschöpft vor. Ist alles in Ordnung? Kommst du hin und wieder etwas zur Ruhe?« Seine Miene war ernst geworden.

Maryanne atmete tief durch. »Gewiss doch. Es ist nur ... die Hitze. Da ist die Arbeit gleich viel anstrengender.«

Robert schwieg, dabei betrachtete er sie aufmerksam. Ihr wurde klar, dass er ihr nicht glaubte. »Wie lange ist deine Mutter noch in York?«

»Noch eine Weile. Sie genießt die Zeit mit dem kleinen Albert so. Und Trudi braucht sie in diesen Tagen. Sie setzt auf ihre Erfahrung. Ich habe mir sagen lassen, ein Neugeborenes sei sehr anstrengend und bringe die Mutter regelrecht um ihren Schlaf. Trudi braucht ihre Kraft noch. Sie und Henry planen weitere Kinder.«

Robert lächelte über den Rand seiner Limonade hinweg. »Das ist schön. Und es ist sehr löblich von dir, dass du deiner Mutter dieses Privileg gönnst. Dass du für das Kensington Crown darauf verzichtest, deinen Neffen zu sehen.«

Kurz überlegte sie, ob sie ihm das so erzählt hatte, dann zuckte sie schwach die Schultern. »Nun, du siehst ja selbst, was hier die meiste Zeit los ist. Ich meine, wenn nicht gerade ein Unwetter da draußen tobt, dann tobt es zumeist hier drin.«

Er nickte leicht. »Verstehe.«

Abermals stöhnte sie leise auf. Rasch schluckte sie, um sich daran zu erinnern, dass sie noch die Kontrolle über ihren Körper hatte. In letzter Zeit passierte es immer wieder unbewusst: ein Seufzen hier, ein kaum merkliches Stöhnen dort. Es brach einfach so aus ihr heraus. Ihre Erschöpfung hatte sich eine Stimme verschafft und es war ihr unangenehm, dass sie inzwischen auch von anderen wahrgenommen wurde. Sie wollte es ansprechen, sich dafür entschuldigen, doch dann ...

Maryanne spürte Roberts Hand auf ihrer. Er drückte leicht zu. Bestärkend und tröstend. »Wenn ich dir irgendwie helfen kann, dich unterstützen ...«

»Das ist lieb von dir, Rob. Ich weiß das wirklich zu schätzen. Aber ich bekomme das schon hin. Betty ist mir eine große Hilfe, wie du siehst. Sie ist gewissenhaft und in der Küche mittlerweile genauso tüchtig wie Charlotte. Ich bringe ihr auch bei, die Bücher zu studieren. Damit sie schon bald in der Lage sein wird, mich zu vertreten. Und dann werde ich mich auch mal vom Kensington Crown lossagen können – jedenfalls für einige Tage.«

Er machte schmale Augen, sagte jedoch nichts mehr dazu. Und als Betty an den Tisch zurückkehrte, war das Thema mit dem dampfenden, flambierten Pudding verflogen, den sie mitbrachte.

Sie saßen noch eine Weile beisammen und erzählten sich von früher. Robert berichtete von seiner Arbeit, von den besonders schwierigen Fällen seiner Klienten, von seiner Mutter in Sheffield und von seinem Ausflug ans Meer, den er sich vorgenommen hatte, sobald er in der Kanzlei abkömmlich war.

Maryanne war es eine wahre Freude, ihm zuzuhören. Er hatte so viele Pläne, sprühte vor Enthusiasmus. Mit ihm zu lachen, war Balsam für ihre Seele. Die Tatsache, dass sie nun öfter zusammenkommen konnten, befreite sie von einer Last, von der sie bis zu diesem Abend nicht gewusst hatte, wie schwer sie wog.

Kapitel 4

Der Sommer brachte weitere heiße Tage hervor. Zunehmend lernten die Gäste des Kensington Crown, neben dem Tee auch die eisgekühlte Limonade zu schätzen, die Charlotte selbst herstellte. Zu dieser Jahreszeit kamen die Schiffe aus Spanien, schwer beladen mit Orangen und Zitronen, um den Appetit der englischen Bevölkerung nach Exotischem zu stillen.

An einem Freitag räumte Maryanne gerade Geschirr in die Regale in der Küche ein, als ihr Blick auf die Zeitung fiel, die aufgeschlagen auf der Anrichte lag. Ihre Hand zitterte, als die Worte, die sie zunächst nur flüchtig gelesen hatte, einen Sinn ergaben – etwas, an das sie schon nicht mehr gedacht hatte. Noch während sie die Aufmachung las, die in großen Druckbuchstaben eine gesamte Seite ausfüllte, glitt ihr eine Tasse aus feinstem Porzellan aus ihren kraftlos gewordenen Fingern. Klirrend traf sie auf den Boden und zersprang dort in unzählige Stücke. Doch nicht einmal das Geräusch des zerbrechenden Porzellans konnte sie aus ihrer Schockstarre befreien. Sie watete durch die Scherben, ohne auf den Boden zu sehen, nahm mit einer Hand die Zeitung, während sie mit der anderen ihre Kehle umfasste, die mit einem Mal wie zugeschnürt war. Noch hatte sie die leise Hoffnung, sich verlesen zu haben, doch schnell war sie sich sicher: Es gab keinen Zweifel mehr.

»Nein!«, raunte sie mit wild pochendem Herzen. Kurz blieb ihr die Luft weg, als sie den hohlen Schmerz wahrnahm, der sich in ihr auszubreiten drohte. Obwohl sie davon ausgegangen war, dass Edward längst geheiratet hatte, traf sie die Zeitungsanzeige nun vollkommen unvorhergesehen und mit der Wucht eines herabschnellenden Fallbeils. Verdrossen starrte sie sich an den Zeilen fest. Sie waren für sie wie eine Folter.

Das Haus Grey verkündet feierlich die Vermählung zwischen Lord Edward Grey und Lady Anne Rivers, Tochter des ehrenwerten Viscount Rivers. Juni 1883 ...

Maryanne zerknüllte die Zeitung, ließ sie zurück auf die Anrichte fallen und umfasste ihre Kehle fester. Es war, als wäre sie von irgendetwas blockiert. Ihr war schwindelig. Benommen stützte sie sich auf die Tischplatte, schluckte mehrmals hintereinander, in dem Versuch, herunterzuwürgen, was auch immer sich in ihrer Kehle festgesetzt hatte. Tränen drängten sich in ihre Augen. Sie blinzelte sie weg. Bemüht darum, ihre Fassung zurückzugewinnen, erinnerte sie sich daran, dass sie diejenige gewesen war, die Edward hatte gehen lassen. Sie hatte für sie beide entschieden, dass es besser war, sich nicht länger aneinander zu klammern. Weil die Vernunft dies von ihr verlangt hatte, weil eine gemeinsame Zukunft zu viel von ihnen beiden gefordert hätte. Sie hätte ihre Familie verlassen müssen. Das Versprechen brechen, das Kensington Crown aufrechtzuerhalten, das sie ihrem Vater gegeben hatte. Edward hätte sein Mündel Emily sowie seinen Titel an seinen jüngeren Bruder verloren, der weder Anstand noch Fürsorge kannte. Der Preis für eine gemeinsame Zukunft wäre zu hoch gewesen, hallte es in ihr nach. Doch es brachte nicht die erhoffte Linderung. Da war dieser Schmerz, der sie stetig daran erinnerte, was sie hätte haben können, wenn sie nicht nur an andere gedacht hätte – nur ein einziges Mal an sich selbst.

Maryanne hatte Edward Grey geliebt, wie sie noch nie zuvor einen Mann geliebt hatte, und auch nicht danach. Sie war sicher, es gab niemanden, der an ihn heranreichte, und auch, dass es nie wieder jemanden geben würde. Nach all den Jahren war Edward immer noch in ihren Träumen, und manchmal waren sie so real, dass sie nicht wusste, was Wirklichkeit war und was nicht. Erst wenn sie erwachte, holte sie die Realität ein und ihr wurde bewusst, dass sie sich nicht nur für das Teehaus, sondern damit einhergehend auch für das Alleinsein entschieden hatte. Dabei hatte sie sich einst ein ganz anderes Leben für sich gewünscht. Liebe, Hochzeit, Kinder ...

Maryanne sog tief den Atem ein, schüttelte all diese Emotionen von sich ab, die so schnell in ihr hochgekocht waren wie Milch in einem zu heißen Topf. Sie gehörten nicht mehr in diese Zeit. Sie waren wie das Wasser, das gestern noch unter der Tower Bridge geflossen war – längst fortgespült. Der Schein trog, ebenso wie ihre Gefühle, die in der Vergangenheit festzuhängen schienen. Damit musste ein für alle Mal Schluss sein. Maryanne nahm die Zeitung, warf sie in den Ofen, in dem Charlotte das Feuer für das Brot geschürt hatte, und sah zu, wie die Flammen das Papier fraßen, bis nichts mehr davon übrig war. Dann klappte sie die Ofentür zu und ging wieder an die Arbeit. Doch Edwards Hochzeitsanzeige ließ sie nicht so einfach los. Maryanne war wütend. Auf ihn und auf sich selbst. Sie war stolz auf sich gewesen, weil sie in der letzten Zeit kaum noch an ihn gedacht hatte. Weil es ihr gelungen war, Gefühl und Verstand zu trennen. Aber nun hatten diese Zeilen ihre Welt erneut auf den Kopf gestellt. Sie zwangen ihr Fragen auf, auf deren Antworten sie kein Recht hatte. Warum jetzt? Hatte Edward aus Pflichtgefühl geheiratet? Oder aus Liebe? Letztere Möglichkeit war für Maryanne so schmerzhaft, dass es ihr die Kraft entzog. Sie musste ihre Arbeit unterbrechen, sich hinsetzen.

»Stimmt etwas nicht?«, fragte Charlotte, die gerade die Kellertreppe hinauf in die Küche kam.

»Die Hitze«, antwortete Maryanne matt.

»Soll ich Ihnen ein Glas Wasser bringen?«

Maryanne schüttelte den Kopf. »Nein, danke. Es geht gleich wieder.«

Charlotte betrachtete sie abwägend. Betty betrat die Küche durch die Hintertür. Auf den Händen jonglierte sie zwei Tabletts mit Teeservices. »Tante?« Irritiert musterte sie Maryanne, die sich für gewöhnlich nie eine Pause gönnte, wenn die Teestube voller Gäste war.

Rasch stand Maryanne auf, sammelte die Scherben vom Boden auf und gab sie in einen Eimer.

»Ist etwas geschehen?« Betty war an sie herangetreten. »Ein Brief von Großmama? Geht es allen in York gut?«

Maryanne wandte sich ihr halb zu und bemühte sich um ein Lächeln. »Es geht allen gut. Jedenfalls weiß ich nichts Gegenteiliges.«

Betty zog die Brauen tief, dann jedoch widmete sie sich wieder den Bestellungen. Sophie und Prudence gingen ebenfalls in der Küche ein und aus. Der Nachmittag kam, dann das Abendgeschäft. Alles nahm seinen Lauf.

***

Die Tage vergingen. Maryanne öffnete am Morgen die Tür, am Abend zog sie sie zu. Der Alltag verschluckte schließlich, was von Maryannes Träumen übrig war. Auf ihn war Verlass. Doch die Kraft, die sie stets im Innern aufrechterhielt, schien aufgebraucht zu sein. Zwar funktionierte Maryanne nach außen hin, aber sie selbst spürte eine Erschöpfung, die sich mit Schlaf allein nicht beheben ließ. Das unbewusste Aufseufzen, die Melancholie, die ab und zu in ihren Augen aufblitzte, brachen immer häufiger durch, und oftmals dann, wenn sie sich unbeobachtet fühlte.

»Tantchen?«, fragte Betty, als Maryanne und sie eines Abends die Tische in der Gaststube säuberten. »Ist dir nicht wohl? Du wirkst in letzter Zeit irgendwie immer so weit weg.«

Maryanne wedelte mit einer Hand. »Ach, es ist nichts«, antwortete sie rasch. »Die Temperaturen machen mir nur etwas zu schaffen.«

Betty wischte mit einem Tuch über die Tische, rückte die Stühle heran und rieb sich mit dem Handrücken über die Stirn. »Nun ja, ich finde auch, es ist ungewöhnlich heiß für unsere Verhältnisse. Wir sollten am Samstag ans Themseufer, so wie früher. Und uns ein wenig abkühlen. Vielleicht hat Rob ja Lust, uns zu begleiten. Was meinst du?«

Maryanne legte zaudernd den Kopf schief. »Ich weiß nicht. Es gibt noch so viel zu tun und ich ...«

»Es gibt doch immer viel zu tun. Gerade deswegen ist es wichtig, sich auch mal eine Pause zu gönnen.«

Maryanne zog schmunzelnd einen Mundwinkel hoch. »Du hörst dich schon an wie deine Großmutter.«

Betty grinste. »Nun, in deren Abwesenheit fühle ich mich verpflichtet, dich auf diese Regel hinzuweisen. Wir haben doch Charlotte und Sophie und nun auch noch Prudence. Die drei kommen gewiss ein paar Stunden ohne uns zurecht. Außerdem erwarten wir am Samstag keine größeren Gruppen. Es ist ein ganz normaler Tag. Bitte, sag Ja, Tantchen. Es würde dir gewiss guttun. Und mir auch.« Betty zog eine Schnute und betrachtete sie durch große, flehende Augen.

Maryanne seufzte gedehnt. »Tu das nicht, Betty.« Doch sie blieb hartnäckig. Sie wusste um die einschlagende Wirkung ihres Blickes, weshalb sie ihn, anders als alle anderen kindlichen Verhaltensmuster wohl wissend beibehalten hatte.

Maryanne gab schließlich nach. »Also schön. Wir werden uns wohl zwei Stunden freinehmen können.«

Betty strahlte und umarmte sie. »Danke! Das wird ganz wunderbar, Tantchen! Ich werde Rob sogleich eine Nachricht schreiben und ihn bitten, uns zu begleiten.«

Maryanne nickte knapp, dann sah sie Betty nach, wie sie ins Arbeitszimmer eilte, um die Nachricht an Robert aufzusetzen, die sie unter seiner Zimmertür hindurchschieben würde. Seit er im Kensington Crown wohnte, machten sich die beiden einen Spaß daraus, sich auf diese Weise Grüße oder Zeichnungen zu übermitteln.

Ein Teil von Maryanne nahm es Betty übel, dass sie sie zu diesem Ausflug gedrängt hatte. Ein anderer Teil jedoch pflichtete ihr bei. Wahrscheinlich war das Kensington Crown für ein paar Stunden hinter sich zu lassen, genau das, was sie brauchte. Und vielleicht würde sie neben der Abkühlung am Fluss auch etwas Ablenkung erfahren und dadurch zurück in ihre Freude finden.

***

Am Samstagnachmittag schien die Sonne von einem fast wolkenlosen Himmel. Kein Wind kräuselte die Oberfläche der Themse, die in diesem Sommer weit weniger Wasser führte als sonst. Die Bäume, deren Stämme für gewöhnlich vom Fluss umschlossen waren, standen wie stille Wächter am Ufer. Türkisblaue Libellen jagten darum herum kleineren Insekten nach. Maryanne saß auf der Decke, im Schatten einer kleinen Uferböschung und beobachtete, wie Betty und Robert Steine auf dem Wasser tanzen ließen. Sie war froh über Roberts Gesellschaft, der sich nicht zweimal hatte bitten lassen. Wider Erwarten hatte Maryanne feststellen müssen, dass Sophie und Charlotte ihren Ausflug begrüßt hatten, als sie ihnen davon erzählt hatte. Charlotte hatte Betty sogar einen Picknickkorb gepackt. Limonade, Kuchen und Sandwiches, Tee. Sophie hatte Maryanne den Korb anschließend mit den strengen Worten in die Hände gedrückt, sie solle sich Zeit lassen und den Ausflug bloß genießen. Sie jedenfalls würden sie so schnell nicht zurückerwarten. Offensichtlich waren auch sie der Ansicht, Maryanne habe eine Pause bitter nötig. Lag es an ihrem Verhalten ihnen gegenüber im Kensington Crown? Maryanne brachte das ins Grübeln. Wirkte sie tatsächlich so gehetzt und ... überfordert?

Maryanne stützte sich auf die Ellenbogen, lehnte sich zurück, atmete tief ein und aus, darum bemüht, innerlich zur Ruhe zu kommen. Sie beobachtete die Schiffe, die die Themse rauf- und runterfuhren, die wilde Natur, die der Fluss im Herzen Londons entfesselte, und ließ ihren Blick immer wieder schweifen. Wurden die Teebestellungen schon aufgegeben? Habe ich den Händlern wegen des Preisnachlasses schon geschrieben? Die Gedanken an das Geschäft wollten sie einfach nicht loslassen. Die Verpflichtungen wogen zu schwer, ebenso wie die Angst vor dem Morgen.

»Nun komm schon, Tante Maryanne!« Bettys Stimme riss sie aus ihrem inneren Monolog. Hastig winkte sie sie zu sich und Maryanne stemmte sich hoch. Sie ging auf Betty zu, die im flachen Wasser stand, und watete mit nackten Füßen zwischen ihr und Robert hinein. Das Wasser war erfrischend, aber nicht kalt. Die Sommersonne hatte die Themse aufgeheizt wie der Ofen den Teekessel. Es stoppte ihre Gedanken an die Arbeit, lenkte sie um. Also wagte sich Maryanne tiefer hinein. Das Wasser reichte ihr bis zu den Knien, dann hatte es beinahe ihre Hüfte erreicht.

»Maryanne, da kommt ein Schiff.« Robert ging ihr nach. Sie schaute sich um, kurz geriet sie dabei ins Straucheln, als sie auf einem algenbedeckten Stein Halt suchte. Robert reagierte prompt, fasste sie am Arm, konnte sie jedoch nicht mehr davor bewahren, zu fallen. Maryanne tauchte mit dem Kopf unter Wasser.

Wie eine Ertrinkende schoss sie hoch, holte Luft. Robert griff nach ihrer Hand und half ihr zurück ans Ufer.

»Geht es dir gut?«, fragte Robert, als Maryanne immer noch nichts gesagt hatte. Betty plusterte die Backen auf.

»Entschuldige bitte. Aber ... Das war zu komisch, Tante Maryanne.«

Maryanne hüstelte. Ihr Blick glitt zu ihr. Für einen Moment wusste sie nicht, was sie sagen oder tun sollte. Ihr Sturz war so plötzlich gewesen, dass er sie völlig überrascht hatte, doch nun fühlte sie sich auch ... belebt.

Sie lachte. »Nun. Das war wohl notwendig.«

Betty nickte und brach in schallendes Gelächter aus. Auch Robert stieg mit ein. Gemeinsam standen sie am Ufer, ließen das Schiff an sich vorbeiziehen und lachten lauthals und so herzhaft, wie Maryanne es seit Jahren nicht getan hatte. Sie konnte überhaupt nicht mehr aufhören. Atemlos hielt sie sich den Bauch, der bereits schmerzte, doch aufhören wollte sie auch nicht. Zu gut tat dieses Gefühl von Glück, das sie miteinander teilten. Für die Dauer weniger Minuten glaubte sie, ihre Lebensfreude wiedergefunden zu haben, die sie so schmerzlich vermisst hatte. Und sie dachte bei sich, dass ihr Lieblingsplatz an der Themse, den sie schon so oft in ihrem Leben aufgesucht hatte, tatsächlich wahre Wunder vollbringen konnte.

Während Betty wie früher zwischen den Kieselsteinen am Ufer nach Schätzen Ausschau hielt, hatten Maryanne und Robert einen Moment für sich allein.

Die Sonne schien erbarmungslos, sodass Maryanne nach kurzer Zeit schon wieder trocken war. Auf der Decke sitzend ließen sie sich den Kuchen schmecken.

Schweigend beobachteten sie ein Stockentenpaar, das sich flussabwärts treiben ließ. Ein paar Meter über ihnen, an der Grenze zwischen Ufer und Stadtmauern, flimmerte die Luft.

»Hast du dich schon in deiner Kanzlei zurechtgefunden?«, fragte Maryanne.

»In der Tat. Die Arbeit dort ist recht angenehm. Ich wurde bereits mit zwei hartnäckigen Fällen betraut, denen ich mich nun widmen darf.«

»Dann bereust du es nicht, nach London zurückgekehrt zu sein?«

Robert schaute stumm vor sich hin. Verzögert fuhr sein Blick zu ihr herum. »Aber nein.«

Maryanne hob skeptisch die Brauen.

Robert prustete leise. »Nun ja, gewiss denke ich an meine Mutter. Wenn es nach ihr gegangen wäre, wäre ich jetzt in Sheffield in der Kanzlei meines Großonkels. Er hatte darauf gepocht, weil er glaubte, es sei gut für Mutter, wenn sie mich in ihrer Nähe wisse.« Mit einem Mal wirkte er verschlossen.

Maryanne verspürte den Drang, ihn tröstlich am Arm zu berühren, gab ihm jedoch nicht nach. »Aber Sheffield kam für dich nicht infrage?«

Er schüttelte den Kopf. »Ich habe lange abgewogen, wegen meiner Mutter, dennoch ... Nein. Dort habe ich mich nie zu Hause gefühlt. Für mich stand immer fest, dass ich eines Tages an den Ort zurückkehren würde, an dem ich geboren wurde. In die Straße, in der meine zweite Familie zu Hause ist.« Er sah sie an und ein seliges Lächeln umspielte seinen Mund.

»Ach, Rob!« Maryanne konnte sich nicht mehr zurückhalten und bettete ihre Hand über seine, mit der er sich auf der Decke zwischen ihnen abstützte. »Ich bin wirklich froh, das zu hören.«

Als er seine andere Hand über die ihre legte, stieg ihr eine Hitze ins Gesicht, die nichts mit dem heißen Sommer zu tun hatte. Für einen Moment saßen sie einander zugeneigt da, vertieft in den Blick des anderen.

Die Sonne senkte sich hinter den Dächern der Stadt herab und ihre Gespräche kehrten zum Teehaus zurück. Maryanne berichtete von den Briefen an ihren Bruder, der stets mit gewissenhafter Sorgfalt über die Einnahmen und Ausgaben informiert werden wollte. Und über die Tatsache, dass sie sich selbst keinen Lohn auszahlen durfte, weil Anthony auf eine Aufwendung durch ihre Mutter bestand, die die Familieneinkünfte aufteilte. Ein wenig trübsinnig, wie sie im Nachhinein fand, doch es war zu spät, um zurückzurudern. Robert hatte ihr wie üblich aufmerksam zugehört und daraus seine Schlüsse gezogen.

»Es ist nicht richtig, dass du nicht die Eigentümerin des Kensington Crown bist«, sagte er mit der Ehrlichkeit, die sie von ihm gewohnt war. »Du machst die ganze Arbeit, investierst deine Zeit, dein Geld. Und Anthony sitzt in York und erfreut sich an dem, was du leistest, ohne dir dafür Anerkennung zu zollen.«

»Ich bin Anthony sehr dankbar, dass ich das Teehaus führen darf.«

»Gewiss«, entgegnete er. »Aber deine Dankbarkeit sollte ihn nicht davon abhalten, dir die Wertschätzung entgegenzubringen, die du verdienst.«

Seufzend legte sie den Kopf schief. Maryanne wusste, dass er recht hatte. Trotzdem änderte es nichts. Es stand ihr nicht zu, Ansprüche zu stellen.

»Ich bin viel herumgekommen in den letzten Jahren und ich habe Länder besucht, in denen es vollkommen normal ist, dass eine Frau ihren Lebensunterhalt verdient und Eigentum besitzt. Ich verstehe nicht, warum sich England damit so schwertut, Frauen denselben Wert zuzugestehen, wie er Männern zuteilwird. Es ist nicht richtig, jemandem etwas zu verwehren, nur weil er mit dem falschen Geschlecht auf die Welt gekommen ist.«

Maryanne schaute zu ihm auf. Sie war vollkommen ergriffen von dem, was er sagte. Sie sah ihm an, dass es ihn tatsächlich sehr beschäftigte. Stolz überwältigte sie, weil sie ihn, diesen klugen, ambitionierten jungen Anwalt zum Freund hatte. Zweifellos würde er das Land zu einem besseren machen.

Glühend vor Begeisterung berichtete sie ihm daraufhin von Lady Drummond und ihren fortschrittlichen Damen. Robert hörte sich alles aufmerksam an, dann nickte er angetan.

»Glaubst du, dass sie eines Tages Gehör finden werden … im Parlament?«, fragte sie anschließend vorsichtig.

»Nun ja, die Engländer sind noch immer schwer davon zu überzeugen, einer Frau Rechte zuzusprechen. Aber … die Zeit wird einen Wandel bringen, davon bin ich fest überzeugt. Veränderungen bedürfen immer einer gewissen Zeit. Alles, was neu ist, wird zunächst abgelehnt. Doch Menschen gewöhnen sich an neue Dinge. Es wird ein wenig dauern, aber es wird gelingen. Ja!« Sein Blick verlor sich träumerisch auf den feinen Wellen, die ein Frachtschiff ans Ufer spülte.

Maryanne lächelte gerührt. Robert war einer der brillantesten Menschen, die sie kannte. Mit einem ausgeprägten Sinn für Gerechtigkeit und Poesie. Wenn er davon sprach, dass ein Umdenken möglich war, dann glaubte sie ihm das. Vielleicht würden ihre Bemühungen um Gleichheit eines Tages tatsächlich Früchte tragen und womöglich würde es irgendwann in der Zukunft vollkommen normal sein, dass Frauen eigenen Besitz hatten. Ob verheiratet oder nicht.

Betty kam zurück, sank zwischen Maryanne und Robert auf die Decke und reckte ihr Gesicht der scheidenden Sonne entgegen.

»Wie spät es wohl sein mag«, sagte Maryanne, die sich plötzlich wieder daran erinnert fühlte, im Teehaus unentbehrlich zu sein. Betty tätschelte ihr blind den Arm. »Keine Sorge. So schnell werden wir nicht zurückerwartet. Charlotte ist nicht vollkommen hilflos, weißt du.«

»Das weiß ich.« Maryanne nahm einen tiefen Atemzug, während sie ihren Blick schweifen ließ. Dabei entging ihr der junge Mann nicht, der mit zwei Freunden nicht weit von ihnen entfernt am Ufer saß und Betty fasziniert betrachtete. Beschämt senkte er das Gesicht, als er merkte, dass Maryanne ihn ertappt hatte.

»Ich gehe mich noch mal kurz abkühlen«, sagte Betty und sprang auf. Schnurstracks und ehe Maryanne etwas erwidern konnte, verschwand sie in Richtung des jungen Mannes. Maryanne sah ihr hinterher, den Mund schockiert geöffnet.

»Sie ist ganz schön erwachsen geworden«, meinte Robert.

»Ja, das ist sie«, antwortete Maryanne verdrossen.

»Hat sie vor …? Also … Möchte Betty wie du im Kensington Crown bleiben, oder … gibt es andere Pläne?«

Maryanne wandte sich ihm mit nachdenklicher Miene zu. »Du willst wissen, ob sie eines Tages heiraten möchte?«

Robert zuckte die Schultern, lächelte verlegen.

Maryannes Blick kehrte zurück zu ihrer Nichte und sie wurde ernst. »Nun, es ist zu früh, darüber zu entscheiden, und ich weiß nicht, was die Zukunft für sie bereithält. Zwar haben wir noch nicht darüber gesprochen, jedoch glaube ich nicht, dass sie meinen Wunsch teilt, allein für das Kensington Crown zu leben. Betty ist in vielerlei Hinsicht ganz anders als ich. Sie ist eine kleine Romantikerin.« Maryanne sah, wie ihre Nichte dem Jungen ein Lächeln zuwarf. Betty war gerade erst dabei, ihre weiblichen Reize zu entdecken, und doch setzte sie diese schon sehr gekonnt ein, wie sie verblüfft feststellen musste.

»Ich werde sie nicht aufhalten, wenn sie heiraten will«, sagte Maryanne schließlich.

Robert öffnete leicht den Mund, dann presste er die Lippen aufeinander. Maryanne sah ihm aber an, dass er noch etwas auf dem Herzen hatte.

»Ist das wirklich so?«, fragte er.

Sie schaute zu ihm, runzelte verwirrt die Stirn.

»Hast du dein Leben wirklich dem Kensington Crown verschrieben?« Robert blickte ihr forsch ins Gesicht.

Maryanne schluckte schwer, kam jedoch nicht umhin, gründlich über seine Frage nachzudenken. Für den Moment jedenfalls konnte sie ihm keine Antwort liefern. Denn allein die Tatsache, dass er ihre Lebensvorstellungen wiederholt hatte, kam ihr plötzlich so deprimierend vor, dass sie selbst nicht begreifen konnte, wie das auch nur irgendjemandes Wunsch sein konnte. Zu ihrer Erleichterung hakte Robert jedoch nicht weiter nach. Rücksichtsvoll, wie er war, zwang er sie nicht zur Antwort. Gleichwohl wusste Maryanne, dass er verlangte, dass sie gründlich darüber nachdachte, ob es wirklich das war, was sie wollte. Er hatte sie dazu veranlasst, sich selbst zu hinterfragen. Für einen Augenblick war sie unschlüssig. Sollte sie ihm diesen Anstoß übelnehmen oder ihm vielmehr dankbar dafür sein?

Schweigen breitete sich zwischen ihnen aus. In ihrer Wankelmütigkeit wusste Maryanne es nicht zu brechen. Unauffällig betrachtete sie Robert von der Seite. Die Ruhe, die er ausstrahlte, zeugte davon, dass er sich der Wirkung seiner Worte durchaus bewusst war und sie keinesfalls bereute.

Wind kam über dem Fluss auf und verwehte Maryannes Haar. Dankbar für seine erfrischende Wirkung stützte sie die Arme hinter sich auf und lehnte sich zurück. Genüsslich drehte sie ein wenig den Kopf und reckte das Gesicht gen Himmel, an dem nun wieder mehr Wolken entlangzogen. Wann waren sie aufgekommen?

»Bist du glücklich, Maryanne?« Roberts Frage drang nur gedämpft zu ihr vor.

Zögerlich wandte sie sich ihm zu. Ihr fiel auf, wie eindringlich sein Blick auf ihr Gesicht gerichtet war, und ihr wurde klar, dass er sie die ganze Zeit aufmerksam betrachtet hatte.

»Ob ich … glücklich bin?« Sie ließ seine Frage in sich nachhallen. Unschlüssig darüber, warum er sie ihr gestellt hatte. Wirkte sie auf ihn etwa so deprimiert? Maryanne legte den Kopf schief und verzog den Mund zu einer schmalen Linie. »Rob, ich …«

»Ich weiß, du liebst das Kensington Crown«, sagte er, um ihr zuvorzukommen.

»Das tue ich«, antwortete sie rasch, doch er war noch nicht fertig.

»Du warst schon immer einer der ehrgeizigsten Menschen, die ich kenne. Zweifellos hast du bereits geschafft, wovon niemand zuvor zu träumen gewagt hätte.« Er schluckte, ehe er weitersprach. »Aber … sehnst du dich nicht auch noch nach etwas anderem?«

Maryanne blinzelte verwirrt. »Was meinst du? Ich habe alles, was ich brauche. Was also sollte ich mehr wollen?«

Er betrachtete sie kurz eingehend, dann umspielte ein leichtes Lächeln seinen Mund. In seinen Augen jedoch blitzten wieder Zweifel darüber auf, ob sie ehrlich zu sich selbst gewesen war.

Ein Schiff fuhr die Themse hinauf und trug große Wellen ans Ufer. Gerade noch rechtzeitig hatte sich Betty aus dem Wasser zu ihnen gerettet. Sie hob die Hand und winkte dem jungen Mann verhalten zu, der vom Stein aufgestanden war, auf dem er gesessen hatte, als hätte er gehofft, sie würde zu ihm gehen. Maryanne beobachtete das Gebaren der beiden mit schmalen Augen. Betty jedoch ließ es unkommentiert.

»Das war erfrischend.« Sie trocknete sich ihr Haar mit einem Handtuch ab. »Ihr solltet auch noch mal ins

Wasser. Euch abkühlen. Die Nacht unter dem Dach wird wieder furchtbar heiß werden.«

»Ich habe bereits eine Gänsehaut, danke«, entgegnete Maryanne mit Blick auf den jungen Mann, der Betty offensichtlich zugetan war. Robert schmunzelte. Doch Maryanne war alarmiert. Sie hievte sich von der Decke hoch, trat an ihre Nichte heran und legte ihr ein weiteres Handtuch um die Schultern.

»Du solltest aufpassen, wem du schöne Augen machst, Betty.«

»Es ist doch nichts dabei«, erwiderte diese harsch.

»Ob etwas dabei ist oder nicht.« Maryanne wandte sich halb nach dem jungen Mann um, der mit gesenktem Blick das Ufer verließ. »Die Leute reden schnell und ehe man es sich versieht, machen Gerüchte die Runde. Wir Frauen müssen vorsichtig sein.«

Betty zischte verständnislos durch die Vorderzähne. »Dass ausgerechnet du das sagst.«

»Betty!« Maryanne stemmte empört die Hände in die Hüften.

Auch Robert schickte Betty einen ermahnenden Blick, woraufhin diese zurückruderte.

»Es ist überhaupt nichts gewesen.« Ihr Ton war nun milder gestimmt. Grummelig klaubte sie ihre Sachen vom Boden auf und wandte sich von Maryanne zum Gehen ab. Diese wechselte einen hilflosen Blick mit Robert, der ein Schulterzucken andeutete.

»Sie ist mitunter rebellischer, als mir lieb ist«, sagte Maryanne, als er ihr beim Zusammenpacken half.

»Das hat sie wohl von dir.«

Maryanne rieb sich grummelnd die Stirn. »Mir wäre wohler dabei, zu wissen, sie käme mehr nach Trudi.

Das würde sie vor so manchen Schwierigkeiten bewahren.«

»Ach was.« Robert strich ihr aufbauend über den Arm. »Ich bin sicher, sie ist stolz darauf, so zu sein wie ihre Tante Maryanne. Denn das bedeutet, dass sie ungemein stark ist, klug und dass sie durchaus auf sich selbst aufpassen kann.«

»Mag sein.« Maryanne zuckte fast unmerklich die Schultern, ihr Blick blieb auf Betty gerichtet, die sich zeternd die Uferböschung hinaufkämpfte. »Doch das heißt auch, dass sie achtlos ist. Sie könnte sich verrennen.«

»Schon möglich. Aber ... die Jugend.« Robert grinste leicht. »Darf man ihr ein bisschen Freiheit nicht zugestehen? Waren wir nicht ebenso sorglos? Das vergeht.«

Maryanne schaute unentschlossen vor sich hin. Sie wusste nur zu gut, wie es sich anfühlte, der Kindheit zu entschlüpfen und seine Möglichkeiten als Frau zu entdecken. Gleichzeitig wusste sie aber auch, in welche Gefahr man sich dabei begeben konnte. Wenn die Erfahrung fehlte und der Reiz des Unbekannten stärker wurde als der Wille, sich an die Regeln der Gesellschaft zu halten. Sie selbst hatte das am eigenen Leib erfahren und um ein Haar dadurch alles verloren. Vielleicht hielt sie deswegen so an dem Leben fest, das sie sich aufgebaut hatte. Am Kensington Crown, an ihrer Arbeit, weil es das Einzige war, das sie vorzuzeigen hatte, nachdem ihr Ruf ruiniert worden war, weil sie es gewagt hatte, ihre Hoffnungen in einen Mann zu setzen, der ihr gesellschaftlich überlegen war. Der ... unerreichbar für sie gewesen war. Schon immer. Jene Erfahrung jedoch hatte sie zunächst machen müssen. Um zu lernen, dass es Dinge gab, die sich nicht so leicht umstoßen ließen.

Der Himmel hatte sich zugezogen. Dunkle Wolken verschleierten die Sonne und kündeten von Regen, als sie der Themse den Rücken kehrten. Das jähe Ende eines Ausflugs, der in Maryanne nur noch mehr Fragen aufgeworfen hatte. Das Gespräch mit Robert über die Jugend und ihr eigenes Glück hallte noch lange in ihr nach. In jener Nacht begleitete es sie bis in ihre Träume und ließ sie am nächsten Morgen nur schwer erwachen.

Kapitel 5

Die Nachricht, dass Lord Grey mit seiner Gemahlin sein Haus in London bezogen hatte, hatte sich binnen weniger Tage wie ein Lauffeuer verbreitet. Nach fast dreijähriger Abwesenheit pflegte er wieder seine Kontakte am Königshof und nahm seine Pflichten im Parlament mit mehr Interesse wahr. Maryanne hatte sich redlich bemüht, dem Gerede aus dem Weg zu gehen, doch bei einem Besuch bei ihrer Schneiderin, Mrs Jenkins, wurde sie von Klatsch und Tratsch regelrecht überschwemmt. Plötzlich hatte jeder etwas über Lord Grey zu erzählen. Und jeder, so schien es jedenfalls, hatte dabei seine eigenen Überzeugungen. Maryanne, die einfach nur in Ruhe nach Schürzenbändern schauen wollte, wurde unfreiwillig in die Unterhaltungen hineingerissen. Mutmaßungen, weshalb der Lord abwesend gewesen war, wurden dabei besonders inbrünstig vorgetragen. Während die Witwe Foster zu wissen vorgab, dass er aufgrund einer Unpässlichkeit auf dem Land verweilt habe, schwor Mrs Ashton, sie habe gehört, er habe sich voll und ganz der Erziehung seines Mündels gewidmet, welches seine volle Aufmerksamkeit gefordert habe.

»Eine verbotene Liebe. Mit einem Stallburschen«, sagte Mrs Fosters Tochter Ellen mit gesenkter Stimme. »Sie wollten zusammen durchbrennen.«

Ein Raunen ging durch das Geschäft, als sie ihre prekäre Behauptung mit einem langen Nicken bekräftigte.

Mrs Ashtons Augen waren so groß wie Untertassen geworden. »Durchbrennen? Das Mädchen kann doch nicht älter als siebzehn sein ...«

»Wo denken Sie hin?«, sagte Mrs Jenkins. »Kaum fünfzehn, das Mündel.«

»Was?« Mrs Ashton hielt ihrem Hündchen die Ohren zu. Maryanne verdrehte kaum merklich die Augen, während Ellen weitersprach. »Es heißt, Ihre Ladyschaft sei deswegen so kompromittiert gewesen, dass sie sie in ein Kloster schicken wollte.«

Erneut war ein Raunen zu hören.

»Verständlicherweise!« Mrs Ashton zischte empört.

»Aber ihr Neffe wusste dies wohl im letzten Moment zu verhindern«, sagte Ellen.

»Offensichtlich ein geduldiger Mann«, sagte ihre Mutter.

»Und so gutherzig.« Mrs Ashton strich ihrem Hündchen wie in Trance über das Fell. »Ein solches Maß an Ungehorsam ist fürwahr nicht leicht zu bändigen.«

»Sie waren doch einst auf Roslyn Park angestellt, Miss Landerton.« Mrs Ashton hielt ihrem Hündchen einen blauen Seidenstoff vor.

»In der Tat«, antwortete Maryanne befangen.

Die Blicke der anderen Kundinnen gingen neugierig zu ihr.

»Erzählen Sie doch mal, was ist dieser Lord Grey für ein Mann?«

»Er ist ... wahrlich großherzig. Aber auch vernünftig und bodenständig.«

»Bodenständig?« Ellen klang, als hörte sie dieses Wort zum ersten Mal.

»Was Emily angeht«, sagte Maryanne weiter, obwohl sie niemand danach gefragt hatte, »so schlägt sie in vielerlei Hinsicht ganz nach ihrem Onkel. Ich wünsche noch einen guten Tag.« Sie neigte den Kopf und verschwand unverrichteter Dinge aus dem Geschäft.

Die Stadt hatte viele Vorzüge, die Maryanne zu schätzen wusste. Doch der Klatsch, der den gelangweilten Menschen als Nahrung diente, gehörte für sie definitiv nicht dazu.

Maryanne nahm den Weg durch den Hyde Park zurück, weil sich tiefschwarze Wolken am Himmel türmten. Die schwülwarme Luft war der ideale Nährboden für Gewitter und Maryanne wusste die Anzeichen mittlerweile zu deuten. Ebenso wie die Londoner, die an diesem Tag im Park weilten. Die Menschen beschleunigten ihren Gang, trieben ihre Pferde an und fuhren mit ihren Kutschen eilig nach Hause.

Maryanne hielt mit einer Hand ihren Hut fest, an dem der Wind heftig zerrte. Das Gerede über Emily ging ihr einfach nicht aus dem Kopf. Unglaublich, was sich die Menschen ausdenken, dachte sie und presste die Lippen zusammen, während sie mit weiten Schritten den Park durchkreuzte. Das Einzige, was sie von den Berichten über Roslyn Park glaubte, die ihr zu Ohren gekommen waren, war, dass Emily Grey inzwischen eine Schönheit war und, als Lord Greys Mündel, selbstredend noch dazu eine fabelhafte Partie. In der Zeitung hatte sie gelesen, dass Emily in der kommenden Saison debütieren würde. Gewiss würde sie sich dann vor Verehrern kaum retten können.

Wenn auch Edwards Aufenthalt in London Maryanne verunsicherte, weil sie ein Zusammentreffen mit ihm fürchtete, so ließ doch die Möglichkeit, Emily über den Weg zu laufen, ihr Herz höherschlagen. Ob sie sich wohl noch an sie erinnern konnte? Maryanne jedenfalls hatte das liebe, lebhafte Mädchen nie vergessen. In ihrer Zeit auf Roslyn Park war sie ihr wie eine kleine Schwester gewesen. Sie hatte sie lieb gewonnen und geglaubt, dass es dem Mädchen mit ihr ebenso gegangen war. Immerhin war sie einst deren Gouvernante gewesen. Und im Gegensatz zu anderen hatte Maryanne nie daran gezweifelt, dass aus Emily einmal eine bemerkenswerte, junge Dame werden würde. Eine Frau, die Herz und Verstand gleichermaßen einzusetzen wusste. Obgleich Maryanne nichts auf das Gerede über eine heimliche Liebe mit einem Stallburschen gab, konnte sie sich durchaus vorstellen, dass Lady Grey Emilys wertschätzendes Verhalten gegenüber der Dienerschaft fehlinterpretiert und womöglich falsche Schlüsse gezogen hatte. Maryanne hatte die betagte Ladyschaft als strenge und gegenüber unteren Gesellschaftsschichten feindselige Person kennengelernt. Nicht zuletzt war sie für den ersten Bruch zwischen Edward und ihr verantwortlich gewesen, weil sie Maryannes Briefe an ihren Neffen abgefangen und damit ihren Kontakt zu ihm unterbunden hatte. Sie gehörte zu jenen Adeligen, die eine strikte Trennung der Gesellschaftsschichten forderten, und das machte sie in Maryannes Augen gefährlich. Auch wenn sie sich deren Aufmerksamkeit entzogen hatte, blieb ein gewisses Unbehagen in Maryanne beim Gedanken an sie zurück. Denn Menschen wie die alte Lady Grey fanden immer wieder Gelegenheiten, auf ihr Geburtsrecht hinzuweisen und darauf zu pochen, dass sie in den Augen der Krone mehr wert waren als das einfache Volk.

***

Vor dem Kensington Crown wurden die Straßenlaternen angezündet. Mit dem letzten Glockenschlag der St. Mary Abbots Church verriegelte Maryanne die Tür des Teehauses. Vor ihr lag ein ruhiger Abend. Bis auf Roberts waren alle Fremdenzimmer unbelegt. Er hatte sich für das Essen abgemeldet, um eine Einladung bei einem seiner Geschäftspartner anzunehmen. Maryanne setzte sich an den Schreibtisch und machte ihre täglichen Eintragungen in die Bücher, von denen sie eine Kopie für Anthony anfertigte. Bei Kerzenlicht beantwortete sie den Brief ihrer Mutter, die geschrieben hatte, dass sie noch vor September nach London zurückkehren würde.

Maryanne versiegelte den Umschlag und legte ihn auf den Stapel Briefe, den Prudence morgen zur Post bringen würde. Gähnend lehnte sie sich im Stuhl zurück, streckte die Arme über sich aus und rieb sich die Augen, die vor Müdigkeit brannten.

Erneut lag ein langer, arbeitsreicher Tag hinter ihr. Und ein Blick auf die Standuhr verriet ihr, dass sie ihr Versprechen Betty gegenüber, vor Mitternacht schlafen zu gehen, wieder nicht eingehalten hatte. Vor Stunden hatte sie Betty vom Aufräumen freigestellt und sie zu Bett geschickt, damit diese sich zum Lesen zurückziehen konnte. Neuerdings hatte sie nämlich Stolz und Vorurteil für sich entdeckt. Von der Lektüre erhoffte sie sich, mehr über die geheimnisvolle Dame zu erfahren, die eine Schwäche für Jane Austens Romane zu haben schien. Betty war nicht entgangen, dass die Dame bereits ein neues Buch las: Emma.

In jedem Fall war Bettys Begeisterung für die Autorin entfacht worden und Maryanne wollte ihr das nicht nehmen. Sie befürwortete Bettys Interesse für Literatur, auch weil es sie davon abhielt, einem gewissen Philosophiestudenten zu schreiben, den sie am Themseufer kennengelernt hatte. Anscheinend hatte sie bei ihm einen bleibenden Eindruck hinterlassen, sodass er sich in London nach ihr erkundigt hatte. Irgendjemand hatte ihm gesagt, wo er das hübsche Mädchen vom Themseufer wiedersehen konnte. Als er nur wenig später im Teehaus aufgetaucht war, um zu erkennen, dass seine Suche erfolgreich gewesen war, hatte Maryanne sich zusammenreißen müssen, um nicht wie die strenge Tante zu wirken, die sie nie hatte sein wollen. Am Ende war sie stolz auf sich gewesen, weil sie ruhig und höflich zu dem jungen Mann geblieben war, der viel auf sich genommen hatte, nur um Betty wiederzusehen. Vielleicht, so hoffte Maryanne inständig, würde Jane Austen nicht nur an Bettys Sinn für Romantik, sondern auch an deren Tugend appellieren.

Als Maryanne die Kerze ausblies, stand der nächste Morgen bereits kurz bevor. Völlig erschöpft ließ sie sich ins Bett fallen. Sie hoffte, schnell in den Schlaf zu finden, doch ihr Kopf weigerte sich abzuschalten. Zu gerne wollte sie den Gedanken an die Vergangenheit entfliehen, die sie unentwegt heimsuchten, sobald es dunkel und still um sie herum geworden war. Sie rollte sich in ihre Decke ein, horchte auf die Stille im Haus und war dann froh über den einsetzenden Regen. Dicke Tropfen prasselten gegen das Fenster, trommelten aufs Dach und verbanden sich zu einer beruhigenden Melodie. Doch dem Wachsein entkam Maryanne trotzdem nicht. All das, was früher einmal wie ein Schlaflied für sie gewesen war, war nun wirkungslos geworden. Vor ihrem geistigen Auge flimmerte Edwards Bild auf. Ob er in seinem vornehmen Stadthaus in der Nähe des Kensington Palasts dem Regen ebenso lauschte? Er war nur wenige Straßenzüge von ihr entfernt. Lag er in diesem Moment neben seiner Ehefrau im Bett? Strich er ihr sanft übers Haar? Berührte, liebkoste er sie? Die Vorstellung hatte sich Maryanne aufgedrängt und sie erschauderte, weil sie ihr seelische Schmerzen zufügte, die sie nicht hatte kommen sehen. Wütend schlug sie mit der Faust ins Kissen. Sie presste die Lider aufeinander, um die Tränen zurückzuhalten, die ganz plötzlich darunter hervortraten. Seufzend richtete sie sich im Bett auf, kramte ein Taschentuch aus ihrer Schublade und trocknete sich damit die Tränen. Warum beschäftigte Edward sie immer noch? Wieso jetzt – wo sie doch ganz andere Probleme hatte?

Der Regen ließ nach, bald war er nur noch ein sanftes Tröpfeln. Fahles Mondlicht drang durchs Fenster und auf Gertruds verlassenes Bett. Ihre Schwester fehlte Maryanne unsäglich. Sie waren immer eine Einheit gewesen. Jetzt gingen beide getrennte Wege. Zunehmend fühlte Maryanne sich wie gefangen in einem Leben, das sie selbst gewählt hatte. Sie sank zurück ins Kissen, starrte an die Decke und dachte an Gertrud und ihren kleinen Sohn. Sie wollte sich für ihre Schwester freuen, denn niemand hatte das Familienglück mehr verdient als sie, trotzdem war da diese Enge in Maryannes Brust. Das Gespräch, das sie mit Robert an der Themse geführt hatte, hallte wieder lauter in ihr nach. Alle um sie herum schienen plötzlich zu heiraten, ihre eigenen Familien zu gründen. Ihr war, als würde jeder einen neuen Weg einschlagen, doch niemand ging diesen allein. Abgesehen von ihr. Noch während sich diese Tatsache in Maryanne festigte, wurde ihr klar, dass sie das Alleinsein zwar schätzte, es jedoch nicht zwingend brauchte. Gesellschaft war ihr wichtig. Und die Gesellschaft von Menschen, die ihr etwas bedeuteten, war unverzichtbar. Inzwischen definierte sie sich über ihre Arbeit. Ihr Alltag bestand einzig daraus, wer wann wie viel und welchen Tee bestellte. Mit schwindelerregender Klarheit erkannte Maryanne den wahren Preis für ihre Eigenständigkeit. In ihrem eisernen Wunsch, das Teehaus wie ein Mann zu führen, hatte sie sich selbst ein Stück weit verloren. Sie spürte eine quälende Einsamkeit in sich, eine Leere, die mit Leichtigkeit gefüllt werden wollte. Maryanne konnte sie noch so sehr von sich wegschieben, sie würde nicht fortgehen, sondern wachsen und sie mit der Zeit erdrücken.

Am nächsten Morgen wurde Maryanne von unerfreulichen Nachrichten aus ihren Routinen gerissen. Fassungslos betrachtete sie den Brief ihres Bruders, in dem er ihr geschrieben hatte, dass er mehr Geld für die Bewirtschaftung des Kensington Crown verlangen musste. Als Grund dafür führte er an, dass der Ausbau seiner Druckerei nicht wie geplant verlief und er deshalb mit unvorhergesehenen finanziellen Belastungen konfrontiert sei. Bereits zu Beginn des Jahres hatte

Anthony die Zahlungen für sich selbst angepasst, damals mit der Begründung, die Ausbildung seiner Söhne sei kostspieliger als gedacht gewesen. Er hatte betont, dass dies nur vorübergehend sein sollte, doch nun war davon keine Rede mehr. Maryanne fühlte sich zunehmend von ihm hintergangen. Obwohl sie ihm stets vertraut hatte, kam es ihr nun so vor, als würde er ihre Arbeitskraft ausnutzen, um sich selbst zu bereichern. Schon jetzt blieb, nach allen Kosten und Abgaben, für ihre privaten Zwecke kaum Geld übrig. Neben dem Gefühl der Enttäuschung, das sie ihm gegenüber empfand, war da auch eine immense Hilflosigkeit. Denn Anthony hatte es in der Hand. Was immer er für das Kensington Crown oder die Familie für richtig empfand, es würde so geschehen. Zwar hatte er bisher nichts über etwaige Verkaufspläne verlauten lassen, dennoch war Maryanne sicher: Er würde nicht davor zurückschrecken. Sollte sie sich nicht bereit erklären, seine Zahlungen zu leisten, hätte er schnell einen Käufer gefunden, der bereitwillig einen hohen Preis für das Gebäude zahlen würde. Die unmittelbare Lage zum Hyde Park hatte den Wert der Immobilie in den vergangenen Jahren nochmals steigen lassen. Anthony wusste das.

Womöglich, so befürchtete sie mittlerweile, wollte er es gar nicht anders. Vielleicht war er längst dabei, ihre Grenzen auszutesten. Wie weit würde sie gehen für den Erhalt der Teestube?

»So ist er nicht«, sagte Betty, als Maryanne ihr in der Küche von ihrer Befürchtung erzählte. »Onkel Anthony würde uns das Kensington Crown nicht einfach wegnehmen.« Betty hatte eine hohe Meinung von ihrem

Onkel, der ihr stets freundlich und nachsichtig begegnet war. Auch deshalb tat sich Maryanne schwer damit, ihre Illusion zu zerstören. Dennoch entschied sie, dass es besser war, sie auf das Vermeintliche vorzubereiten.

»Ich glaube, er würde«, entgegnete sie mit matter Stimme. »Im Zweifelsfall geht für ihn die Familie vor, die er in York hat.«

»Das glaube ich nicht.« Betty schüttelte den Kopf. »Ihm ist das Teehaus nicht gleichgültig. Wir sind ihm nicht egal. Warum sollte er es uns wegnehmen?«

»Weil er es kann!« Maryanne donnerte das Tablett auf die Ablage. Sie hatte nicht harsch wirken wollen, doch in letzter Zeit fehlte ihr manchmal die Geduld für Bettys Idealismus. Sofort bereute sie ihren Mangel an Feingefühl. Betty betrachtete sie verschreckt und Maryanne fühlte sich schlecht. »Verzeih mir. Ich … weiß nicht, was mit mir los ist.« Sie berührte Betty versöhnlich an der Schulter und war froh, als sie ihr ein kleines Lächeln entlocken konnte.

»Es ist einfach … Es macht mich so wütend: zu wissen, dass ich nichts besitze.« Sie zeigte um sich herum. »Das alles bin ich. Das sind wir. Und dennoch gehört uns nichts davon. Nicht einmal die Teekanne, die du hältst.«

Betty schaute zögerlich auf die Kanne in ihren Händen herab, dann runzelte sie die Stirn.

»Darüber habe ich mir noch keine Gedanken gemacht«, murmelte sie.

Maryanne lächelte wehmütig. »Das musst du auch nicht. Es ist meine Aufgabe, sich Gedanken zu machen. Genauso wie es meine ist, eine Lösung für uns zu finden.«

»Was willst du denn machen? Wenn das Kensington Crown Onkel Anthony gehört, kannst du nur auf ihn vertrauen.«

Maryanne nickte matt.

»Er wird es nicht verkaufen. Das würde er nicht wagen.«

Abermals lächelte Maryanne, dankbar für Bettys Versuch, sie aufzubauen. »Vielleicht hast du recht. Ich mache mir wahrscheinlich nur unnötig Sorgen.«

»Das tust du. Wie üblich, Tante Maryanne.« Betty nickte, als gäbe es daran keinerlei Zweifel.

Maryanne nickte ebenfalls, bemüht, die Zuversicht ihrer Nichte zu teilen. Sie füllte die Zuckerdosen auf. Mit einem leisen Rauschen glitt das weiße Gold in die versilberten Gefäße.

»Ach, und ... Samuel ist noch bis morgen in der Stadt«, sagte Betty mit vorgetäuschter Beiläufigkeit, während sie Scones auf einen Teller lud. »Danach bricht er zu ... irgend so einer Exkursion auf.«

»Tatsächlich?« Maryanne schaute nicht vom Zucker auf.

»Ich dachte mir ... vielleicht kann ich ihn zum Tee zu uns einladen.« Ihre Bitte brannte in ihren Augen, als sie sich Maryanne zuwandte. Diese holte hörbar Luft.

»Nun, für den Tee ist es schon zu spät.« Maryanne ließ sich mit ihrer endgültigen Antwort Zeit. Bettys Mund bildete eine schmale Linie. Ungeduldig nestelte sie an ihrem Spitzenkragen.

»Abendessen«, meinte Maryanne dann. »Das wäre passender. Er soll um acht Uhr hier sein.«

Betty strahlte gelöst. »Du bist die beste Tante auf der Welt. Die gütigste und die großmütigste.« Sie stieg auf die Zehenspitzen und küsste sie auf die Wange.

Maryanne lächelte. »Nun, so uneigennützig ist das gar nicht. Immerhin haben wir so die Gelegenheit, ihn einmal kennenzulernen.«

»Wir?«

»Na ... Ich und ... Rob. Der sich, wie du gewiss weißt, nicht täuschen lässt. Schlechte Absichten durchschaut er sofort.«

Betty nickte. »Schlechte Absichten wird er bei Samuel gewiss nicht entdecken.«

Maryanne hob gespielt unschlüssig einen Mundwinkel hoch.

»Wir werden sehen. Und bis es so weit ist ... Lass unsere Gäste bitte nicht länger warten.« Maryanne klopfte ihr sanft auf den Arm. Gedankenverloren schaute sie Betty durch die leicht geöffnete Hintertür zum Hof nach. Als sie außer Sichtweite war, holte sie den Brief ihrer Mutter aus ihrer Schürzentasche. Sie hatte verhindern wollen, dass Betty von den Überlegungen ihrer Großmutter las, sich bei Gertrud in York niederzulassen. Zum einen, weil sie sie nicht beunruhigen wollte. Zum andern befürchtete sie, dass Betty sich ihr anschließen könnte. Und was würde dann aus ihr werden? Das Alleingelassenwerden beschäftigte sie ohnehin schon genug. Nun auch noch ihre Mutter und vielleicht auch Betty an eine andere Stadt zu verlieren, das wäre für sie momentan nicht zu verkraften. Schlimm genug, dass Betty bereits Interesse an einem jungen Mann zeigte ... Womöglich strebte sie tatsächlich eine Heirat an, sobald sie volljährig war. Maryanne blieb einzig zu hoffen, dass sich Samuel Sprout beim Abendessen so ungebührlich benahm, dass Betty ihn danach nie wiedersehen wollte.

***

Charlotte hatte das Abendessen vorbereitet, bevor sie gegangen war. Zitronenhühnchen und Kartoffelpüree. Eine einfache Mahlzeit, die Maryanne nur noch hatte anrichten müssen. Robert hatte der völlig nervösen Betty beim Tischdecken geholfen.

»Wie sehe ich aus?«, hatte sie Maryanne gefragt, nachdem sie dreimal ihre Garderobe gewechselt und sich für ein blaues Samtkleid aus der Kleidertruhe ihrer Tante entschieden hatte.

»Du siehst entzückend aus.« Maryannes Antwort jedoch schien Bettys Aufregung nicht zu dämpfen. Ihre Wangen glühten förmlich, als Robert Samuel hereinbat und ihm seinen Platz am Tisch zuwies. Auch er nahm den jungen Gast genauestens in Augenschein.

Samuel, der mit seinen achtzehn Jahren gerade erst dem Jugendalter entwachsen war, schien deshalb nicht weniger angespannt zu sein als Betty.

»Haben Sie beide noch weitere Kinder?«, fragte er, nachdem sie sich miteinander bekannt gemacht hatten. »Ich meine natürlich, außer Betty?«

Maryanne und Robert tauschten amüsierte Blicke. Betty kicherte hinter vorgehaltener Hand.

»Oh, nein, wir sind nicht Bettys Eltern«, erklärte Maryanne ihm daraufhin. »Ich bin ihre Tante und der gute Robert hier ist ein enger Freund der Familie.«

Samuels Wangen liefen glutrot an. »Oh, ich ... Ich bitte um Verzeihung. Ich dachte nur, weil ... na ja, Sie beide wirken so vertraut miteinander auf mich. Und am Themseufer, da sah es für mich so aus, als ob ...« Peinlich berührt kniff er die Lippen zusammen.

»Schon in Ordnung. Das konnten Sie ja nicht wissen«, sagte Maryanne versöhnlich, und wieder kreuzte sich ihr Blick mit Roberts. Kurz hielt er ihrem stand, ein Lächeln huschte über sein Gesicht, dann zuckte er leicht die Schultern und räusperte sich. »Möchte jemand noch Wein?« Er schwenkte die Flasche in der Hand.

Maryanne schob ihm ihr Glas hin. Gemeinsam lachten sie über das Missverständnis, und für einen Moment herrschte eine Unbeschwertheit am Tisch vor, die Maryanne die Sorgen vergessen ließ. Doch als Samuel das Kensington Crown bewunderte, geriet die Unbeschwertheit ins Wanken und die Konversation ins Stocken. Betty war es, die sie wieder aufgriff. Stolz erzählte sie ihrem Gast von der Geschichte des Teehauses, den Anfängen, dem innigen Wunsch ihres Großvaters, einen gemütlichen Ort der Zusammenkunft im Herzen Londons zu erschaffen, in dem die Teetradition im Mittelpunkt stand. Die liebevolle Art und Weise, in der Betty vom Kensington Crown sprach, löste in Maryanne eine Flut tiefer Empfindungen aus. Dankbarkeit, Stolz, aber auch Schwermut ließen ihr Herz schneller schlagen. Würde sie das Kensington Crown noch in die Zukunft führen können? Es war schrecklich, dass die Sorgen um ihr Teehaus, die sie so mühsam abgeschüttelt hatte, zurückgekehrt waren. Maryanne hatte sich nie von der beklemmenden Angst, es zu verlieren, erholt. Sie war das Gespenst, das sich nicht austreiben ließ. Nun suchte es sie erneut heim.

Kapitel 6

Der Herbst hatte in London Einzug erhalten und trieb orangerote Blätter wie eine Viehherde durch die Straßen. Wie jedes Jahr wehrte sich die alte Eiche im Hinterhof des Teehauses mit aller Macht gegen den Jahreszeitenwechsel, aber auch ihre Blätter hatten sich bereits verfärbt. Erbarmungslos rüttelte der Wind an ihnen, als würde er ihr Durchhaltevermögen testen. Im Kensington Crown schien es, als würden die unruhig gewordenen Zeiten auch Maryanne prüfen.

Vor drei Wochen hatte ihre Mutter ihr mitgeteilt, dass sie in York einen Schwächeanfall erlitten habe. Anthony hatte seine Mutter deshalb nach London zurückbegleitet, um sicherzustellen, dass sie wohlbehalten zu Hause ankam. Als Bertha sich von der Reise ausruhte, nahm Maryanne ihren Bruder vor deren Schlafzimmertür zur Seite.

»Es ist doch nichts Ernstes, oder?«, fragte sie, als sie auf dem Flur im Obergeschoss des Hauses sprachen.

Anthony stemmte die Hände in die Hüften. »Wir haben einen Arzt kommen lassen. Und der hat sie gründlich untersucht.«

»Und?« Sein vorsichtiger Unterton gefiel ihr nicht. »Was fehlt ihr?«

»Es ist wohl das Herz. Es setzt hin und wieder einen Schlag aus.«

»Ihr ... Herz?« Maryanne schluckte erschrocken. »Was ... Was kann man da machen?«

Anthony holte hörbar tief Luft, ehe er antwortete: »Sie braucht viel Ruhe. Keine Anstrengungen. Jegliche Aufregung sollte sie vermeiden.«

Sie nickte hastig. »Gut. Sie soll im Bett bleiben. Betty und ich, wir werden uns um sie kümmern. Wird sie ... Ich meine, wird sie denn wieder gesund werden?«

Er betrachtete sie bedauernd, dann senkte er seine Stimme. »Maryanne, unsere Mutter wird nicht wieder genesen. Es ist nichts, was man heilen könnte, also ...«

»Was? Aber ...« Sie blinzelte mehrmals hintereinander verwirrt.

»Ich bleibe noch ein paar Tage in der Stadt. Lass uns morgen beim Abendessen reden. Wir haben Wichtiges zu besprechen.« Er berührte sie an der Schulter, lächelte matt und verabschiedete sich.

Maryanne blieb zutiefst verunsichert zurück. Hatte er ihr etwa gerade mitgeteilt, dass ihre Mutter todkrank war? Dass sie ein Leiden hatte, das ihr Leben verkürzen würde?

Ungläubig spähte sie durch den Türspalt zu ihr ins Zimmer. Bertha schlief. Ihre Wangen waren blass, doch abgesehen davon sah sie nicht schwer krank aus. Maryanne konnte sich nicht vorstellen, dass ihre Mutter, die stets voller Energie gewesen war, plötzlich gezwungen war zu rasten, weil ihr Überleben davon abhing. Wusste sie überhaupt, wie ernst es um sie stand?

Maryanne beschloss, Betty vorerst nichts zu sagen. Morgen Abend würden sie Gelegenheit haben, offen über alles zu sprechen. Noch wollte Maryanne sich nicht den Kopf darüber zerbrechen, worüber ihr Bruder noch mit ihr reden wollte. Die Neuigkeiten reichten ihr bereits aus, um vor Anspannung kaum noch einen klaren Gedanken fassen zu können.

***

Am nächsten Tag war ihre Mutter noch vor ihr auf den Beinen. Maryanne folgte den Geräuschen, die aus der Küche kamen, und fand Bertha geschäftig mit Schürze und Haube vor. Summend füllte sie die Teemischungen in die Kannen. Der Kessel blubberte auf dem Herd. Tassen und Teller standen für den Frühstückstee bereit. Maryanne traute ihren Augen nicht.

»Guten Morgen, Mama.« Sie drückte ihr einen Kuss auf die Wange.

»Guten Morgen, Liebes. Hast du gut geschlafen?«

Maryanne zögerte und nickte dann. »Das habe ich. Ja. Und ... du?« Ungläubig schaute sie zu ihr auf, während sie sich ihre Schürze umband.

Bertha lächelte. »Wie ein Stein. Ich glaube, diese Reise hat mich vollkommen geschafft. Dein kleiner Neffe, ich sag dir, ist ein Wirbelwind. Sehr niedlich, liebenswert, aber auch laut und fordernd. Das hat er gewiss nicht von seiner Mutter.«

»Nein, eher nicht.« Maryanne lachte verhalten.

»Trudi war immer ein so zartes und stilles Kind«, sagte ihre Mutter. »Selbst nach ihrer Geburt hat sie kaum einen Mucks von sich gegeben. Es war immer so, als wollte sie niemandem zur Last fallen.«

Kurz hing eine nachdenkliche Stille im Raum, in der Maryanne ihre Mutter prüfend betrachtete. Bertha hatte den Blick zu Boden gesenkt, wo der Abdruck auf den Fliesen sichtbar war, den Gertrud dort vor Jahren mit einem zu heißen Ofenblech hinterlassen hatte.

»Dann ... fühlst du dich heute besser?«, fragte Maryanne vorsichtig und holte ihre Mutter damit anscheinend aus tiefen Gedanken zurück. Kurz schüttelte Bertha den Kopf, ehe sie sich ihr zuwandte.

»Aber ja. Mir geht es gut.« Sie tätschelte Maryanne die Schulter, während sie um sie herum zur Schublade ging.

»Du solltest dich dennoch lieber ausruhen. Anthony hat gesagt, dass ...«

Bertha zog das Nudelholz aus der Schublade und zeigte damit auf sie. »Anthony hat nicht darüber zu bestimmen.« Mit einer gezielten Hüftbewegung schob sie die Schublade zu. »Außerdem, wer soll denn die ganze Arbeit machen, heute, wo Charlotte sich freigenommen hat. Betty hat mir erzählt, dass ...«

»Du hast mit Betty gesprochen?« Maryanne überkam eine Gänsehaut. Sie hatte ihre Nichte doch schonen wollen.

Bertha nickte lachend. »Ich hatte in der Nacht noch Appetit. Das Essen auf diesen Rasthöfen ist nicht zu empfehlen, na ja, und da trafen wir uns in der Küche und wir unterhielten uns bei einem Glas Milch.«

»Aha, und ... worüber?« Maryanne tat gleichgültig, doch ihre verkrampfte Körperhaltung verriet ihr Interesse.

»Na, sie sagte mir, dass du alle Hände voll zu tun hattest, als ich fort war, und du oft nächtelang über den Büchern gesessen hast. Dass du kaum zur Ruhe gekommen bist.«

»Nun, es ist immer viel Arbeit im Teehaus«, antwortete Maryanne schulterzuckend. »Das weißt du doch.«

»Ja, das stimmt.« Bertha klang bedrückt, als sie sich dem Teig widmete, den Charlotte am Vortag vorbereitet hatte. »Jedoch ... Wenn man allein ist, ist alles doppelt so schwer.«

»Mag schon sein. Aber ... ich scheue das Alleinsein nicht.«

Bertha grinste halb. »Betty hat mir auch von Rob erzählt. Er ist also zurück?«

»Ja. Er ist bei uns zu Gast. Du wirst ihn gewiss bald sehen.«

Sie lächelte seufzend. »Ach, der liebe Rob!«

Maryanne nickte selig.

»Was hältst du von diesem Philosophiestudenten? Betty sagte, ihr, du und Rob hättet ihn bereits in Augenschein genommen?«

»Das haben wir. Er ist ein recht passabler junger Mann.« Anderes konnte Maryanne nach dem Abendessen mit ihm nicht behaupten. Auch die Tatsache, dass er sich stets höflich verhielt und in seinem Werben um Betty Geduld und Anstand bewies, bestärkte sie in ihrem Eindruck.

Bertha schaute zufrieden lächelnd vom Teig auf, über den sie das Nudelholz rollen ließ. »Das ist schön. Ich freue mich, dass Betty jemanden gefunden hat. Auch wenn ich finde, sie ist zum Heiraten noch ein wenig zu jung.«

»Sie lässt sich gewiss noch Zeit«, entgegnete Maryanne.

»Und du, mein Kind? Hat sich irgendetwas während meiner Abwesenheit geändert?« Bertha musterte sie hoffnungsvoll.

Maryanne dachte kurz nach, dann zuckte sie die Schultern. »Was soll sich schon geändert haben?« Sie lächelte beschwichtigend, dann nahm sie das vorbereitete Tablett mit den Gedecken in die Hände.

»Du und Robert, ihr verbringt wieder mehr Zeit miteinander, oder?«

Maryanne stoppte auf ihrem Weg aus der Küche. »Ja. Ein wenig.«

Bertha betrachtete sie abwartend, als hoffte sie, Maryanne würde dem noch etwas hinzufügen. Doch sie beließ es dabei.

»Ich mache jetzt die Tische fertig«, sagte sie und ging in die Gaststube. Neben ihrer Verwunderung darüber, dass ihre Mutter offenbar auf eine Verbindung zwischen ihr und Robert hoffte, wallte in ihr auch Erleichterung auf, denn sie hatte nicht schwer krank auf sie gewirkt. Weder schwächlich noch atemlos. Vielleicht, so dachte Maryanne, während sie die kleinen Porzellanvasen mit den Nelken auf den Tischen platzierte, lag Anthony falsch. Vielleicht hatte sich der Arzt geirrt, was die Gesundheit ihrer Mutter betraf.

***

Als Anthony am Abend wie angekündigt zum Essen erschien, rechnete sie nicht damit, dass er Berthas Diagnose unverblümt zur Sprache bringen würde. Doch was das anging, musste sie feststellen, ihn falsch eingeschätzt zu haben.

»Wir werden uns neu ordnen müssen«, sagte er, nachdem er noch vor dem Hauptgang vor allen wiederholt hatte, was der Arzt in York über Berthas Zustand gesagt hatte.

Betty brach in Tränen aus und verschwand aufgelöst in ihr Zimmer.

Bertha stand auf.

Maryanne tat es ihr augenblicklich nach. Sie war außer sich. »Anthony! Wie konntest du nur?«

Robert, der ebenfalls mit am Tisch saß, fühlte sich sichtlich unwohl. Mit gesenktem Kopf klammerte er sich an sein Glas.

»Wo bitte bleibt dein Feingefühl, Bruder? Wir wollten Betty schonend darauf vorbereiten und nun kommst du her und platzt einfach damit heraus.«

»Sie ist kein Kind mehr, Maryanne! Ihr müsst endlich aufhören, sie wie eins zu behandeln«, antwortete Anthony und stand ebenfalls auf.

Bertha winkte mit einer Hand ab. »Ich sehe nach, wie es Betty geht«, sagte sie ruhig und verließ dann den Raum.

»Ich sollte wohl auch besser gehen.« Robert schob sich mit dem Stuhl zurück, aber Maryanne hielt ihn auf. »Bleib! Bitte, Rob. Es ist nichts, was du jetzt nicht ohnehin bereits wüsstest. Es sei denn, meinem Bruder brennt noch etwas anderes auf der Seele.« Trotzig schaute sie Anthony an.

Der seufzte gedehnt, setzte sich wieder und bat Maryanne, dasselbe zu tun. »Es fällt mir nicht leicht, das zu sagen, aber ... ich muss eure Zahlungen an mich nochmals anpassen.«

Maryanne lachte schnippisch auf, schüttelte fassungslos den Kopf. »Ist das dein Ernst? Ich habe dir bereits geschrieben, dass kaum mehr etwas für uns zum Leben bleibt. Abzüglich unserer Kosten für das Personal haben wir ...«

»Dann müsst ihr mit weniger Bediensteten auskommen.«

»Und wer übernimmt dann deren Arbeit? Du sagst selbst, Mama muss sich schonen.«

Anthony zuckte leicht die Schultern. »Vielleicht teilt ihr euch anders ein oder fangt früher an? Das bliebe euch überlassen.«

Robert räusperte sich. »Mit Verlaub, aber ... deine Schwester arbeitet jetzt schon über ihre Grenzen hinaus.«

Maryanne schickte ihm einen finsteren Blick. »Danke, Rob. Ich kann für mich selbst sprechen.«

»Das weiß ich. Doch ich weiß auch, dass du es zu selten tust.« Er lehnte sich vor, wandte sich erneut an Anthony. »Wenn eure Mutter so krank ist, wie du sagst, dann wird noch mehr Arbeit anfallen. Das können die beiden unmöglich allein schaffen. Abgesehen davon, steht deiner Schwester und deiner Nichte ein ordentlicher Lohn zu. Ihre Abgaben an dich sind gesetzeswidrig.«

»Deine juristischen Fähigkeiten in allen Ehren, Robert, aber ... dies hier ist keine gewöhnliche Teestube, es ist ein Familienbetrieb. Und da hilft jeder mit.«

»Absolut. Abgesehen von dir.«

Anthony funkelte Robert über den Tisch hinweg an. »Nun, ich bin immer noch der Eigentümer. Und ... bei allem Respekt, ich weiß nicht, was dich das angeht.« Er ignorierte Roberts drängenden Blick und wandte sich wieder an Maryanne. »Ich weiß, es ist nicht einfach, aber auch wir in York haben unsere Ausgaben und diese haben sich durch den Ausbau der Druckerei nun mal erhöht. Bedauerlicherweise wurden auch Tante Ursulas Mittel gekürzt. Sie kann nicht weiterhin für das Arbeitsmädchen bezahlen, also ...«

Maryanne senkte bekümmert den Blick. Ursula hatte sie bereits vor Wochen in einem Brief darauf vorbereitet, dass ihr Mann Matthew seinen beweglichen Besitz nach Irland geschafft hatte, wo er inzwischen mit seiner Geliebten und dem unehelichen Sohn lebte. Ihrer Tante war nur das Notwendigste geblieben, um den Schein in der guten Gesellschaft zu wahren.

Anthony durchbrach brüsk ihre Gedanken. »Das Mädchen wird gewiss eine andere Anstellung finden. Aber ... entscheide du ruhig, wen ihr behalten wollt und wen nicht.«

»Prudence hat sich gerade eingelebt«, murmelte sie. Sie hatten so viel Zeit in ihre Ausbildung investiert. Lesen und Schreiben bereiteten ihr keine Probleme mehr, sodass sie mit den Bestellvorgängen vertraut war und damit auch an Selbstvertrauen gewonnen hatte.

Anthony schien das wenig zu interessieren. »Dann kündige Sophie oder Char...«

»Und wer soll dann kochen und backen?«

»Na ja ...« Anthony schnalzte mit der Zunge, stand auf, stellte sich hinter seinen Stuhl und stützte die Arme auf die Lehne. »Wie ich hörte, hat Mutter das heute Morgen sehr gut gemacht.«

Maryanne schüttelte abfällig den Kopf. »Hörst du dir überhaupt zu? Sie soll sich nicht belasten.«

»Ja ... ich ... weiß«, raunte er und wich Maryannes Blick aus. »Wenn ihr das Hinterhaus schließen würdet und den Hof, dann hättet ihr weniger Tische zu bedienen.«

»Ja, nur bedeuten weniger Tische auch weniger Umsatz. Das ist Irrsinn, Anthony. Du redest völlig am Geschäft vorbei.« Maryanne war entrüstet.

»Was willst du damit sagen, Schwester?« Sein bohrender Blick war auf sie geheftet.

Maryanne zuckte die Schulter. »Nichts. Nur, dass du nicht weißt, wie es im Kensington Crown zugeht. Du hast eben noch nie hier gearbeitet.« Sie hatte das starke Gefühl, als wollte er sich überhaupt nicht mit dem Problem auseinandersetzen, blieb jedoch ruhig.

»Das muss ich mir nicht anhören.«

Ihr Eindruck festigte sich. Völlig überstürzt brach er auf und Maryanne hielt ihn nicht davon ab. Die Nacht verbrachte er, statt in seinem Elternhaus, in einer Pension. Maryanne ahnte, dass sie seinen Stolz verletzt hatte. Ihr Bruder war schon immer zartbesaitet gewesen, wenn es um seine Ehre ging. Seit er das Familienoberhaupt war, hatte sich dieser Charakterzug nur noch verstärkt.

Bis spät in die Nacht saß Maryanne mit Robert allein in der Gaststube. An Schlaf war nicht zu denken. Sie war unfähig, das Verhalten ihres Bruders in Worte zu fassen. Zu tief saß die Enttäuschung. Zu viele Fragen hatte sein Verhalten aufgeworfen. Konnte sie noch auf eine Zukunft im Kensington Crown hoffen? Wenn ja, für wie lange?

»Er hat keine Ahnung vom Geschäft«, sagte sie, als sich ihre Frustration an die Oberfläche wölbte.

Robert stimmte ihr zu. »Was er verlangt, ergibt keinen Sinn. Jedenfalls keinen wirtschaftlichen und auch, was eure Mutter angeht, so wäre es nicht tragbar und vollkommen verantwortungslos.«

»Er will, dass wir aufgeben.« Maryanne starrte vor sich hin, erschrocken von dieser Erkenntnis. »Er will, dass wir diese Entscheidung treffen. Damit er es nicht muss.«

Robert seufzte. »Ja. Der Meinung bin ich auch.«

Maryanne drängte die Verbitterung zurück, die sich in ihr ausbreiten wollte. Robert bettete seine Hand über ihre. Dankbar für seinen Beistand drückte sie sie fest.

»Und ich dachte, die Teestube würde ihm mittlerweile tatsächlich etwas bedeuten. Ganz offenbar ist ihm seine Familie in York wichtiger.« Sie klang untröstlich.

»Was kann ich tun, Maryanne? Wie kann ich euch helfen?«

Sie sah zu Robert auf, schlug kurz die Augen nieder. »Du kannst nichts tun. Leider. Aber lieb von dir, dass du fragst.«

Für einen Moment blieb sie in seinem Blick, als wäre er ihre Zuflucht. Zwischen ihnen flackerte das Licht der fast niedergebrannten Kerze. Eine wohltuende Wärme ummantelte Maryannes Herz, und sie spürte etwas, das sie lange Zeit entbehrt hatte: das Gefühl, verstanden zu werden. Irritiert von dieser Erkenntnis schob sie sich auf dem Stuhl zurück und stand auf.

»Wir sollten jetzt zu Bett gehen, bevor der Morgen anbricht. Du musst früh in die Kanzlei.«

»Du hast recht.« Robert strich sich verlegen das blonde Haar zurück, während er langsam ihrer Aufforderung nachkam.

Maryanne nahm die Kerze und ging vor ihm die Treppe hinauf. Im oberen Flur angekommen, wandte sie sich ihm nochmals zu.

»Gute Nacht, Rob.«

Er lächelte und seine Augen strahlten im Kerzenschein. »Schlaf gut, Maryanne.«

Sie sah zu, wie er in seinem Zimmer verschwand, und für den Bruchteil einer Sekunde überkam sie das seltsame Bedürfnis, ihm nachzugehen. Die wohltuende Zweisamkeit fortzuführen, bis die Sonne aufging und die Sorgen vertrieb, die in der Dunkelheit so viel schwerer wogen.

Kapitel 7

Fünf Tage später hatte Maryanne Anthony in dem Glauben verabschiedet, dass sie seine geforderten Zahlungen leisten würde. In Wahrheit jedoch hatte sie vor, nach einer anderen Lösung zu suchen. Dies war ihr aber nur möglich, wenn ihr Bruder nicht ständig im Teehaus ein und aus ging und die Bücher auf der Suche nach mehr Kapital wälzte. Vorerst würde Prudence gegen Kost und Logis arbeiten. Glücklicherweise war das Mädchen damit einverstanden gewesen, auch wenn Maryanne den Verdacht hegte, dass dies vielmehr mit Robert zusammenhing. Wollte man Betty Glauben schenken, so war Prudence nämlich völlig in ihn vernarrt.

Bertha gab sich nach außen hin stark, doch nicht nur Maryanne fiel auf, dass sie bei der Arbeit nicht richtig bei der Sache war. Immer wieder glitt ihr etwas aus den Fingern, sodass Maryanne sie ersuchte, mehr Pausen einzulegen und die anstrengenden Aufgaben ihr zu überlassen.

Unterdessen versuchte sie, sich weder ihre Sorgen noch ihre Erschöpfung anmerken zu lassen. Vor den Gästen hielt Maryanne die Fassade aufrecht und blieb die stets gut gelaunte Wirtin. Vor Bettys Scharfsinn und Roberts Feinfühligkeit konnte sie aber nicht verbergen, wie es wirklich in ihr aussah. Während Betty sie in der Gaststube und mit den Händlern unterstützte, folgte Robert seiner eigenen Taktik. Weitere drei Wochen waren inzwischen vergangen, ohne dass Maryanne eine Idee gekommen war, die ihnen Erleichterung bringen konnte. Obwohl sie sich tagtäglich abmühte, zog sich die Schlinge um ihren Hals immer weiter zu.

***

Die Dunkelheit einer mondlosen Nacht hüllte das Kensington Crown ein. Im Arbeitszimmer brannten Kerzen in ihren Halterungen und spendeten warmes Licht. Eigentlich hatte Maryanne vorgehabt, sich nach dem Abendessen der Buchführung zu widmen. Es war notwendig, die Kosten im Blick zu behalten. Sie wollte nachsehen, woran sie noch sparen konnten, damit für die Zahlungen an Anthony gesorgt war. Jenes Vorhaben bereitete ihr schon den ganzen Tag Bauchschmerzen. Nur widerwillig folgte sie deshalb Robert in den Salon, in den er sie gebeten hatte.

»Setz dich bitte, Maryanne«, sagte er und schürte das Feuer im Kamin. Die Abende waren deutlich kälter geworden, die Tage bereits kürzer. Maryannes Blick glitt zum Fenster und ein Gefühl von Schwermut überfiel sie, weil sie den nahenden Winter fürchtete. Die Dunkelheit, die Kälte, den Schnee, der die Straßen unpassierbar machen würde.

»Wie geht es dir?« Roberts Frage traf sie unerwartet. Zögerlich sah sie ihn an. »Es geht mir ... gut.«

Er setzte sich zu ihr, schaute sie aufmerksam an.

Maryanne lächelte ihre Unsicherheit weg. »Was soll diese Frage, Rob? Hast du mich nur deshalb herzitiert? Du weißt, ich habe noch zu tun.«

»Maryanne, ja ... und ... ich habe dich nicht herzitiert«, sagte er ruhig. »Ich hatte den Eindruck, dass du dich zu sehr sorgst. Darüber zu sprechen, kann helfen.«

Sie schüttelte den Kopf. »Nein, Rob. Nicht immer. Leider.« Sie stand auf, und er berührte sie sanft am Arm.

»Ich weiß. Das war plump von mir. Bitte, setz dich wieder hin.«

Leise seufzend sank Maryanne zurück aufs Sofa.

»Es ist offensichtlich, dass dein Bruder vom Teehaus profitieren will, seit er weiß, was es abwirft.« Robert sprach an, was ihr auf der Seele brannte, und bewies damit wieder einmal, wie gut er sie kannte.

»Offenbar möchte er den höchstmöglichen Gewinn erzielen. Für sich selbst.«

Sie nickte niedergeschlagen. »Ja.«

»Und jetzt frage ich nochmals: Wie geht es dir?«

Abermals seufzte Maryanne, diesmal mit Tränen in den Augen. Der Damm brach und die Worte folgten ihm schwallartig. »Was er verlangt, kann ich nicht aufbringen. Wir haben hohe Betriebskosten. Die Händler wollen im Voraus bezahlt werden, die Bediensteten brauchen ihr Geld. Es ist schon jetzt so, dass kaum noch etwas für uns abfällt. Gestern musste ich meiner Mutter erklären, dass wir auf Rindfleisch und Zucker weitestgehend verzichten müssen. Bis auf Weiteres wird es wohl auch keine Limonade mehr im Kensington Crown geben, weil wir uns die Früchte nicht mehr leisten können. Ich weiß noch nicht, wie ich das den Gästen erklären soll, die mittlerweile auch deswegen herkommen.«

Sie presste sich die Zeigefinger gegen die pochenden Schläfen. Es war befreiend, sich die Probleme von der Seele zu reden. Gleichzeitig jedoch fühlte sie sich plötzlich der Ohnmacht nah. Weil sie ausgesprochen, eine schier überwältigende Wirkung entfalteten.

»Du hast schon vorher zu viel gearbeitet. Du bist am Ende deiner Kräfte. Ich sehe es dir an, Maryanne«, sagte Robert. »Lass mich dir helfen. Egal wie.«

Zögerlich blickte sie zu ihm auf, lächelte müde. »Das kannst du nicht, Rob. Leider nicht.« Maryanne vergrub das Gesicht unter ihren Händen. »Mein Bruder drückt mir förmlich die Pistole auf die Brust. Dabei hatte ich gedacht, unsere Familie stünde zusammen. Aber ich habe mich getäuscht. Er sieht das Teehaus als seinen alleinigen Besitz und ich denke, er will daraus Geld machen. Wahrscheinlich glaubt er, ich hätte es nicht ernst gemeint, als ich ihm sagte, ich würde nie heiraten. Dass das Kensington Crown mein Lebensmittelpunkt ist. Er hat vermutlich gehofft, ich fände doch noch einen Ehemann, der mich von meiner Liebe zum Teehaus abbrächte. Nun, Anthony hat es sich schon immer gern einfach gemacht.« Sie musste über die erdrückende Ironie lachen. »So viel Schwierigkeiten ... Alles nur, weil ich als Frau zur Welt kam.«

Robert betrachtete sie voll Mitgefühl. »Maryanne, liebste Freundin. Ich habe nachgedacht. Es ... gäbe da eine Möglichkeit.«

Langsam schaute sie zu ihm.

»Allerdings … Ich weiß nicht, ob sie in deinem Sinne ist.«

»Nur raus damit«, sagte Maryanne. »Ich kann alle Ratschläge dieser Welt gebrauchen.«

Er schluckte sichtbar, dann atmete er hörbar ein. »Du weißt, ich bin dem Kensington Crown ebenso zugetan wie du, Maryanne. Aber zuzusehen, wie du leidest, wie du dich kaputt …« Er schlug die Augen nieder, schüttelte den Kopf.

Maryanne suchte seinen Blick. »Du willst mir aber jetzt nicht sagen, dass ich es aufgeben soll?«

»Natürlich nicht!«

»Was dann?« Maryanne legte ihre Hand über Roberts, damit er endlich mit seinem Vorschlag rausrückte.

Zögerlich schaute er sie an, dann bettete er seine andere Hand über ihre, drückte leicht zu. Doch er blieb stumm.

»Nun sag es schon. Was schlägst du vor, das ich tun soll?«

Er schnappte nach Luft, setzte sich ihr zugewandt hin und sah ihr ins Gesicht. »Heiraten.«

Maryanne wich zurück. Ihre Brauen senkten sich über ihre Augen und sie schaute zu Boden.

»Es ist der einfachste Weg für dich und für das Teehaus. Anthony will es verkaufen. Warum nicht an deinen Ehemann? Es würde in der Familie bleiben. Es würde dir bleiben.«

»Abgesehen davon, dass ich geschworen habe, nie zu heiraten … Wer würde mich meiner Unabhängigkeit wegen nehmen? Das Teehaus kaufen, nur um es mir zu geben? Das klingt vollkommen verrückt.«

Leise seufzend sah Robert sie an. In seinen Augen stand die Antwort. Maryanne zuckte unmerklich zurück. »Nein.« Sie schüttelte leicht mit dem Kopf. »Nein ... das kann ich unmöglich von dir verlangen.«

Auch Robert schüttelte nun den Kopf. Energischer jedoch als sie. »Verlangen? Was für ein hässliches Wort.«

»Rob.« Sie ließ die Schultern hängen, ergriff erneut seine Hand, suchte seinen Blick. »Du weißt, wie ich zum Heiraten stehe. Ich habe mir vorgenommen, nie nur eine Ehefrau und Mutter zu sein. Ich will nicht nur an der Seite eines Mannes glänzen. Ich will auch ...«

»Das weiß ich!« Er drückte ihre Hände fester, eindringlicher. »Und ich weiß auch, dass du mich nicht so liebst, wie ich dich liebe.« Seine Stimme war am Ende leiser geworden.

Maryanne holte Luft. »Rob, ich ...«

»Schon gut«, sagte er beruhigend, ehe sie sich ihm erneut entziehen konnte. »Hör mich an, Maryanne. Liebe existiert nicht immer auf die gleiche Weise. Aber dennoch ist sie da. Wir sind doch Freunde, oder?«

Tränen kullerten ihre Wangen hinab. Sie nickte. »Die besten.«

Robert lächelte, senkte kurz den Blick, nur um dann entschlossener denn je zu ihr aufzuschauen. »Und ist Freundschaft nicht auch eine Basis für ein Leben miteinander? Wenn du mich fragst, ist sie womöglich sogar die beste. Und keine Sorge, wir müssen nicht ... Nun ja ... Es wäre eine zweckmäßige Bindung. Du könntest das Leben haben, das du willst. Du wärst abgesichert, und du kannst mir vertrauen. Ich würde dich niemals hintergehen. Es ist mein Wunsch, das Kensington Crown zu erhalten. Genau wie es der deine ist. In diesem Streben würde ich meine Erfüllung finden, an der Seite meiner besten Freundin.«

Mühevoll presste Maryanne die Lippen aufeinander, um ihrem Gefühlsausbruch Einhalt zu gebieten. Vergeblich. Sie war sprachlos, weinte vor Rührung über seine Opferbereitschaft. Seine Großherzigkeit war einzigartig.

»Du musst dich nicht sofort entscheiden«, sagte Robert. »Denk darüber nach. Nimm dir Zeit.« Er stand auf. Maryanne hielt noch seine Hand, von Dankbarkeit erfüllt. Wenig später hörte sie, wie er die Salontür hinter sich schloss.

Maryanne saß noch eine Weile gedankenversunken da, bis das Feuer im Kamin schwächer wurde. Dann kehrte sie ins Arbeitszimmer zurück, konnte sich jedoch nicht mehr konzentrieren. Roberts Angebot war ein Segen. Aber ... Konnte sie es einfach so annehmen? Während ein Teil von ihr gewillt war, sofort Ja zu sagen, rief ein anderer ihr etwas ins Gedächtnis. In ihrer Zeit auf Roslyn Park hatte sie sich mit Edward darüber unterhalten, wie ungerecht es war, eine Ehe einzugehen, wenn das Herz einem anderen gehörte. Damals war sie sich mit ihm einig gewesen, dass es unsichtbares Leid hervorbrachte. Einen Schmerz, der nie wirklich messbar war. An jenem Tag hatte für sie festgestanden, dass sie eine solche Ehe niemals eingehen würde. Ebenso hatte Edward gesprochen. Doch nun war derselbe Mann, ihr Edward, verheiratet. Dabei hatte er doch geschworen, nie eine andere zu lieben als sie. Hatte er es sich anders überlegt? Waren seine Worte nur Blätter im Wind gewesen?

Was ihn auch dazu bewogen hatte, Maryanne hatte
die Zeit mit ihm um zahllose Erkenntnisse reicher gemacht. Eine der wichtigsten war sicherlich: Menschen
änderten sich, Meinungen auch.

Auch für Maryanne waren feste Grundsätze seither
nicht mehr in Stein gemeißelt. Und Robert war immerhin nicht irgendjemand. Sie kannte ihn genau. Seit frü-
hester Kindheit waren sie einander vertraut. Sie liebte
ihn für sein gutes Herz, sein rechtschaffenes Wesen,
seinen Humor und seinen Sinn für Poesie. Und wenn
er ihr ein solches Angebot unterbreitete, wer war sie
dann, es auszuschlagen?

Kapitel 8

Die Verlobungsfeier fand noch im Herbst statt, als die letzten goldgelben Blätter den Hyde Park zum Strahlen brachten und der Wind kräftiger an ihnen zerrte. Die Äste waren inzwischen so ausgedünnt, dass man den Himmel zwischen ihnen sehen konnte. Schon bald würden die Bäume kahl sein und die Tage kurz. Dann würde die Saison zu Ende gehen. Viele Menschen würden sich wie üblich aufs Land zurückziehen, um dort das Jahr ausklingen zu lassen.

Robert hatte Maryanne nicht gedrängt, sich zu entscheiden. Doch sie hatte befürchtet, es sich doch noch anders zu überlegen, sofern sie nicht Ja sagte. Und dann, so hatte sie geglaubt, würde sie die Zukunft des Kensington Crown gefährden, das an diesem sonnigen Samstag in einer außergewöhnlichen Pracht glänzte. Betty hatte sich selbst übertroffen. Gemeinsam mit Charlotte, Sophie und Prudence hatte sie das Hinterhaus für die Feier hergerichtet. Weiße Chrysanthemen schmückten den langen Tisch, der mittig im Raum aufgestellt worden war. Maryanne war gerührt von so viel Anteilnahme. Gertrud war mit Henry und Albert angereist. Roberts Mutter Catherine und Tante Ursula waren gekommen und auch Anthony und Caroline hatten es sich nicht nehmen lassen zu erscheinen. Für einige kam Roberts und Maryannes Verlobung überraschend, für andere, darunter Colin, Charles und George, die der

Einladung nur allzu gern gefolgt waren, war es nur eine Frage der Zeit gewesen, bis Maryanne endlich Roberts stilles Werben erhören würde. Anwälte aus Roberts Kanzlei waren gekommen, um zu gratulieren. Lady Drummond und Mrs Ashton hatten ihre Glückwünsche geschickt. Samuel war, zu Bettys Freude, ebenfalls anwesend. Ganz London sprach über die bevorstehende Hochzeit zwischen der ewig ledigen Maryanne Landerton und dem schneidigen Robert Webber. Bertha war überglücklich.

»Ich wusste es schon immer«, rief sie vor den versammelten Gästen.

Ihre Schwester Ursula lächelte triumphierend. »Wie schön, dass meine Nichte doch noch so etwas wie Vernunft besitzt. Ein Hoch auf die Schicklichkeit!«

Gläser wurden erhoben. Es wurde mit Apfelwein angestoßen. Maryanne nahm die teils überschwängliche Freude mit gemischten Gefühlen hin. Gab es doch unterschiedliche Beweggründe.

Als sie später bei Tee und Kuchen zusammensaßen, spürte sie jedoch auch eine enorme Dankbarkeit. Maryanne ließ ihren Blick unter den Anwesenden schweifen und ihr wurde ganz warm ums Herz. Wie konnte etwas falsch sein, das ein solches Glück hervorbrachte?

»Er ist so ein Schatz, der kleine Albert«, sagte Maryanne, als Gertrud ihren Sohn an Henry übergab, der ihn in seinen Armen schaukelte.

»Ja. Das ist er«, antwortete Gertrud verliebt, dann betrachtete sie Maryanne eingehend. »Du, liebe Schwester, siehst übrigens wunderschön aus.«

Maryanne schaute an dem schlichten weißen Kleid hinunter, das einst ihrer Mutter gehört hatte. Vor einigen Jahren hatte sie es für Maryanne geändert – für den Maskenball der Greys. Jener Abend schien nun eine Ewigkeit her zu sein.

»Ich bin gespannt, was du zur Trauung tragen wirst.« Betty wippte aufgeregt auf den Fußsohlen.

»Um das Hochzeitskleid kümmert sich die Schneiderin. Ich habe Rob gesagt, es sei nicht nötig, aber er hat darauf bestanden. Und mittlerweile bin ich froh darüber. Es ist umwerfend. So viel darf ich schon verraten.« Maryanne strahlte und drückte ihre Schwester, dann ihre Nichte fest an sich. Betty verschwand zu Samuel, der etwas verloren wirkte. Sofort hellte sich seine Stimmung auf.

»Sie scheint sich ernsthaft für ihn zu interessieren«, sagte Gertrud.

»Ja, das befürchte ich auch.« Maryanne lachte und Gertrud stimmte mit ein. Maryannes Blick traf Robert und sie lächelte zufrieden. Gertrud entging das nicht. Sie seufzte knapp, wurde ernst, dann strich sie Maryanne vorsichtig das Haar zurück, das sich aus ihrer Frisur gelöst hatte. »Ich habe ja gesagt, du liebst ihn. Und auch, dass du es früher oder später erkennen würdest.« Gertruds Blick kehrte gleichzeitig mit Maryannes zurück zu Robert, der bei seinen Freunden stand und ein Glas Wein an seine Lippen führte. Als er Maryanne und Gertrud bemerkte, hob er sein Glas und nickte ihnen zu. Maryanne lächelte. »Ja, das hast du, Trudi.«

»Ihr passt so hervorragend zusammen. Ich hätte das auch schon früher sehen müssen und ich bedaure, dass ...«

»Liebste Schwester.« Maryanne wandte sich ihr zu. »Das alles ist Vergangenheit. Du musst dich dafür nicht entschuldigen. Du hattest so oft recht und ich ... ich hätte einfach auf dich hören sollen.«

»Na ja, ich hatte nicht immer recht, aber hin und wieder, das stimmt.«

Sie lachten miteinander und es war eine Wohltat für Maryanne, wieder mit ihrer Schwester vereint zu sein. Wenn es auch nur vorübergehend war.

Charlotte schob auf einem Servierwagen eine zweistöckige Torte herein und Applaus brandete auf. Robert winkte Maryanne zu sich, damit sie sie gemeinsam anschneiden konnten. Es wurde bis in die Nacht hinein gefeiert und Maryanne bereute keine einzige Sekunde.

***

Kaum zwei Wochen später hatten sich die Ereignisse überschlagen. Alles war so schnell geschehen, dass Maryanne manchmal Mühe hatte, sich daran zu erinnern, dass sie nicht träumte. Mit einem Mal waren die Verhältnisse andere geworden. Das Kensington Crown war bereits auf Robert überschrieben. Das Einzige, das noch für die Vollendung ihres Plans fehlte, war Maryannes Unterschrift auf der Heiratsurkunde. Anfang Dezember würde es so weit sein. Anthony hatte es plötzlich sehr eilig gehabt, das Teehaus zu verkaufen. Letztlich hatte er sich Maryanne und Robert anvertraut, ihnen erzählt, dass er sich in finanziellen Nöten befand, weil die Druckerei einen wichtigen Großauftrag verloren habe. Auf Maryannes Frage, wieso er damit nicht früher rausgerückt war, gab er zu, sich geschämt zu haben. Roberts Angebot kam ihm jedenfalls sehr gelegen.

***

Die bevorstehende Vermählung zwischen dem Anwalt Robert Webber und der gutbürgerlichen Maryanne Landerton war der Londoner Zeitung sogar einen Artikel wert gewesen. Mit gemischten Gefühlen hatte Maryanne ihn gelesen. Sie hatte nicht vergessen, wie sie von derselben Zeitung vor knapp fünf Jahren als verrucht und machtgierig diffamiert worden war, zugunsten des kriminellen Großinvestors Benedict Bloom, der es auf ihr Teehaus abgesehen hatte. Doch nicht nur deswegen hatte ihre Erwähnung in jener Zeitung einen faden Beigeschmack. Anders als üblich war sie nicht im Feuilleton zu finden, sondern auf einer Seite mit Lord Bellinghams Stellungnahme über die, nach seinem Empfinden, unerhörte Änderung des Erbgesetzes für verheiratete Frauen. Zweifelsohne war dies weniger ein Zufall als Kalkül – als feierte die Zeitung einen stillen Triumph über die rebellische Tochter der Landertons, die sich nun doch dem Druck der Gesellschaft beugte und zu dem zurückkehrte, was der wahren Natur der Frau entsprach: Eheweib und Mutter zu sein.

»Gib nichts auf die öffentliche Meinung«, hatte Robert zu ihr gesagt, nachdem Gäste sie mit der Zeitungsausgabe konfrontiert hatten und Maryanne Mühe gehabt hatte, ihren Groll hinunterzuschlucken. Ihre Mutter hatte ihm beigepflichtet, es sei nicht notwendig, von allen gemocht und akzeptiert zu werden. Dass es nur auf einige wenige Menschen im Leben ankomme, die man liebe. Maryanne war bestrebt, ihren Rat zu beherzigen, wurde aber in den darauffolgenden Tagen immer wieder auf die Probe gestellt. Das abstrafende Gemunkel auf den Straßen wollte einfach nicht verstummen und sein Inhalt war Maryanne ein Dorn im Auge, weil es ihr ihre Persönlichkeit aberkannte. All das, wofür sie sich in den vergangenen Jahren stark gemacht hatte. Wohin sie auch ging, es schien ihr zu folgen.

»Was ist eine Frau auch schon ohne ihren Ehemann?«, hörte sie die feinen Damen tuscheln. Und: »Vorbei mit der Selbstbestimmung.«

Maryanne fühlte sich regelrecht verfolgt. Ob Zufall oder nicht, ihre Entscheidung für die Ehe kam dem Parlament, das über ein erweitertes Erbrecht für Frauen abstimmte, gerade recht. Zwar konnte das Inkrafttreten des Gesetzes, das verheirateten Frauen ihr Vermögen zusprach, von Lady Drummonds fortschrittlichen Damen durchaus als Erfolg gewertet werden, doch ledige Frauen blieben schutzlos. Man zwang sie gewissermaßen in die Ehe, um überhaupt irgendwelche Rechte zu bekommen. Ein Fallstrick, so wie Lady Drummond es nannte, als sie sich erneut im Hinterhaus des Kensington Crown mit ihrer Gruppe versammelte. »Sie trifft keine Schuld, meine liebe Miss Landerton«, sagte Lady Drummond, die in ihrem spitzenbesetzten, dunkelblauen Zweiteiler wie üblich die Eleganz in Person war. »Sie müssen sich deswegen nicht grämen. Auch wenn Ihre Verlobung von den Männern unserer Regierung als eine Art Kapitulation gesehen wird, so wissen wir doch alle, dass sie Sie lediglich instrumentalisieren.« Sie lehnte sich zu ihr vor, ehe sie im Hinterhaus ihren Platz am Tischende einnahm. Bestärkend berührte sie Maryannes Arm, während diese das Gebäck abstellte. »Lassen Sie niemals zu, dass jene altmodischen Männer Sie dazu bringen, Ihre Liebe zu dem guten Mr Webber infrage zu stellen. Jeder Blinde sieht, dass sie beide einander sehr zugetan sind.«

Maryanne lächelte dankbar. Es bedeutete ihr viel, dass Lady Drummond das sagte, denn sie sah sich immer noch als Verteidigerin der Frauenrechte, und daran würde auch ihr Status nichts ändern. Trotzdem blieb in Maryanne ein Gefühl von Unsicherheit zurück. Die Frage danach, ob sie nicht doch etwas Großes geopfert hatte, um das Kensington Crown vor dem Aus zu bewahren. Die Umstände aber spielten keine Rolle mehr. Ihr Bruder hatte zuletzt den Eindruck gemacht, als wäre er erleichtert darüber, das Teehaus losgeworden zu sein, weshalb Maryanne überzeugt war, dass es nur eine Frage der Zeit gewesen wäre, bis er sie, ihre Mutter und Betty vor vollendete Tatsachen gestellt hätte. Robert hatte sie alle gerettet.

***

Nebelschlieren hatten sich in Londons Straßen verirrt und benetzten als feine Wassertropfen die Fenster des Kensington Crown. Drinnen herrschte seit Tagesanbruch eine verschwörerische Stimmung. Betty und Bertha verhielten sich seltsam, grinsten während der Vorbereitungen in der Teestube immer wieder hinter vorgehaltener Hand. Charlotte und Sophie tuschelten in vorfreudiger Erregung. Prudence schob mit verdrießlicher Miene die Stühle ordentlich an die Tische. Seit sie von der Verlobung erfahren hatte, war sie weniger freundlich gegenüber Maryanne, brachte den Grund aber nie zur Sprache. Fein säuberlich platzierte Maryanne das Besteck neben den Gedecken auf den reinweißen Tischdecken. Wie üblich kontrollierte sie Ordnung und Sauberkeit nochmals mit penibler Sorgfalt. Bettys Glucksen ließ sie zu ihr aufschauen. Seit sie an diesem Morgen aufgestanden waren, warf sie ihr einen verstohlenen Blick nach dem anderen zu, als würde sie jeden Augenblick vor Anspannung platzen.

»Also schön.« Maryanne stützte eine Hand in die Hüfte und sah sich erst nach Betty, dann nach ihrer Mutter und schließlich auch nach Charlotte und Sophie um. »Was ist hier los?«

Unschlüssige Blicke wurden gewechselt. Betretenes Schweigen hing im Gastraum, das nur durch das Ticken der Standuhr durchbrochen wurde.

»Gut. Dann machen wir weiter«, sagte Maryanne streng und wandte sich wieder den Gedecken zu, in dem Moment jedoch fuhr eine Kutsche vor dem Teehaus vor. Sophie und Betty liefen aufgescheucht zur Tür.

»Na, endlich. Das wurde aber auch Zeit.« Bertha holte einen gepackten Koffer hinter dem Tresen hervor, den sie Maryanne in die Hand drückte.

»Mama? Was ... hat das zu bedeuten?« Maryannes Blick wechselte zur Kutsche und kehrte langsam zu ihrer Mutter zurück. Bertha konnte sich ein breites Grinsen nicht verkneifen. »Wir wussten, du würdest die Teestube nicht verlassen wollen, deswegen muss ich dich heute dazu zwingen.«

Maryannes Mund öffnete sich erschrocken. Fassungslos legte sie den Kopf schief. »Jetzt bist du also verrückt geworden.«

»Aber nein. Wenn es nach mir ginge, dann wärt ihr, du und Rob, längst verheiratet. Aber du wolltest ja warten, bis die Saison zu Ende ist. Das verstehe ich. So eine Hochzeit ist allerdings auch sehr anstrengend, dafür brauchst du deine Kräfte. Deshalb werdet ihr Catherine nach Bristol begleiten, wo deine zukünftige Schwiegermutter kuren wird und du und Rob, ihr könnt etwas ausspannen – gemeinsam. Bevor ihr dann im nächsten Monat eure größte Reise antreten werdet – nämlich die in die Ehe.«

Maryanne war sprachlos. Erneut schaute sie zu der offen stehenden Tür zur Kutsche, aus der nun Robert ausstieg, ein unschuldiges Lächeln im Gesicht.

Maryannes Blick glitt zurück zu ihrer Mutter. »Aber … was ist mit dir? Du brauchst Ruhe, Mama.«

»Ach was.« Sie wedelte flink mit der Hand, als schlüge sie nach einer lästigen Fliege. »Ich werde mich schon nicht verausgaben. Ich komme zurecht, Liebes.«

Maryanne schnaubte. »Dennoch … ich kann doch nicht so einfach von hier verschwinden. Was ist mit dem Geschäft? Und die Gäste …?«

»Werden auch eine Woche ohne dich auskommen«, sagte Bertha unbeugsam. »Wir wussten alle genau, wenn wir dich vorher fragen würden, würdest du Nein sagen. Aber im Grunde hält dich nichts mehr auf. Die finanziellen Dinge sind geklärt. Die Buchführung kann nun warten und Betty hat alles bestens im Griff.«

»Genau so ist es!« Betty nickte. »Du brauchst mal eine Pause, eine … Luftveränderung. Und etwas Zeit allein mit deinem Verlobten. Sonst trittst du wie ein nervöses Huhn vor den Traualtar und das kannst du dem armen Rob wirklich nicht zumuten.«

Maryanne verschränkte die Arme vor der Brust und schnaubte verärgert. »Ihr seid wirklich ... unmöglich.« Sie wusste nicht so recht, was sie davon halten sollte. Einerseits fühlte sie sich geschmeichelt, weil sich alle so viel Mühe gemacht hatten, die Reise vor ihr zu verbergen, andererseits kam sie sich auch ein wenig übergangen vor – wenn nicht sogar ... abgeschoben. Doch dann erinnerte sie sich daran, dass niemand wusste, dass ihre Verlobung mit Robert lediglich einem höheren Zweck diente. Keiner von ihnen ahnte auch nur, dass sie in Wahrheit weder darauf erpicht war, eine Pause einzulegen, noch darauf, mit Robert Zeit allein zu verbringen. Ehe sie abwägen konnte, hatte Bertha ihr Gesicht zwischen ihre Hände genommen und küsste sie fest auf die Stirn. »Ich wünsche dir viel Spaß und euch eine wundervolle Zeit. Eine unvergessliche. Erhol dich gut, mein Kind.«

Maryanne schluckte schwer. Sie brachte es nicht über sich, die Reise abzulehnen, und zuckte nicht einmal mehr zusammen, als Sophie ihr in den Mantel half. Charlotte trug ihren Koffer hinaus, wo Robert ihn dem Kutscher übergab.

»Na dann, auf Wiedersehen.« Maryanne lächelte stoisch in die sie erwartungsvoll anblickenden Gesichter.

»Gute Reise, Liebes«, sagte Bertha, als Maryanne hinaustrottete.

»Und erzähl uns danach alles«, rief Betty.

Prudence schluchzte auf, dann half Robert Maryanne in die Kutsche.

»Guten Morgen«, sagte er, vorsichtig ihre Reaktion abwartend.

Maryanne holte tief Luft. »Guten Morgen«, erwiderte sie dann und begrüßte anschließend Catherine, die in der Kutsche gewartet hatte, mit einem Lächeln.

»Wie erfreulich, dass die Überraschung gelungen ist«, sagte sie.

Maryanne rollte die Augen und nickte knapp. »Oh ja.«

Die Kutsche ratterte über das Pflaster.

»Es war die Idee deiner Mutter«, erklärte Catherine und strich sich über ihr rötliches Haar, in dem vereinzelte, weiße Strähnen schimmerten. »Ich war der Ansicht, die Reise könne bis nach der Hochzeit warten.« Sie lehnte sich vor und tätschelte Maryannes Hand. »Dennoch ... Ich bin froh, dass du sie schon jetzt mit meinem Sohn antrittst, und mit mir, selbstredend. Und keine Sorge. Ich habe nicht vor, euch zu behelligen. Meine Schwester wird mit mir kuren. Ich habe also ausreichend Gesellschaft.« Sie zwinkerte Maryanne mit einem Auge zu.

»Wie ... schön.« Maryanne sah zu Robert, der leicht verlegen wirkte. Sie wusste, er war wie sie zu dieser Reise gedrängt worden, aber es galt, den Schein zu wahren. Also beugte sie sich leicht vor, griff nach seiner Hand, suchte seinen Blick. »Wir fahren ans Meer?«

»Ja«, antwortete er, ein wenig irritiert von ihrer Frage.

»Wie du es mir versprochen hattest, damals bei unserem Picknick an der Themse?«

Seine Miene entspannte sich. Schlagartig wirkte er gelöst. »Das hast du nicht vergessen?«

Sie lächelte. »Nein. Wie könnte ich auch? Ein Versprechen ist ein Versprechen. Ist doch so?«

Er nickte und ein sanftes Lächeln huschte über sein Gesicht. Hitze stieg in Maryannes Wangen. Vielleicht, so dachte sie, würden ihr die kommenden Tage tatsächlich guttun.

»Der Herbst ist bisher milder als sonst«, sagte Catherine. »Die salzige Luft ist eine Wohltat für Körper und Geist. Rob kommt schon seit Jahren deshalb her – wegen seiner Bronchien. Da war er schon als kleiner Junge etwas anfällig.« Sie bedachte ihn mit diesem liebevollen, mütterlichen Blick und er hob daraufhin peinlich berührt einen Mundwinkel an.

»Auch du, Maryanne, wirst feststellen, dass man erst am Meer so richtig durchatmen kann«, meinte Catherine weiter. »Und ... Mit etwas Glück werdet ihr es noch von seiner schönsten Seite sehen können.«

»Dann freue ich mich darauf. Und du wirst mir alles zeigen, Rob?« Maryanne betrachtete ihn abwartend.

»Gewiss doch.« Sein Blick war auf ihr Gesicht geheftet. So tiefgründig und liebevoll, dass sie glaubte, dahinzuschmelzen. Rasch sah sie auf ihre Füße. Ein schlechtes Gewissen erfasste sie, weil sie sich aus niederen Beweggründen verlobt hatte. Diesen Mann, den gutherzigsten Menschen, den man sich nur vorstellen konnte, ausnutzte. Womit hatte sie ihn nur verdient?

Zweifel froren ihre Miene ein. Ob es noch richtig war, an dieser Hochzeit festzuhalten?

Auf der mehrstündigen Fahrt über unwegsame Landstraßen, vorbei an Weiden, Dörfern und Feldwegen schienen sich ihre Zweifel grenzenlos auszudehnen. Maryanne wurde übel, ihr Herz schlug in einem Tempo, dass es ihr fast die Sinne raubte. Was in aller Welt hatte sie sich nur dabei gedacht? Ihre Täuschung war dabei, sie zu verzehren. Sie innerlich aufzufressen, bis nichts von dem übrig war, was ihr Vorhaben rechtfertigte.

Kapitel 9

Nebelschlieren hingen über dem Land, sodass alles außerhalb der Kutsche wie ein Traumbild aussah. Das Rattern des Fuhrwerks noch in den Ohren schlief Maryanne irgendwann ein. Als sie wieder erwachte, war die Umgebung eine andere geworden. Massive, blassgraue Felsen hoben sich zwischen grünen Wiesen empor, ragten aus der Erde, dominierten die Landschaft und kündigten schließlich die Küste an.

»Gut geschlafen?« Robert schaute sie mit leicht hochgezogenen Brauen an. Neben ihm ruhte seine Mutter mit geschlossenen Augen, die Wange gegen die Kutschenwand gelehnt.

»Was habe ich verpasst?« Maryanne gähnte hinter vorgehaltener Hand.

»Nicht viel, denke ich jedenfalls. Ehrlich gesagt, ich bin auch kurz eingenickt. Aber jetzt sind wir fast da. Sieh nur.« Er deutete aus dem Fenster, wo ihr Blick über eine Hügelkuppe bis hinunter in die vom Meer umspülte Hafenstadt reichte. Der Wind zerrte an Maryannes Haar, als sie den Kopf aus dem Fenster streckte und die kühle, salzgetränkte Luft tief einatmete. Neugierig wandte sie den Blick hinauf, wo die Möwen kreischend zum Segelflug ansetzten, und ein seltsam belebendes Gefühl durchströmte sie. Sie waren angekommen.

Catherine stieg in einem Hotel direkt am Meer ab, wo ihre Schwester sie bereits erwartete. Maryanne kam mit Robert indes in einer Gastwirtschaft mit Fremdenzimmern unter, die den klangvollen Namen *Pretty Poppys* trug. Ein wenig erinnerte es Maryanne an das Kensington Crown, wenn es auch nicht so heimelig war. Aus der angrenzenden Gaststube drang lautes Gelächter und Gerede und als Maryanne sich vorlehnte und hineinspähte, sah sie, dass die Leute eher Wein und Bier tranken als Tee.

»Webber. Ich habe reserviert«, sagte Robert zu dem Wirt.

Der bärtige Mann benetzte seinen Zeigefinger mit fadenziehender Spucke, tippte klopfend auf die Liste, die vor ihm auf der Theke lag, und ging sie durch. »Zimmer 14, erster Stock links.« Er schob Robert den Schlüssel hin.

»Verzeihung, aber da muss ein Missverständnis vorliegen. Meine Mutter bat in ihrem Brief um zwei Zimmer«, sagte Robert höflich.

Der Wirt schaute nochmals in seiner Liste nach, dann sah er zu Robert, dann zu Maryanne auf, die etwas abseits stand. »Mr und Mrs Webber?« Seine buschigen Brauen hoben sich.

»Nein ... Noch nicht. Wir sind verlobt«, antwortete Robert.

»Gratuliere«, entgegnete der Wirt tonlos.

»Danke.« Robert rang sich ein Lächeln ab. »Aber jetzt verstehen Sie. Deshalb ... zwei Zimmer.«

Der Wirt verzog keine Miene. »Ja, versteh schon. Aber unglücklicherweise sind wir ausgebucht.«

»Lässt sich da nichts machen?« Robert hielt sich grübelnd das Kinn.

»Tut mir leid. Nein. Wir sind voll bis unters Dach.«

Die buschigen Brauen des Wirts schoben sich zu einer einzigen zusammen. »Sie können natürlich versuchen, zwei Gästezimmer in einer anderen Unterkunft zu finden, allerdings ...« Er wedelte mit seiner Hand um sich herum, deutete auf die vielen Gäste, die in seinem Haus waren, und schnalzte mit der Zunge. »Durch den milden Herbst haben viele Leute ihre Abreise aufgeschoben.«

Robert nickte langsam.

»Habe ich etwa was falsch verstanden? Sie sagten doch selbst, Sie seien verlobt. Sie beide werden alsbald heiraten?«

»Dem ist so. Ja.« Robert schaute sich kurz nach Maryanne um.

Der Wirt zuckte abermals die Schulter. »Nun, also ich sehe hier kein großes Problem.« Er lehnte sich über den Tresen zu Robert vor und sprach in gesenkter Lautstärke zu ihm und Maryanne. »Also ... In neun Monaten fällt da niemandem mehr was auf.«

Robert blinzelte fassungslos, dann räusperte er sich schamrot. Verstohlen sah er daraufhin Maryanne an, die betreten den Blick senkte. Hinter ihnen hatte sich bereits eine Schlange von ungeduldigen Gästen gebildet.

»Wollen Sie nun bleiben oder nicht?« Der Wirt schaute skeptisch zwischen ihr und Robert hin und her.

Erst nachdem Maryanne leicht genickt hatte, wandte Robert sich ihm wieder zu. »Wir nehmen es.«

»Gut. Meine Tochter zeigt Ihnen das Zimmer.« Der Wirt wandte sich an die junge Frau an seiner Seite, die sich weit über die Theke gelehnt hatte und so dem Mann, mit dem sie sich unterhielt, tiefe Einblicke in ihr üppiges Dekolleté gewährte. »Adaline!« Er pfiff durch die Vorderzähne und bedeutete ihr mit einer flotten Kopfbewegung, Maryanne und Robert ins Obergeschoss zu führen. Grummelnd kam Adaline seiner Weisung nach.

Stimmengewirr und das Aneinanderklirren von Gläsern und Krügen drangen lauter aus der Gaststube durchs Haus.

Adaline zeigte ihnen ihr Zimmer. »Wenn Sie was brauchen, einfach melden.« Sie zwinkerte Robert mit einem Auge zu.

»Danke«, sagte dieser und räusperte sich verlegen.

Adaline ließ die beiden allein.

»Nett! Ist doch recht gemütlich hier.« Maryanne sank auf die Bettkante und wippte leicht auf der durchgelegenen Matratze.

»Es tut mir so leid«, sagte Robert. »Das war anders geplant.«

Maryanne sah sich schmunzelnd um. Die Wände waren mit dunklem Holz verkleidet, durch das kleine Sprossenfenster in der Schräge drang kaum Licht. Spinnweben verdunkelten die Ecken, graue Flecken an der Decke ließen auf Feuchtigkeit schließen. Und auch das Mobiliar hatte schon bessere Zeiten gesehen. Unter Maryannes Gewicht knirschte das Bett unheilvoll, die rote Farbe des Polsters der Récamiere neben dem Kamin war verblasst. Robert legte seinen Mantel darauf ab, dann trat er an Maryanne heran. »Vielleicht sollten wir doch noch versuchen, eine andere Unterkunft zu finden.«

Sie schüttelte den Kopf. »Wir machen einfach das Beste daraus, einverstanden?«

Er nickte entschlossen, dann schaute er sich betreten und nachdenklich um. Der kleine Raum bot kaum Möglichkeiten, sich aus dem Weg zu gehen. »Weißt du was? Ich ... Ich werde ganz einfach auf dem Boden schlafen. Das sieht doch eigentlich recht bequem aus.« Mit der Stiefelspitze hob er den Teppich an, unter dem so viel Schmutz zum Vorschein kam, als wäre dieser einfach daruntergekehrt worden. Rasch trat er ihn wieder zurecht. »Fast wie zu Hause.« Robert schnaubte, die Hände in die Hüften gestemmt.

Maryanne kicherte.

Er schaute zu ihr auf. Zunächst ernst, dann jedoch stimmte er in den Lachanfall mit ein, den Maryanne nicht länger zurückhalten konnte.

»Ich denke, das Sofa ist eine recht annehmbare Alternative.« Robert ließ sich aufs Polster plumpsen. Staub wirbelte umher. Hüstelnd wedelte er mit der Hand vor seinem Gesicht. Maryanne lachte erneut. Auch Robert lachte.

»Ganz sicher, dass wir es nicht noch irgendwo anders versuchen sollen?«, fragte er, als er wieder zu Atem gekommen war.

Maryanne schüttelte den Kopf. »Es wird schon irgendwie gehen. Es sind ja nur ein paar Tage. Und es gibt einen Paravent. Wenn du möchtest, wechseln wir uns ab. Mal schlafe ich im Bett, mal du.«

»Kommt nicht infrage. Ich will, dass du es bequem hast. Wenn du dich schon mal von der Teestube loseisen konntest, sollst du nicht mit Rückenschmerzen zurückkehren. Das würde mir deine Mutter sehr übel nehmen.«

Maryanne lächelte, ging zu ihm und klopfte ihm auf die Schulter. »Komm, lass uns ein wenig die Stadt erkunden.«

»Hervorragende Idee!« Er sprang auf. »Das lässt uns diese unangenehme Sache vielleicht vergessen.«

»Ach, sie muss doch gar nicht so unangenehm sein, Rob. Immerhin haben wir als Kinder doch auch schon mal im selben Zimmer übernachtet. Es wird sein wie früher.«

»Ja ... vermutlich hast du recht«, entgegnete Robert leise. »Aber jetzt ... Ich zeige dir erst mal das Meer.«

Maryanne lächelte und nickte. Im Türrahmen machte Robert noch einmal kehrt, klaubte ihren Schal vom Koffer und wickelte ihn Maryanne um den Hals.

»So dicht am Wasser ist es oft sehr windig und kälter als bei den Häusern, deshalb ...«

Maryanne nickte, dankbar für seine Fürsorge. Immerhin kannte er sich aus. Er war nicht zum ersten Mal an der Küste, während sie nie weitergekommen war als nach Roslyn Park.

***

Das Meer peitschte die Wellen gegen die rauen Uferfelsen. Der Kies knirschte unter Maryannes Füßen, als sie sich andächtig dem Wasser näherte. Was sie sah, ließ ihr Herz in einer Weise schlagen, die ihr neu war. In der Ferne leuchtete ein rotes Segel, darunter schaukelte das dazugehörige Schiff in der unruhigen See. Möwen zogen kreischend über ihre Köpfe hinweg. Der Himmel war in ein graues Licht getaucht und obwohl er von Regen kündete, konnte Maryanne die Schönheit eines sonnigen Tages erahnen. Entlang des Strandes standen die für Bristol bekannten Badehäuser. Kleine, hölzerne Vorrichtungen, mit denen die Kurgäste ins Wasser gebracht wurden.

Maryanne fragte sich, wie belebt der Strand wohl zu Beginn der Sommersaison gewesen sein musste. Jetzt waren nur noch vereinzelte Spaziergänger unterwegs. Menschen, die der Witterung trotzten und blieben, weil sie wussten, dass die gesundheitsfördernde Wirkung nicht auf Jahreszeiten, sondern auf das Klima zurückzuführen war.

Maryanne schlang sich den Schal enger um ihren Hals. Der Wind peitschte ihr das Haar ins Gesicht. Immer wieder befreite sie sich von den Strähnen, doch er schien aus sämtlichen Richtungen zu kommen, sodass ihr das Atmen mitunter schwerfiel. Dennoch, der Blick auf die weite See war für sie eine solche Wohltat, dass sie nicht anders konnte, als zu bleiben.

»Gefällt es dir?« Robert kam direkt neben sie. Er hatte Mühe, gegen den Wind anzukommen. Taumelte kurz sogar zurück und entlockte Maryanne damit ein Lachen.

»Ich liebe es!«, antwortete sie entzückt. »Es ist herrlich. Dabei ist es so ganz anders als an der Themse.«

»Und das, obwohl das Wasser dasselbe ist«, meinte er.

»Hm.« Maryanne deutete ein Nicken an.

»Vielleicht haben wir Glück und das Wetter wird noch mal besser. Frühmorgens ist es hier magisch.« Robert klang fasziniert. »Dann kann man zusehen, wie die Sonne aus dem Wasser neu geboren wird und sich glutrot darin spiegelt.«

»Klingt himmlisch. Das würde ich wirklich gerne sehen«, sagte Maryanne.

Eine Weile standen sie schweigend beieinander, blickten gemeinsam auf das Meer hinaus, als würde sich in der weiten Ferne die Unendlichkeit einer verborgenen Welt zeigen.

»Du bist mir doch nicht böse, weil ich dich hergebracht habe?« Robert betrachtete sie abwartend von der Seite. Maryanne nahm einen tiefen Atemzug, ehe sie sich ihm zuwandte.

»Also ... ich kann das kaum beschreiben.«

Robert wirkte verhärmt. Maryanne schnalzte mit der Zunge. Grinsend stieß sie ihn mit dem Ellenbogen an. »Ich bin froh, Rob, und so dankbar, dass du mir das hier gezeigt hast. Es ist noch viel schöner als in meinen Träumen.«

Robert lächelte gelöst und Maryannes Blick glitt zurück, auf die offene See. Roberts folgte ihm. Maryanne spürte, wie sich in ihr eine Ruhe einstellte, die lange Zeit verloren gewesen war.

Kapitel 10

Mit jedem neuen Tag rückte Maryannes Bedürfnis zu erfahren, wie es ihrer Teestube erging, mehr und mehr in den Hintergrund. Robert sorgte für so viel Ablenkung, dass sie gar keine andere Wahl hatte, als sich auf ihre Familie zu verlassen. Er ging mit ihr ins Theater und führte sie an malerische Strandabschnitte, wo sie bei Wind und Wetter stundenlange Spaziergänge unternahmen. An einem besonders milden Tag badeten sie sogar im Meer. Zwar war das Wasser kalt, gleichzeitig aber so belebend, dass Maryanne ihren Körper danach ganz anders – bewusster – wahrnahm. Catherine trank einmal mit ihnen zusammen Tee, abgesehen davon hielt sie sich zurück und ließ den beiden ihre Zweisamkeit. Was Maryanne anfänglich noch Angst bereitet hatte, kam ihr nun wie ein Segen vor. Seit Jahren hatte sie sich nicht mehr so sorglos gefühlt. An Roberts Seite stieg ihr Wohlbefinden von Mal zu Mal an.

An den Abenden saßen sie zumeist in der Unterkunft, tranken Wein und blieben bis spät in die Nacht auf. Redeten über Gott und die Welt, über Vergangenes und Zukünftiges. Das prasselnde Kaminfeuer erhellte die Wirtsstube und Maryanne genoss dieses süße Nichtstun, denn fast hatte sie vergessen, wie es sich anfühlte, Gast zu sein. Bewirtet zu werden. Sich bedienen zu lassen. Ein Luxus, der dazu beitrug, den Kopf frei zu bekommen.

Robert war der perfekte Gentleman. Er las ihr jeden Wunsch von den Augen ab, und als die Mitte der Woche angebrochen war und die Sonne am Meer unterging, spürte sie das unbändige Bedürfnis, ihm ihre Dankbarkeit zu zeigen. Nur wusste sie nicht wie. Worte? Oder lieber Taten? Liebevoll betrachtete sie ihn von der Seite, und ein wohliges, warmes Gefühl stieg in ihr auf. Gerade als sie dachte, eine innige Umarmung wäre angebracht, lenkte Robert ihre Aufmerksamkeit um.

»Sieh nur.« Er deutete zum Horizont, und Maryanne wurde vom Anblick, der sich ihr bot, schier überwältigt.

Der Himmel schien in Flammen zu stehen. Als hätte man ihn in Farbe getaucht, wechselten sich warme Töne ab, gingen ineinander über, vermischten sich und dehnten sich aus, flossen scheinbar ins Meer, das an diesem Abend ungewöhnlich friedvoll war. Es wehte kaum Wind, nur eine kühle Brise, zu schwach, um die Dünengräser zu biegen, die oberhalb des Strandes aus dem Sand ragten. Es war wie ein letzter Atemzug des milden Herbstes.

Maryanne sah Robert erneut von der Seite an, und wieder war da dieses warme, wohlige Gefühl, das sie durchströmte. Er wirkte ganz versunken. Sein Blick war verträumt auf den glühenden Horizont gerichtet.

Fast war ihr Aufenthalt in Bristol zu Ende, und Maryanne machte sich Gedanken, wie es danach weitergehen würde. Obwohl es ihr gelang, das Kensington Crown loszulassen und neue Kräfte zu sammeln, ließ sich ihr schlechtes Gewissen leider nicht abstellen. Sie wusste, sie hatte diesen Mann überhaupt nicht verdient. Er liebte sie, aber sie war wie ein kalter Stein, unfähig, ihm zu geben, wonach er sich sehnte.

Als die Sonne im Meer versunken war und die Dunkelheit sie allmählich einhüllte, saßen sie noch schweigend beieinander am Strand. Maryanne hielt es nicht mehr aus. Seit fünf Nächten hatte sie Robert auf der, für seine Körpergröße, viel zu kurzen Récamiere schlafen lassen. Obwohl er sich nie beschwerte, hatte sie ihm längst angemerkt, wie wenig komfortabel er darauf lag. Die Art und Weise, wie er sich regelmäßig ins Kreuz fasste, sein tiefes Gähnen und die dunklen Ringe unter seinen Augen verrieten, wie wenig ausgeruht er im Gegensatz zu ihr war. Sie legte den Arm um ihn, bettete ihren Kopf an seine Schulter.

»Heute schläfst du im Bett, Rob, und ich nehme mit dem Sofa vorlieb.«

»Das kommt gar nicht infrage. Ich bin sehr zufrieden mit meinem Schlafplatz.«

»Aber, Rob, du ...«

Er schüttelte den Kopf. »Vergiss es! Da dulde ich keine Widerrede, Maryanne.«

Sie schnalzte mit der Zunge und grinste. »Wir haben abgemacht, dass wir uns das Bett teilen, und so werden wir es auch machen.«

Er hielt sie mit seinem Blick gefangen. Maryanne wich ihm nicht aus, sie hielt ihm stand, und die wohlige Wärme sammelte sich in ihrer Mitte. Robert lächelte leicht und wurde dann ernst. »Nun ... wir könnten uns das Bett auch anders teilen.«

Sie öffnete leicht den Mund, holte Luft.

»Eine Seite bekommst du, die andere ich«, sagte er rasch.

Maryanne schluckte, sah auf die flachen, abgerundeten Steine zwischen ihren Schuhen.

Robert lachte leise und kurz auf. »Entschuldige. Das vorzuschlagen, war ungehörig von mir.«

Ihr Blick glitt zu ihm zurück. »Nein. Ist schon gut. Solange wir nicht ...« Sie zuckte die Schultern, sah zum Meer, über dem nun die silbrige Mondsichel auftauchte.

»Keine Angst. Ich werde mich an unsere Vereinbarung halten«, sagte Robert kühl, und Maryanne glaubte, Enttäuschung in seiner Miene zu lesen.

Verdrossen schnaufte sie aus. Sie wollte ihn nicht belehren, ihn nicht daran erinnern, dass sie sich auf eine Zweckbeziehung geeinigt hatten. Ohne Verpflichtungen. Doch in den vergangenen Tagen hatte sie mehr und mehr das Gefühl, dass sich Roberts Wunsch nach körperlicher Nähe verselbstständigte. Sie merkte es ihm an. Die kleinen, flüchtigen Berührungen waren häufiger geworden. Sein Blick tastete sich immer öfter lange und ausgiebig über ihren Körper. Er glaubte wohl, es fiele ihr nicht auf, aber es entging ihr keineswegs. Offenbar war seine Hoffnung darauf, dass sie sich ihm doch noch eines Tages als richtige Ehefrau beweisen würde, gewachsen, und das zwang sie, ihm etwas ins Gedächtnis zu rufen. Vorsichtig löste sie sich aus seiner Nähe. »Rob ... Es tut mir leid, dass ich bin, wie ich bin.«

Er betrachtete sie verwirrt. »Maryanne, was ... soll das?«

»Du hast eine Frau verdient, die dich über alles stellt. Die dich vergöttert. Dir die Liebe in ihrer Grenzenlosigkeit nicht verweigert.«

»Ja … wahrscheinlich«, entgegnete er matt.

»Ich nehme an, du bereust es bereits? Die Verlobung … Es ist noch nicht zu spät, weißt du. Wir können sie noch auflösen, und für das Kensington Crown finden wir eine Lösung. Ich könnte dir eine Pacht bezahlen und dann …«

Er hob eine Hand und brachte sie auf diese Weise zum Schweigen. »Es ist spät geworden. Wir sollten jetzt zurück in unsere Unterkunft.« Rob klopfte sich den Sand von der Kleidung und ging voran.

Perplex verharrte Maryanne an Ort und Stelle. »Auch wenn du etwas anderes behauptest, ich merke dir an, dass du nicht im Reinen mit unserem Plan bist. Aber … ich habe dich vorher aufgeklärt. Ich war ehrlich! Ich habe dir von meinem gebrochenen Herzen erzählt. Dass es meine Fähigkeit zu lieben für alle Zeiten beeinflusst hat.«

»Bist du wirklich so verbittert?« Ruckartig drehte er sich zu ihr um. »Was du da sagst, ist Unsinn, Maryanne, und das weißt du. Viele Menschen leiden in der Liebe, aber das ist noch lange kein Grund für sie, sie vollends von sich zu stoßen.« Prustend stemmte er die Hände in die Hüften. »Denkst du ernsthaft, dass du das Glück nicht verdient hast, weil es dir einmal aus den Händen gerissen worden ist? Sein Herz für jemanden zu öffnen, Maryanne, ist immer ein Risiko. Aber eines, das sich einzugehen lohnt. Denn das Leben ist kurz, und es ist ohne Liebe wertlos.« Er machte einige Schritte. »Natürlich ... Man kann sich verkriechen. Sich in Arbeit flüchten. Versuchen, irgendetwas zu finden, das dem eigenen Dasein Bedeutung verleiht. Dennoch ... Nichts wird je von Bedeutung sein, solange man allein ist.«

Maryanne schwieg. Sie war ergriffen von seinen Worten, seiner Gefühlswelt. Seinen Überzeugungen, die er ihr so offen darlegte. Trotzdem brachte sie keinen Ton heraus. Robert hingegen war noch nicht fertig mit ihr. Eindringlich sah er sie an. »Ist es dennoch wirklich das, was du willst, Maryanne?«

Sie druckste herum, suchte in der Umgebung nach einer Antwort, doch weder das Meeresrauschen noch der Mond, der hellleuchtend über dem Wasser hing, konnten ihr eine Erklärung liefern. Nur jene blieb ihr, die sie sich einst selbst gegeben hatte.

»Ich habe mich damals entschieden, nie wieder einem Mann nahe zu sein.« Ihre Stimme klang belegt.

»Wegen dieses Lords, ja?« Rob schüttelte verständnisvoll mit dem Kopf. »Bei Gott, Maryanne, du kanntest diesen Mann doch kaum.«

Seine Worte brannten wie ein heißer Schürhaken, den man ihr mitten ins Herz gebohrt hatte. Sie schluckte und ging in die Offensive. »Das ist nicht wahr! Du hast keine Ahnung.«

Er lachte müde auf, schüttelte verächtlich den Kopf. »Ich weiß nicht, was das zwischen euch war, aber ... du solltest dich vielleicht fragen, ob die Möglichkeit bestünde, dass du dich in ein Trugbild verliebt hast. Dass du dich einer Illusion hingegeben hast. Ich mag vielleicht kein Lord sein, Maryanne, aber: Ich. Bin. Hier.« Er kam ihr nah, klopfte mit der flachen Hand auf seine

Brust. »Ich bin bei dir. Immer. Kein Skandal, keine Geheimnisse. Aber ... anscheinend ist dir das nicht aufregend genug.« Robert wandte sich um und ging.

Maryanne blieb in Schockstarre zurück. Erst jetzt erkannte sie, dass er die ganze Zeit über gewusst hatte, dass die Gerüchte über sie und Lord Grey mehr als solche gewesen waren. Trotzdem hatte er stets zu ihr gehalten, sie nie deswegen verurteilt.

»Rob! Jetzt warte doch!« Sie wollte zu ihm aufschließen, doch ihre Füße gehorchten ihr nicht. Robert drehte sich nicht mehr nach ihr um. Maryanne blieb in trübsinnigen Gedanken gefangen. Sie fühlte sich furchtbar. Erst jetzt war ihr klar geworden, was sie tatsächlich von ihm verlangt hatte. Sie hatte die Folgen ihres Betrugs nicht abschätzen können, als sie sich bereit erklärt hatte, sich mit ihm zu verloben. Dabei hätte sie wissen müssen, dass Robert seine Hoffnung auf eine echte Beziehung mit ihr nicht aufgeben würde. Ihr schwirrte der Kopf. Was hatte sie ihm nur angetan? Ihm, ihrem ältesten und liebsten Freund. Mit einem Mal wurde ihr das Herz so schwer, dass sie glaubte, es würde zerbrechen.

Die Nacht verbrachte Maryanne allein auf dem Zimmer. Noch lange lag sie wach und wartete vergeblich auf Roberts Rückkehr.

Kapitel 11

Am nächsten Morgen schmerzten Maryannes Glieder von der Anspannung, die ihren ganzen Körper erfasst hatte. Als sie zum Frühstück hinunter in die Wirtsstube ging, fand sie Robert an einem der Tische vor. Er schaute nicht einmal zu ihr auf, trank seinen Tee und deutete lediglich ein Nicken an, als sie sich zu ihm setzte.

Beklommen löffelte Maryanne den Haferbrei, den ihr die Bedienung brachte. Dabei schaute sie Robert immer wieder über den Rand der Schüssel hinweg an.

»Ich habe mir letzte Nacht Sorgen um dich gemacht«, sagte sie und ließ den Löffel in die Suppe gleiten. »Wo warst du denn?«

»Ich war nicht müde«, antwortete er, ohne sie anzusehen.

»Und?«

Er zuckte kaum merklich die Schulter. »Da habe ich mir noch ein wenig die Beine vertreten.«

Sie schluckte, dann räusperte sie sich leise. »Sollen wir ... Willst du darüber reden, was gestern am Strand passiert ist?«

Robert sah sie flüchtig an, schüttelte den Kopf. »Das wird nicht nötig sein. Es ist alles gesagt. Du hast mich lediglich daran erinnert, was wir vereinbart haben. Ich ging zu weit mit meinen Worten.«

»Nein, Rob. So war das nicht ge...«

Er hob eine Hand und schaute ihr direkt ins Gesicht. »Schon gut. Ich habe dir nicht vorzuschreiben, wen du lieben sollst. Das war taktlos von mir, und dafür entschuldige ich mich.«

Sie betrachtete ihn aufmerksam und abwartend. Maryanne sah ihm an, dass er nicht geschlafen hatte. Seine dunklen Augenränder sprachen Bände. »Du solltest dich ein wenig hinlegen, Rob. Geh hoch ins Bett, gleich nach dem Frühstück.«

»Und … was willst du dann heute machen?«, fragte er.

Sie hob unschlüssig einen Mundwinkel hoch. »Vielleicht … ein wenig die Umgebung erkunden. Du jedenfalls brauchst Schlaf, in einem richtigen Bett. Und wenn du dich weigerst, nachts mit mir zu tauschen, dann holst du diesen Schlaf jetzt nach.« Sie streckte die Hand nach seiner aus, tätschelte sie und entlockte ihm ein leichtes Lächeln. Der Streit vom gestrigen Abend schien überwunden.

Sie frühstückten noch gemeinsam zu Ende, dann blickte Maryanne Robert nach, als er willig hinaufging, um sich auszuruhen. Sie selbst nutzte die Zeit für einen Spaziergang am Strand und suchte Muscheln, die sie ihrer Mutter und Betty mitbringen würde. Sie fand schneeweiße Herzmuscheln und verlassene Schneckenhäuser, die sie in ihre Umhängetasche steckte, sowie braun getupfte Möwenfedern. Das Alleinsein tat ihr unverhofft gut. So konnte sie ihre Gedanken sammeln und die vergangenen Tage Revue passieren lassen.

Eine Villa grenzte an den Strand. Sie lag erhöht in den Dünen, davor leuchteten noch vereinzelte rosafarbene

Rosen zwischen dunkelgrünen Blättern. Wahrscheinlich eine spät blühende Sorte, dachte Maryanne und ging näher heran, um sie genauer zu betrachten und ihren Duft aufzunehmen. Unwillkürlich kehrten ihre Gedanken dabei zu Edward zurück. Zu dem Moment, in dem der Rosengarten von Roslyn Park sie in seinen Bann gezogen hatte. Maryanne nahm eine der Blüten zwischen ihre Finger und sog deren süßlichen Geruch tief ein. Ein Seufzen entwand sich ihrer Kehle, als sie wieder von der Rose abließ. Nach all der Zeit war es ihr immer noch nicht gelungen, Edward Grey gänzlich aufzugeben, und das, obwohl sie im Begriff war, bald selbst zu heiraten. Er, so dachte sie schnell, hatte gewiss längst mit ihr abgeschlossen. Er hatte sich einer anderen Frau zugewandt. Warum also hielt sie immer noch an ihm fest?

Wenige Meter von ihr entfernt spazierte ein Paar händchenhaltend zum Wasser hinunter. Die Frau schmiegte sich eng an ihren Begleiter, während er sie liebevoll an sich zog. Maryanne lächelte wehmütig. Wie schön diese Zweisamkeit doch aussah. Sie schlug denselben Weg ein wie das Paar, kehrte an den Strand zurück und verharrte zwischen rauen Felsen. Ihr müder Blick glitt zu Boden. Zunächst glaubte sie, auf einen besonders schönen Stein gestoßen zu sein, doch als sie ihn aufgehoben hatte und gegen das Licht hielt, fiel ihr auf, dass er blassgrün und durchscheinend war. Wahrscheinlich das Fragment einer zerbrochenen Weinflasche aus Übersee. Über Jahre hinweg von den Wellen fein geschliffen. Sie steckte es zu ihren anderen Fundstücken in die Tasche. Es würde Betty gefallen.

Erst am späten Nachmittag kehrte Maryanne in die Unterkunft zurück. Sie war fest davon überzeugt gewesen, dass Robert die Zeit genutzt hatte, um sich auszuschlafen. Überraschenderweise fand sie ihn jedoch angeregt plaudernd mit Adaline in der Gaststube vor. Eine Weile beobachtete sie ihn in der Zarge stehend, wie er mit der Wirtstochter lachte. Maryanne bemerkte das Funkeln in seinen Augen, als sie so nah an ihn heranrückte, dass sich ihre Arme fast berührten. Maryanne schluckte schwer. Mit einem Mal war da dieses Stechen in der Magengegend. Etwas, das vollkommen neu für sie war. Kurz ließ es sie gedanklich innehalten, dann stürmte sie los, ging auf Robert zu, stellte sich vor ihn, sagte aber nichts. Langsam schaute er von Adaline zu ihr auf. Diese sah abwechselnd zu ihm und zu Maryanne, ehe sie aufstand und sich demütig entfernte.

»Du scheinst dich ja zu amüsieren«, sagte Maryanne, ohne zunächst zu bemerken, wie schnippisch ihr Tonfall war. Strafend biss sie sich auf die Lippe.

»Und du? Du bist schon zurück?« Robert sank in die Stuhllehne und betrachtete sie leicht hochmütig.

»Wieso? Störe ich etwa?« Maryanne verschränkte die Arme vor der Brust, während sie der Wirtstochter einen flüchtigen, dafür intensiven Blick zuwarf.

»Aber nein. Es ist nur ... Ich hatte einfach noch nicht mit dir gerechnet.«

»Ich dachte, wir würden vielleicht unseren Nachmittagstee zusammen einnehmen? Oder ... hast du etwas anderes vor?«

Er wirkte kurz irritiert, folgte dann ihrem Blick, der wieder zu Adaline gehuscht war, und lachte leise auf. »Selbstverständlich nicht.«

Maryanne sah noch, dass die Wirtstochter Robert zugezwinkert hatte, und wieder machte sich das Stechen in ihrer Magengegend bemerkbar.

»Schon gut«, sagte sie kühl. »Ich verschwinde noch mal. Dann hast du Gelegenheit zu tun, was immer du tun möchtest.«

Sie drehte sich um, wollte gehen, doch Robert schnellte hoch und hielt sie am Handgelenk zurück.

»Maryanne, warte doch mal. Was hast du denn?«

Zögerlich sah sie ihn an. Zähneknirschend und widerwillig. Sie wusste selbst nicht, was plötzlich mit ihr los war. Ihr Blick wanderte abermals zur Wirtstochter, die nun hinter der Theke stand und Bier an die Gäste ausgab, anschließend wieder zu ihm. Robert, der ihre Mimik aufmerksam verfolgt hatte, grinste leicht. Kurz senkte er den Kopf zu Boden und schaute ihr dann ins Gesicht. »Du ... Du bist doch nicht etwa eifersüchtig, Maryanne?«

»Bitte ... was?« Schnaubend winkte sie ab. »Ich und eifersüchtig? Auf gar keinen Fall. Wieso denn auch?«

»In Ordnung«, sagte er, klang jedoch wenig überzeugt. »Sag mal ... Willst du heute mal woanders zu Abend essen? Ich kenne da ein schönes, kleines Gasthaus am Hafen – so als Abschluss? Wir könnten sofort gehen. Wenn du möchtest?«

Maryanne zauderte, jedoch nicht so lange, wie sie es vorgehabt hatte. »Einverstanden«, sagte sie dann schnell.

»Fein.« Robert klaubte seine Jacke vom Stuhl und ging mit ihr hinaus.

Der Himmel hatte sich zugezogen und leichter Nieselregen fiel. Sie gingen dicht an den Häusern entlang, um ihm zu entgehen. Robert hatte seine Jacke ausgezogen und sie Maryanne um die Schultern gelegt, damit sie nicht fror. Nun aber schlotterte er, doch als sie ihm die Jacke wiedergeben wollte, winkte er entschieden ab und schwor, ihm sei überhaupt nicht kalt. Maryanne redete auf ihn ein. »Du wirst dich unterkühlen!«

Er lachte nur, schüttelte den Kopf und gab die Richtung vor.

Das Gasthaus, in das sie einkehrten, war etwas beengt, besaß jedoch eine gemütliche Atmosphäre. Die Gäste waren überwiegend Fischer, Einheimische, und genau das gefiel Maryanne.

Sie aßen panierten Fisch und frittierte Kartoffelspalten und tranken dunkles Ale aus großen Krügen. Maryanne konnte sich nicht erinnern, wann ihr eine einfache Mahlzeit so gut geschmeckt hatte. Der Wirt lud sie zum wiederholten Mal ein, seinen selbst gebrannten Gin zu kosten, und Maryanne wurde bereits schummrig vor Augen.

»Ich muss aufhören, sonst finde ich nicht mehr zurück in die Herberge«, sagte sie kichernd.

»Ich bin ja auch noch da«, antwortete Robert verschmitzt. »Aber du hast recht. Ich denke, du hattest genug für heute.«

Sie machten sich auf den Rückweg. Draußen war es inzwischen stockdunkel. Ein kühler Wind trieb ihnen den Regen ins Gesicht und sie beschleunigten ihren Gang. Abgehetzt erreichten sie ihre Herberge. Triefnass, keuchend bis hüstelnd schloss Robert die Zimmertür hinter ihnen und machte sich sofort daran, das Feuer im Kamin zu entzünden, damit sie ihre Sachen trocknen und sich aufwärmen konnten.

Maryanne schälte sich aus ihrer Kleidung und ließ sich im Unterkleid rücklings aufs Bett fallen. »Mr Webber, verzeihen Sie mir mein ungebührliches Benehmen, aber ... Ich befürchte, ich bin leicht beschwipst. Herrje, ich weiß nicht, ob ich zuvor jemals so viel getrunken habe. Meine Mutter wäre entsetzt.«

Robert zog sein Hemd aus, hängte es über die Lehne der Récamiere und warf sich eine Decke über die Schultern. »Und erst deine Tante Ursula.« Er setzte sich neben sie aufs Bett.

Maryanne richtete sich auf und nickte glucksend. »Tantchen hätte mich gewiss an den Ohren aus diesem Hafenetablissement herausgezerrt. Unschicklich und undamenhaft, so hätte sie mein Verhalten genannt.«

»Glücklicherweise bist du jetzt erwachsen und bestimmst über dich selbst«, sagte Robert.

»Ja, aber erst in einem Monat bin ich gänzlich frei, weil ich dann mit dir verheiratet bin.« Sie tippte ihm auf die Nase, sah ihm in die Augen und wurde ernst. »Ich habe dir noch nicht gesagt, wie dankbar ich dir bin, dass du das alles auf dich nimmst. Du hast mir schon jetzt so viel gegeben. Das Kensington Crown, Respekt – ein Leben als ehrbare Gattin.«

Er lächelte sanft und errötete.

»Und das, obwohl ich doch schon alles von dir hatte«, sagte sie weiter und sah dabei durch ihn hindurch.

»Alles?«, fragte er irritiert.

Sie stupste ihn mit dem Ellenbogen an. »Na, deine großartige Freundschaft. Ich meine, welcher Mensch auf dieser, unserer oft finsteren Welt kann schon von sich behaupten, einen solchen Freund zu haben? Der ein solches Opfer bringt, nur um einer Freundin zu helfen.«

»Ein Opfer?« Er lachte kurz auf, dann schaute er sie eindringlich an, legte seine Hand über ihre. »Maryanne, ich habe doch nur gewonnen.« Einige lange Sekunden vergingen, in denen Maryanne seinem Blick standhielt. Da war es wieder: das seltsame, neue Gefühl in ihrer Magengegend. Maryanne wusste nicht, warum, aber ihr kam die Wirtstochter wieder in den Sinn und das, was sie empfunden hatte, als sie die beiden zusammen gesehen hatte. Schlagartig wurde ihr etwas klar: Robert hatte recht. Sie war eifersüchtig gewesen. Doch ehe sie dieses Gefühl begreifen, es in Worte fassen konnte, stemmte sich Robert gähnend hoch.

»Ich bin müde«, sagte er und ließ sich auf die Récamiere fallen.

Geistesabwesend trat Maryanne hinter den Paravent und zog ihr Nachtkleid an. Anders als die Nächte zuvor spickte Robert nicht und er schaute auch nicht von der Decke und dem Kissen auf, die er sich auf dem Sessel zurechtlegte. Maryanne spürte ein dumpfes Gefühl in sich aufwallen. War es ein ... Bedauern? Fast unmerklich schüttelte sie sich, dann nahm sie einen tiefen Atemzug. Das war unmöglich. War sie etwa im Begriff, verrückt zu werden?

Fahrig warf sie sich den Morgenrock über und schlüpfte ins Bett, verkroch sich unter der Decke.

»Gute Nacht, Rob«, sagte Maryanne mit leichter Enttäuschung in der Stimme.

»Gute Nacht.« Robert hüstelte, dann gähnte er erneut und drehte ihr den Rücken zu.

Maryanne konnte es nicht fassen. Ihr Herzschlag dröhnte ihr in den Ohren und sie krallte ihre Finger links und rechts fest ins Laken. Die nächtliche Stille hatte ihr etwas offenbart, das sie vollkommen überforderte. Noch war sie nicht sicher, ob es dem Moment geschuldet war. Der innigen Zweisamkeit. Dem Gin? Dieser ... Reise?

Was immer es auch war, für Maryanne stand fest, dass die Tage in Bristol etwas in ihr bewegt hatten. Etwas, das sie nicht für möglich gehalten hatte.

Kapitel 12

Maryanne schlug die Augen auf und blinzelte einem neuen Tag entgegen. Im ersten Moment war sie nicht sicher, ob das alles gestern nur ein Traum gewesen war. Ihr Blick schweifte, nach Robert suchend, zur Seite und sie atmete resigniert aus. Das Sofa war verlassen. Erneut war sie allein im Zimmer aufgewacht. Prustend streckte sie sich im Bett aus, drehte sich auf den Rücken. In dem Versuch, ihre Gedanken zu ordnen und Herr über die Gefühle zu werden, die sich so heimtückisch angeschlichen hatten, schaute sie hinauf zur Zimmerdecke. Was war nur los mit ihr? Hatte sie nicht selbst die Leitlinien bestimmt, die Roberts und ihre zukünftige Ehe regeln sollten? Nun, da er sich mit ihnen abgefunden zu haben schien, spürte sie einen Widerwillen in sich, der sich kaum beherrschen ließ. Sie musste mit ihm sprechen. Ehrlich zu ihm sein und ihm sagen, was auf einmal mit ihr los war. Entschlossen zog sie sich an und ging hinunter. Doch anders als am Tag zuvor fand sie Robert nicht in der Gaststube vor. Von der Wirtstochter, die Maryanne das Frühstück brachte, erfuhr sie, dass er an den Strand wollte. Maryanne aß mit wenig Appetit ihren Haferbrei und trank ihren Tee, dabei hinterfragte sie erneut ihre Gefühlswelt. Robert hatte an diesem Morgen nicht einmal auf sie gewartet. Dass er sich offenbar bewusst dazu entschieden hatte, allein loszugehen, rief in ihr eine nie dagewesene Beklemmung hervor. Etwas in ihr drängte sie sofort aufzuspringen. Alles stehen und liegen zu lassen und ihm nachzulaufen, Robert am Strand zu suchen, bei ihm zu sein. Doch sie hielt sich zurück. Warum machte ihr seine Gelassenheit auf einmal etwas aus? Hatte sie nicht stets gewollt, dass er seine eigenen Wege ging?

Maryanne sah sich unter den Gästen in der belebten Wirtsstube um. Einige saßen allein an ihren Tischen, löffelten zufrieden ihre Suppe, bestrichen ihren Toast mit Marmelade, schlürften ihren Tee. Andere hatten den Kopf auf die Tischplatte gelegt oder starrten mit leerem Blick vor sich hin, während sie aßen. Sie wirkten einsam. Verloren und verlassen. Nicht weit von ihr entfernt, fiel Maryanne ein älteres Paar auf. Der Mann schenkte seiner Frau Tee nach und diese schenkte ihm daraufhin ein liebevolles Lächeln. So viele unterschiedliche Facetten des Menschseins kamen in der Gaststube zusammen und Maryanne fragte sich, wie die Leute sie wohl wahrnahmen. Was sie wohl über sie dachten? War sie die herrische Verlobte? Die unglückliche Liebende? Oder die undankbare Zukünftige? Auch fragte sie sich, warum sie im Kensington Crown bisher nicht auch genauer hingesehen hatte. Betty jedenfalls hatte es längst getan. Auf einmal konnte Maryanne die Faszination ihrer Nichte für die geheimnisvolle Dame nachempfinden. Geheimnisse und tiefe Gefühle waren dort zu Hause, wo viele Menschen zusammenkamen. An belebten Orten wie dem Pretty Poppys und dem Kensington Crown. Am Tisch wurden Entscheidungen gefällt, Beziehungen vertieft oder beendet. Für Maryanne war diese Erkenntnis ein weiterer Schritt, sich von dem Leben zu lösen, das sie sich einst ausgesucht hatte. Vielleicht war die gemeinsame Zeit mit Robert schuld, die Nähe zu ihm, aus der es in den vergangenen Tagen kein Entfliehen gegeben hatte. Womöglich waren aber auch die intensiven Gespräche mit ihm der Grund und seine unverblümten Worte, die sie plötzlich ernsthaft in Erwägung ziehen ließen, alte Wertvorstellungen abzulegen. Vielleicht hatte sie aber auch einfach nur Angst. Was, wenn nicht sie diejenige sein würde, die es sich anders überlegte? Was, wenn Robert nun beschlossen hatte, sie nicht zu heiraten?

Maryanne rappelte sich auf und ging zum Strand. Auf der Suche nach Robert streifte sie fast zwei Stunden vergeblich die Küste entlang, ehe sie ihn am Fuße einer Schiffswerft auf Ufersteinen sitzend vorfand. Ihr Herz machte einen Satz.

»Hier finde ich dich also«, sagte sie.

Überrascht schaute er zu ihr auf und ein Lächeln umspielte seinen Mund. »Ich genieße die Aussicht. Findest du nicht auch, dass das offene Meer etwas ungemein Beruhigendes an sich hat? Nirgendwo sonst kann man seine Gedanken so sehr ins Reine bringen und ordnen wie hier.«

Sie setzte sich neben ihn. »Verrätst du mir, was dich beschäftigt?«

»Ach, das Übliche eben.« Er seufzte leise.

»Ich habe auch nachgedacht.« Sie wartete, doch er nahm den Blick nicht vom Meer.

»Diese Reise hat etwas mit mir gemacht«, sagte sie weiter. Zögernd blickte er zu ihr. Maryanne hielt kurz den Atem an. Eine Möwe stieß kreischend über ihre Köpfe hinweg, gefolgt von anderen, die sich ebenso lautstark bemerkbar machten. Maryanne und Robert schauten den Vögeln nach, wie sie aufs Wasser hinausflogen und ein Fischerboot belagerten, das gerade sein Netz ausgeworfen hatte.

»Im Gasthaus hat mir jemand erzählt, dass Möwen einem einen Scone aus der Hand reißen können.« Robert lachte kurz auf, sein Blick blieb an der Möwenschar hängen. »Man darf sie nicht füttern. Auf keinen Fall. Wusstest du das? Das zieht sie an und lässt sie verwegener werden.«

Maryanne schluckte. Sie wollte ihren letzten Satz zu Ende führen, aussprechen, was ihr auf der Seele brannte, doch da hatte Robert sich bereits hochgestemmt.

»Wir sollten allmählich packen. Die Kutsche fährt morgen früh um sieben Uhr ab und wir müssen vorher noch meine Mutter einsammeln.« Er hustete, hielt sich eine Hand vor den Mund, krümmte sich kurz und atmete dann wieder befreit durch. Maryanne betrachtete ihn aufmerksam, denn der Husten hatte ihm die Tränen in die Augen getrieben. »Ist alles in Ordnung?«

Er nickte. »Sicher doch.«

»Ich habe ja gesagt, du würdest dich unterkühlen.«

»Es geht mir gut!«, antwortete er schroff und ging voran.

»Rob!« In dem Versuch, gegen den aufbrausenden Wind anzukommen, war Maryanne versehentlich zu laut geworden.

Robert blieb stehen, drehte sich zu ihr um und schaute sie erwartungsvoll an. Maryanne schlug das Herz bis zum Hals, doch sie brachte keinen Ton mehr heraus. Stattdessen nickte sie nur und folgte ihm in die

Herberge zurück. Unterwegs sprachen sie kein Wort. Die Stille zwischen ihnen war eine andere geworden. Sie war ... unangenehm. Bedrückend.

Sie aßen ein letztes Mal im Pretty Poppys gemeinsam zu Abend. Es gab Lammeintopf und frisch gebackenes Brot. Maryanne aber brachte kaum etwas hinunter. Während sie ihr Glas Wein mit beiden Händen umklammerte, versuchte sie verzweifelt, Roberts Blick auf sich zu ziehen. Sie wollte unbedingt herausfinden, was er dachte, wie seine Meinung über ihre Zeit in Bristol war. Bereute er sie?

Maryanne traute sich nicht, ihn danach zu fragen, weil sie befürchtete, etwas loszutreten, das sich nicht mehr aufhalten ließ. Stattdessen beobachtete sie ihren ältesten Freund aufmerksam. Er lachte viel, aber nicht mehr nur mit ihr. Die Wirtstochter umgarnte ihn regelrecht. Immer wieder kam sie zu ihm an den Tisch, schenkte ihm Wein nach, tätschelte seinen Arm. Maryanne grummelte innerlich. Robert wirkte abgeklärter auf sie. Als hätte der Streit mit ihr ihm endgültig seine Hoffnungen auf eine normale Ehe ausgetrieben und ihn zur Vernunft gerufen. Eine zweifelhafte Vernunft, so wie Maryanne nun dachte. Sie merkte, wie sich ihr Herz bei dieser Möglichkeit verkrampfte. Wieso empfand sie die Tatsache, dass er sich mit der Zweckehe abgefunden hatte, plötzlich als so furchtbar?

Sie schlug die Augen nieder und fasste sich an die Stirn. Der Gedanke, dieses Gefühlschaos morgen nach London mitzubringen und ins Kensington Crown zurückkehren zu müssen, machte sie ganz krank. Sie konnte unmöglich so weitermachen.

»Ist alles in Ordnung?« Robert riss sie aus ihren Überlegungen. »So schlimm finde ich den Eintopf gar nicht.« Er grinste leicht.

»Ich habe keinen großen Appetit.« Sie bemühte sich um ein Lächeln.

»So ein Jammer, dass du morgen schon abreisen musst.« Adaline beugte sich über Roberts Schulter und füllte erneut sein Weinglas auf. Maryanne knirschte mit den Zähnen. Der Löffel glitt aus ihren Fingern und traf klirrend auf den Tellerrand. Adaline zog sich mit hochgerecktem Kinn zurück. Robert lehnte sich zu Maryanne vor.

»Ist irgendetwas?«

Kurz starrte Maryanne ihn aus weit aufgerissenen Augen an. Er konnte doch unmöglich so blind sein!

»Aber nein«, entgegnete sie kurz angebunden.

Robert hob einen Mundwinkel an und lehnte sich blasiert im Stuhl zurück. »Aha, du bist also doch eifersüchtig.«

»Sicher nicht.« Maryanne schüttelte den Kopf. Robert runzelte die Stirn. Maryanne stieß ein leises Stöhnen aus, dann verschränkte sie die Hände vor sich auf dem Tisch und räusperte sich. »Rob, ich habe nachgedacht.«

»Hast du das?« Er wandte sich ihr aufmerksam zu.

»Ich muss zugeben, dass ich so nicht weitermachen möchte, und ich glaube, du möchtest das genauso wenig.«

»Was genau meinst du?«, fragte er.

Maryanne schluckte, um ihre Stimme zu festigen. »Ich meine … Ich denke … vielleicht wäre es das Beste, wenn wir die Verlobung auflösen würden.« Der Zweifel in ihrer Stimme ließ nicht nur sie kurz zusammenzucken, sondern auch Robert. Sie schluckte erneut, neigte sich vor, um ihren Worten noch etwas hinzuzufügen, denn eigentlich hatte sie etwas ganz anderes sagen wollen, doch sie brachte es nicht über ihre Lippen. »Ach, ich … weiß ja auch nicht«, sagte sie stattdessen und klang fahrig und unsicher zugleich.

Robert blieb ruhig. »Ist es wirklich so schlimm mit mir?«

»Nicht doch. Es liegt nicht an dir. Ich bin diejenige, die … ich kann einfach nicht von dir erwarten, dass du den Pflichten eines Ehemannes nachkommst, wenn ich meine Pflichten als Ehefrau nicht erfülle.«

Betretenes Schweigen trat zwischen sie. Eine Weile schaute er sie ungläubig an, dann nickte er. »Ich werde schon mal hinaufgehen und packen.« Er schob seinen Stuhl zurück, stand auf und ließ sie, ohne auf ihr Anliegen einzugehen, allein zurück. Maryanne verbarg das Gesicht unter ihren Händen. Warum hatte sie das gesagt? Sie brachte es noch fertig, ihn vollkommen von sich abzubringen. Am Ende würde er überzeugt sein, sie sei von allen guten Geistern verlassen, gar wahnsinnig. Abrupt stand sie auf, entschlossen, sich ihm zu erklären, denn das hatte er verdient. Keine fadenscheinigen Worte, keine Ungereimtheiten, kein leeres Geschwätz.

Als sie das Zimmer betrat, fand sie ihn auf der Récamiere sitzend vor, das Gesicht unter seinen Händen verborgen. Sein Koffer stand zu seinen Füßen. Zögernd schaute er zu ihr auf und sie sah, dass er sich grämte. Ihretwegen? Sie eilte auf ihn zu.

»Rob, ich ... Es tut mir so leid. Was ich da gesagt habe, das war falsch.« Sie schob seinen Koffer beiseite und kniete sich vor ihn, legte ihre Hände auf seine und drückte zu, während sie energisch seinen Blick suchte. »Ich mache offenbar alles falsch, wenn ich nur den Mund aufmache. Dabei hatte ich dir etwas ganz anderes erklären wollen. Ich wollte dir eigentlich sagen, dass ...«

Verwunderung blitzte in seinen Augen auf, als sie ins Stocken geriet. »Was? Was wolltest du mir sagen?«

»Dass ...«, sie schluckte, um ihre Stimme vor dem Einbrechen zu bewahren, »ich glaube, dass Trudi recht hatte.«

Roberts Augen wurden schmal.

»Nein, ich weiß, sie hatte recht«, sagte Maryanne entschieden.

Er runzelte die Stirn. »Womit denn? Maryanne, was willst du mir sagen?«

Maryanne seufzte leise, dann führte sie ihre Hand an seine Wange. Langsam fuhr sie daraufhin über sein Kinn bis hin zu seinen Lippen. »Trudi war überzeugt, ich würde dich lieben, Rob. Ich wisse es nur noch nicht.«

Seine Lider zuckten hoch. Hoffnung ließ seine dunklen Augen strahlen. »Heißt das ...?«

Sie nickte. »Ja! Es ist so«, sagte sie in einem tiefen Atemzug. »Ich liebe dich, Rob!«

Er schaute sie einen Moment lang entgeistert an, dann rutschte er von der Récamiere auf seine Knie, zu ihr auf den Boden. Zögerlich legte Maryanne ihre Hand zurück an seine hochrote Wange. »Du glühst ja«, sagte sie erstaunt.

Er lächelte über ihre Besorgnis hinweg und bettete seine Hand über ihre. »Es ist wegen dem, was du gerade zu mir sagtest.« Seine Hand glitt in ihren Nacken. Sanft zog er sie zu sich heran. Maryanne bewegte sich wie von selbst weiter vor, sodass sich ihre Münder in der Mitte trafen. Roberts Kuss war lang und leidenschaftlich und Maryanne ergab sich ihm willig. Er wischte ihre Zweifel aus, stoppte ihr Gedankenkarussell. Mehr, sie wollte mehr von ihm. Alles an ihm. Robert schien in ihr zu lesen. Seine Berührungen waren gezielt und von solcher Zärtlichkeit, dass sie darunter erbebte. Er umfasste sie, hob sie sanft hoch, bis sie zum Stehen kamen, und schob sie dann vorsichtig zum Bett. Als wären sie bereits aufeinander abgestimmt, entkleideten sie sich. Robert beugte sich über sie, seine Lippen liebkosten ihren Hals. Eine wohlige Gänsehaut durchströmte Maryannes gesamten Körper, als sie ihn in ihrer Mitte spürte. Langsam, dabei aber so kraftvoll, dass sie mit jeder seiner Bewegungen mitschwang, als wäre sie nicht das erste Mal mit einem Mann zusammen. Robert schien sie zu führen und doch war es, als wären sie eins. Verschmolzen zu einer Einheit. Die Zeit schien sich endlos auszudehnen. Sie rückte in den Hintergrund. Maryanne wurde von einem Glück geflutet, das sie niemals für möglich gehalten hatte. Roberts Haut auf ihrer, sein Duft, seine Wärme. Es war, als würde all das in sie eindringen, sie ausfüllen und zum ersten Mal seit langer Zeit fühlte sie sich wieder gänzlich geborgen.

Spät in der Nacht lagen sie einander zugewandt da, zufrieden gefangen im Blick des anderen. Roberts Gesicht war gerötet, Stirn und Brust glänzten vom Schweiß.

Das Glück, das Maryanne nachhaltig durchströmte, pumpte so viel Blut durch ihre Adern, dass sie noch immer wie berauscht war. Roberts Finger spielten mit ihrem Haar, das ungebändigt auf ihren nackten Schultern lag.

»Hat es dir gefallen?«, fragte er erwartungsvoll.

»Gefallen?« Sie richtete sich etwas auf, stützte ihren Kopf auf ihren Unterarm und betrachtete ihn entgeistert. »Ich kann nicht fassen, dass ich beinahe darauf verzichtet hätte.«

»Nun ja.« Er lächelte und zuckte leicht die Schultern.

»Das ist es also, was die Ehe ausmacht?« Sie dachte laut.

Robert atmete hörbar aus. »Nein. Nein, ich glaube nicht. Es ist das, was eine tiefere Verbindung zwischen Menschen ausmacht. Die Ehe wird doch oftmals ohne sie geschlossen. Um andere Bedürfnisse zu befriedigen. Wie Sicherheit oder Prestige.«

Maryanne biss sich auf die Unterlippe. »So wie wir es getan hätten. Um ein Haar.«

Er sah ihr direkt in die Augen, strich ihr liebevoll über das Kinn und strahlte. »Ja. Um ein Haar.«

Robert hatte den Arm um Maryanne gelegt und während sie seinem fließenden Atem lauschte, glitt sie langsam in einen tiefen Schlaf. In einem einzigen Moment hatte Maryanne ihren Gefühlen Vorrang vor ihrer Angst gegeben – davor, wieder verletzt zu werden –, und Robert somit die Tore geöffnet, damit er die Einsamkeit fortjagen konnte, in deren festem Griff ihr Herz seit Jahren gewesen war. Nun fühlte es sich an, als wäre es neu erweckt worden – wachgeküsst wie die Natur vom Frühling, nach einem zu langen Winter.

Kapitel 13

Letzte Herbststürme fegten über London hinweg und rissen das verbliebene Laub gewaltsam von den Bäumen. Im Hinterhof des Kensington Crown war die alte Eiche bereits fast kahl. Für Maryanne ein sicheres Zeichen dafür, dass der Winter kam.

Im Teehaus ging alles seinen gewohnten Gang, und doch fühlte es sich für Maryanne verändert an. Von ihrer Reise ans Meer hatte sie ein Souvenir mitgebracht, an das sie schon nicht mehr zu hoffen gewagt hatte: Vertrauen. Außerdem die Gewissheit, dass es neben dem Teehaus doch noch etwas für sie gab, das ihr Leben bereicherte. Sie trug ihre positive Stimmung offenkundig nach außen. Die Arbeit bereitete ihr wieder mehr Freude, sie schlief besser, gab auch mal ruhigen Gewissens Pflichten ab. Ihre neu gewonnene Leichtigkeit entging auch ihrer Mutter nicht, die nun nicht müde wurde, sie daran zu erinnern, dass die Reise nach Bristol ihre Idee gewesen war. Maryanne wurde das Gefühl nicht los, dass sie und Catherine zusammen unter einer Decke steckten. Dass sie einen Plan geschmiedet hatten, in dem es einzig darum gegangen war, die Zweifel in Maryanne auszuräumen, die sie vor der Reise, wenn auch unbewusst, nach außen getragen hatte. Die beiden konnten ja nicht ahnen, wie richtig sie damit gelegen hatten. Ihr Plan jedenfalls war derart erfolgreich aufgegangen, dass Maryanne ihre Hochzeit kaum noch abwarten konnte. In zwei Wochen würde sie von einer Landerton zu einer Webber werden. Warum hatte jener Gedanke sie je abgeschreckt?

Nun ließ er ihr Herz regelmäßig vor Vorfreude schneller schlagen. Genau wie die Gedanken an die letzte Nacht in Bristol, in der sie bei Robert gelegen hatte. Sie war ihr großes Geheimnis, das sie wie einen Schatz hütete. Immer wieder jedoch versetzten Erinnerungen daran sie in einen kleinen Rausch. Sie fluteten sie oft in den unmöglichsten Momenten und die Hitze stieg ihr zu Kopf, wenn sie Robert schon nur von Weitem sah. Kleine Berührungen, zum Beispiel wenn er ihre Hand im Vorbeigehen streifte, reichten aus, um ihr eine wohlige Gänsehaut am ganzen Körper zu bescheren.

Obwohl Maryanne, im Gegensatz zu anderen jungen Frauen ihres Alters, von ihrer Mutter über die etwaigen Folgen einer solchen Nacht aufgeklärt worden war, blieb dennoch eine gewisse Unsicherheit in ihr zurück. Zwar bereute sie es nicht, dass sie sich in jener Nacht von ihren Gefühlen leiten ließ, gleichzeitig hatte sie es sich aber nur deswegen erlaubt, weil sie wusste, dass sie schon bald Mann und Frau sein würden. Sie hatte keine Ahnung, auf welche Zeichen sie genau achten musste. Hin und wieder legte sie jedoch ihre Hand auf ihren Bauch, um hineinzuspüren. Dann lächelte sie fast unmerklich, weil ihr der Gedanke zunehmend gefiel, ein Kind unter dem Herzen zu tragen. Gertrud jedenfalls plante ihr zweites. Vielleicht war ihr Brief, in dem sie ihnen von den guten Neuigkeiten berichtet hatte, der Grund, wieso Maryanne auf einmal keine Angst mehr davor hatte, ebenfalls Mutter zu werden.

»Nun sag schon.« Betty stieß sie in die Seite, während sie in der Küche den Tee für den Nachmittagsbetrieb vorbereiteten. Maryanne gelang es kaum, ihre bedeutsamen Überlegungen abzuschütteln. Langsam schaute sie zu Betty auf.

»Bin ich nun deine erste Brautjungfer oder Charlotte? Ich meine, nur weil sie die Ältere ist? Das wäre nicht besonders gerecht. Immerhin bin ich deine Lieblingsnichte.«

Maryanne lachte auf. »Du bist meine einzige Nichte, Betty. Na schön. Mir soll es recht sein.«

Betty strahlte, dann sah sie Maryanne an und seufzte laut.

»Was noch?«, fragte Maryanne verunsichert.

»Ach, ich bin nur so erleichtert.«

»Wegen der Brautjungfern? Ich wusste nicht, dass es dir so wichtig ist.«

Betty schüttelte den Kopf. »Nicht deswegen. Prudence meinte, dass du und Rob ... na ja ... dass du ihn nicht wirklich liebst. Du würdest ihn nur heiraten, damit wir das Kensington Crown nicht verlieren.«

Maryanne hob verwundert die Brauen, dann räusperte sie sich. »Ach ... wirklich? Das hat sie gesagt?«

Betty nickte. Maryanne schluckte schwer, dann gab sie mehr Pfefferminzblätter in die Kannen.

»Nun, natürlich hat sie unrecht«, sagte Betty. »Wir wissen alle, dass sie ihn dir nur nicht gönnt.«

Maryanne presste die Lippen aufeinander und rang sich ein Lächeln ab.

Betty nahm den Teekessel vom Ofen und goss heißes Wasser in die Kannen. »Man sieht es euch an. Wie sehr ihr euch liebt. Eines Tages, so hoffe ich, werde ich auch finden, was ihr beide habt. Das ist wahrlich etwas ganz Besonderes.«

»Oh, ich wünsche es dir von Herzen, Betty.«

»Ja. Aber ich weiß auch, dass es selten ist. Immerhin kennt ihr euch schon eine Ewigkeit. Und eine tiefe Freundschaft verbindet euch. Ist das nicht die beste Ausgangssituation für eine Ehe? Wenn man einfach alles über den anderen weiß?«

War dem so? Maryanne war sich nicht sicher, ob wirklich alle Fragen zwischen Robert und ihr geklärt waren. Aber ... war dies wirklich von Belang? »Ich denke, es gibt viele Ausgangssituationen, die eine Ehe rechtfertigen.« Maryanne schloss die Deckel der Kannen.

»Aber Freundschaft schafft ein ... Urvertrauen. Oder nicht?«

Kurz dachte Maryanne nach. Es war offensichtlich, dass Betty sich viele Gedanken gemacht hatte. Mehr noch, als sie geahnt hatte. »Ja. Ich glaube, da hast du recht. Eine Liebe, die aus Freundschaft erwächst, verspricht mehr Vertrauen in einer Beziehung. Und ich denke, das ist das Wichtigste überhaupt. Geht es hier vielleicht um ... Samuel?«

Betty hielt mit dem Tablett in den Händen inne und grinste schief.

»Du weißt, ich halte viel von Samuel, das heißt ... wenn du viel von ihm hältst.«

»Ja, ich weiß.« Bettys Wangen verfärbten sich rosa.

»Ein schneidiger Gentleman.« Charlotte betrat mit einem verschmitzten Grinsen die Küche durch den Hintereingang, in den Händen hielt sie einen Flechtkorb, aus dem Rüben, Lauchzwiebeln und ein Kohlkopf ragten. Hinter ihr kam Sophie mit einem verklärten Gesichtsausdruck herein.

»Hast du die Kutsche gesehen, in der sie fuhren?« Sophie stöhnte theatralisch.

Charlotte stellte den Korb neben Maryanne ab und nickte lange. »Eine weiße Barouche. Ungemein luxuriös.«

»Über wen sprecht ihr?«, fragte Betty.

»Na, Lord Grey«, antwortete Sophie entzückt. »Wir begegneten ihm auf dem Heimweg vom Markt. Alle Menschen sind stehen geblieben und haben ihm nachgeblickt. Einfach alle.«

»War er ... allein?« Die Frage war einfach so aus Maryanne herausgeschossen. Rasch machte sie sich daran, die Tassen auf den Tabletts zu verteilen.

»Er war in Begleitung einer jungen Dame«, sagte Charlotte.

»Bestimmt war sie seine Frau. Die anmutige Lady Grey.« Sophie seufzte verzückt.

»Du weißt doch gar nicht, ob sie anmutig ist.« Charlotte stützte eine Hand in die Hüfte.

»So stelle ich sie mir aber vor.« Sophie hob ihr Kinn an und zuckte mit den Schultern.

Maryanne presste angespannt die Kiefer aufeinander. Seit Tagen hatte sie nicht mehr an Edward gedacht. Zwar hatte sie gewusst, dass er momentan in London war, aber abgesehen davon hatte sie bisher nichts von seinem Aufenthalt mitbekommen. Zu erfahren, dass er in London spazieren fuhr, dass sie ihm und seiner Frau jederzeit ebenso begegnen konnte wie Charlotte und Sophie, versetzte ihr erneut einen Stich ins Herz. Wenn er auch nicht mehr so heftig ausfiel wie vor ihrer Reise mit Robert.

»Die Gäste warten!« Bertha steckte den Kopf durch die Küchentür und holte nicht nur Maryanne aus tiefen Gedanken. »Was ist? Ihr seht aus, als hieltet ihr eine Gedenkminute ab.« Sie schaute in verblüffte Gesichter, bevor sie sich an ihre Enkelin wandte. »Betty! Der Tee!«

»Gewiss. Ich bin sofort da, Großmama.« Betty setzte sich in Bewegung, Charlotte schnippelte das Gemüse für den Pie, und Sophie trug ein Tablett mit Tee und Scones aus. Bevor auch Betty mit ihrem Tablett aus der Küche verschwand, wandte sie sich Maryanne noch einmal zu. »Reden wir heute Abend weiter?«

Maryanne nickte sanft lächelnd. »Das tun wir.« Gedankenverloren blickte sie ihrer Nichte nach. Betty war so erwachsen geworden. Ihr Feingefühl und ihre Klugheit erinnerten sie immer öfter an Gertrud. Mit zunehmendem Alter wurde sie ihr ähnlicher. Sie fragte sich, was Gertrud ihr wohl gesagt hätte. Hätte sie Edwards Auftauchen in London unerwähnt gelassen? Sie jedenfalls nahm sich vor, nicht weiter darüber nachzudenken. Schon bald würde sie verheiratet sein. Die Frau an Roberts Seite. Und das zauberte ihr ein Lächeln ins Gesicht. Sie war mit sich im Reinen und eines Tages würde sie nicht einmal mehr mit der Wimper zucken, wenn jemand Edward auch nur erwähnte. Daran glaubte sie fest.

Die Standuhr schlug erbarmungslos und erinnerte Maryanne an ihren Termin bei Mrs Jenkins. Eilig hängte sie ihre Schürze an den Haken. In einer Stunde hatte sie ihre letzte Anprobe für das Hochzeitskleid.

***

»Und du bist dir ganz sicher?« Bertha schaute verwundert von ihrer Näharbeit zu Robert auf, der ihnen am Abend vor dem Kaminfeuer im Salon Gesellschaft leistete.

»Das bin ich.« Er sah zu Maryanne, die neben ihm auf dem Sofa saß, und nahm ihre Hand in seine. Roberts Entscheidung, die Kanzlei zugunsten des Kensington Crown aufzugeben, hatte sie mindestens genauso überrascht wie ihre Mutter.

»Aber ... das musst du doch gar nicht, Rob«, sagte Maryanne. »Wir könnten beides haben. Ich meine Arbeit hier und du die deine in der Kanzlei. Du liebst es doch, Anwalt zu sein.«

Sein zärtlicher Blick ruhte auf ihrem Gesicht. »Ich liebe es vor allem, hier zu sein – bei dir.«

»Also ich finde es großartig, dass du mit ins Teegeschäft einsteigen willst, Rob«, sagte Betty.

»Danke!« Robert lächelte sie an.

»Nun, ich finde es auch großartig. Aber ...« Maryanne blieb unsicher. »Nicht dass du dich unwohl fühlst im Teehaus.«

Er lachte auf. »Weswegen sollte ich denn?«

Sie zuckte die Schultern. »Nun ja, es ist eine andere Form von Arbeit.«

Er schüttelte den Kopf. »Hast du Sorge, sie könnte mich überfordern?«

»Nein, das nicht gerade.«

»Ach, verstehe.« Er nickte, dann grinste er leicht. »Aber du glaubst, dass sie mich geistig unterfordert.«

»Rob ...« Sie stupste ihn in die Seite.

Er legte den Arm um sie, drückte sie leicht an sich. »Ich werde bald offiziell Teil dieser Familie sein, und ihr seid das Kensington Crown, darum ist es mein Wunsch, mir diesen Platz zu verdienen, indem ich mithelfe. Nicht nur ab und zu, nicht nur zwischendurch, sondern voll und ganz.«

Maryanne und Bertha tauschten gerührt Blicke aus. Es blieb nichts mehr zu sagen. Robert hatte sie alle überzeugt. Maryanne setzte sich ihm zugewandt hin, nahm sein Gesicht zwischen ihre Hände. »Du ... Du bist ja ganz heiß.«

Er legte seine Hände über ihre, schob sie sanft von sich.

»Das ist sicher die Aufregung vor der Hochzeit«, sagte Bertha. »Mir steigt deswegen auch ständig die Hitze ins Gesicht.« Sie fächerte sich mit einer Hand Luft zu. Maryanne jedoch blieb skeptisch. Sie fühlte Roberts Stirn, die vom Schweiß klebte.

»Es ist nichts. Es geht mir gut. Mehr als gut«, sagte Robert. Maryanne rang sich ein Lächeln ab. Ihr Blick suchte den seinen. In Roberts Augen spiegelte sich der Feuerschein.

***

Nur drei Tage später hatte Robert seinen Plan in die Tat umgesetzt und in der Kanzlei seinen Rücktritt verkündet. Seit einiger Zeit half er bereits sporadisch in der Teestube aus. Nun ließ er sich von Betty und Maryanne in die Kunst der Teezubereitung einweisen. Von Sophie schaute er sich den Umgang mit den Gästen ab und hie und da bewirtete er schon selbstständig. Es war bemerkenswert, wie schnell er sich mit allem zurechtfand. Das Teehaus profitierte von seiner Anwesenheit. Seine charmante Art kam bei den Gästen gut an und er stellte seine Verkaufsfertigkeiten bei ihnen unter Beweis. Was immer er auch empfahl, die Leute bestellten es.

»Schon seltsam. Er erinnert mich irgendwie an deinen Vater«, sagte Bertha, die mit Maryanne am Ausschank stand und Robert beim Teeservieren beobachtete. »Es ist gewiss seine Ausstrahlung. Sie ähnelt Williams auf eine Weise, die mir zuvor nicht bewusst war.«

Maryanne betrachtete ihren Verlobten und ihr Herzschlag beschleunigte sich. Sie war so stolz auf ihn, darauf, dass ihr seine Liebe gehörte. Warum hatte sie das nicht schon früher erkannt?

»Hat Sophie die Bestellung bei Pevensys abgegeben?« Ihre Mutter wechselte das Thema und Maryanne riss sich von Robert los. »Für die Safranblüten?«

»Hat sie. Lady Drummonds Fest steht nichts mehr im Weg.«

Bertha klopfte ihr auf die Schulter. Sie wusste, wie viel es Maryanne bedeutete, dass die fortschrittlichen Damen immer noch in ihrem Hinterhaus zusammenkamen. An diesem Samstag war der Anlass jedoch ein besonderer. Die Damen feierten offiziell das geänderte Erbgesetz zugunsten verheirateter Frauen, für das sich Königin Victoria höchstpersönlich eingesetzt hatte.

Am späten Abend machte Maryanne ihre letzte Runde durch die Teestube. Während Robert die Stühle

an die Tische heranrückte, hustete er in einer besorgniserregenden Regelmäßigkeit in sein Taschentuch.
Maryanne saß über der Buchführung und hielt immer
wieder inne und sah zu ihm.

»Bist du krank?«, fragte sie, als er zu ihr ins Arbeitszimmer kam. Wieder fielen ihr seine tiefroten Wangen
auf, die einen starken Kontrast zu der Blässe um seinen
Mund herum bildeten.

»Nein ... Höchstens eine kleine Erkältung.« Keuchend
stützte Robert eine Hand gegen das Bücherregal. Maryanne ging zu ihm, fühlte seine Stirn und schreckte ob
der Hitze zurück, die von seinem gesamten Körper auszugehen schien.

»Du hast eindeutig Fieber, Rob. Ich bringe dich ins
Bett.«

Er wehrte sich nicht, hustete erneut auf ihrem Weg
hinauf ins Schlafzimmer. Maryanne half ihm, sich hinzulegen, brachte ihm Wasser zu trinken und ein feuchtes Tuch für seine Stirn. Dann setzte sie sich zu ihm.
»Ich werde nach dem Arzt schicken.«

Er hielt sie am Handgelenk zurück. »Nein. Das musst
du nicht. Ich brauche nur etwas Schlaf. Morgen ... Du
wirst sehen ... geht es mir schon wieder besser.«

Maryanne schluckte. Ihre Sorge hielt sie fest umklammert. »Ich bleibe bei dir.«

»Nein. Du brauchst auch deine Ruhe. Geh du nur zu
Bett. Wir sehen uns morgen.«

Maryanne sah ihn abwägend an. Er wirkte zwar
krank, dabei aber völlig sorglos. Sie nickte widerwillig.
»Ich bin da, wenn du mich brauchst. Gute Nacht, Rob.«
Sie strich ihm sanft übers Haar und ging in ihr Zimmer.
Ein furchtbar beklemmendes Gefühl breitete sich in ihr

aus, als sie wenig später ebenfalls zu Bett ging. Ohne dass sie sagen konnte, warum, wallte eine so große Angst in ihr auf, dass sie trotz der bleiernen Müdigkeit, die sie verspürte, einfach nicht in den Schlaf fand.

Kapitel 14

Wie aufs Stichwort erreichte sie am nächsten Morgen die Meldung von einem mysteriösen Fieber, das in London umging. Die Köchin der McNeils hatte Charlotte auf dem Markt davon erzählt. Mrs McNeil war nunmehr seit einer Woche ans Bett gefesselt und ihr werter Gatte war deswegen in großer Sorge. Robert war trotz heftiger nächtlicher Hustenattacken, die bis in Maryannes Zimmer gedrungen waren, an diesem Morgen aufgestanden, um ihnen bei den Vorbereitungen im Teehaus zu helfen. Er hatte beteuert, es gehe ihm besser, doch dann waren seine Beine auf dem Weg hinunter eingeknickt, und Maryanne hatte Mühe, ihn mit Charlottes und Bettys Hilfe zurück ins Bett zu bringen.

»Du bleibst, wo du bist. Und du ruhst dich aus«, sagte sie streng.

Robert lächelte, doch seine Augen waren glasig vom Fieber. Ein weiterer Hustenanfall schüttelte ihn durch. Er strengte ihn sichtbar an, ließ ihn kaum mehr zu Atem kommen.

Blind tastete er nach einem Tuch, Maryanne reichte es ihm und richtete ihn etwas auf. Roberts Hand war kalt, die Fingerkuppen bläulich verfärbt. Alarmiert zog Maryanne die Brauen tief, schluckte mühsam. Robert keuchte und beugte sich vor. Zitternd presste er sich das Tuch vor den Mund, auf dem rote Flecken sichtbar wurden.

Erschrocken drehte sich Maryanne zu ihrer Mutter um, die im Türrahmen stand. »Schick nach dem Dr.!«

Bertha eilte sofort los.

Kaum eine Stunde später untersuchte Dr. Bench Robert lange und gründlich. Maryanne wartete indes ungeduldig mit ihrer Mutter und Betty auf dem Flur. Als Dr. Bench endlich zu ihnen kam, sah sie ihm an, dass es ernst war.

»Was fehlt ihm?«, fragte ihre Mutter, weil sie kein Wort herausbrachte.

Dr. Bench verstaute sein Stethoskop in seiner Arzttasche.

Bertha faltete nervös ihre Hände zum Gebet. »Ist es dieses Fieber, das gerade umgeht?« Dr. Bench schloss leise die Tür hinter sich, schob seine Brille die Nase hinauf und wandte sich ihnen zu.

»Es ist nicht das Fieber«, flüsterte er.

»Na, das ist aber doch gut!« Betty schaute abwechselnd ihre Großmutter und Maryanne an. »Dann wird er sich gewiss rasch erholen.«

Beide schwiegen, denn die ernste Miene des Arztes gab ihnen keinen Anlass zur Entwarnung.

»Ich fürchte, Mr Webber hat ein Leiden, für das es keinerlei Heilung gibt«, sagte er.

Maryanne spürte, wie sich augenblicklich ihre Kehle zuschnürte.

Bertha schnappte hörbar nach Luft. »Aber ... Aber ... was reden Sie da? Was fehlt ihm denn?«

»Schwindsucht«, antwortete Bench bedauernd. »Wahrscheinlich trägt er es schon länger in sich – diese heimtückische Krankheit schlummert oft unbemerkt in einem, bis sie dann irgendwann zum Vorschein

kommt. Oft reicht ein harmloser Infekt aus, um sie an-
zustacheln.«

»Das ... ist unmöglich!« Maryannes Beine sackten ein.
Betty legte den Arm um sie, um sie zu stützen.

»Aber es muss doch irgendetwas geben, was wir tun
können!« Hoffnungsvoll schaute sie zu Bench auf. »Unglücklicherweise können wir dieses Leiden nicht kontrollieren oder aufhalten. Noch nicht«, antwortete
Bench.

»Es muss doch etwas geben! Einen Arzt, einen Ort ...«
Bertha strich Maryanne beruhigend über den Rücken.
»Ein Sanatorium, das sich mit dieser Krankheit aus-
kennt? Könnte der Wechsel in ein milderes Klima vielleicht hilfreich sein?«

»Möglicherweise wäre er das, hätten wir die Erkran-
kung früher festgestellt.« Dr. Bench schob sich erneut
seine Brille die Nase hinauf und schnaufte leise aus. »Es
gibt Sanatorien für Lungenleiden, ja, jedoch ... Ich rate
Ihnen in diesem Fall von einem Versuch ab. Es
schmerzt mich unsäglich, das zu sagen, aber ... die
Krankheit ist bei Mr Webber bereits zu weit fortge-
schritten. Ein Transport könnte seine verbleibende Lebenszeit deutlich verkürzen.«

Maryannes Puls raste, erneut drohten ihr die Beine
wegzuknicken. »Verbleibende ... Lebenszeit?« Ihre
Stimme war nur ein Flüstern. »Von wie viel Lebenszeit
sprechen wir hier, Dr. Bench?«

»Das lässt sich nur schwer vorhersagen«, sagte er.
»Ein paar Tage, vielleicht Wochen.« Er stockte, holte
tief Luft, bevor er weitersprach. »Miss Landerton, Ihr
Verlobter, weiß es noch nicht. Ich würde vorschlagen,

dass Sie es ihm möglichst schonend beibringen. Damit er ... Nun ja ...«

Maryanne schluchzte und nickte. Sie presste sich Daumen und Zeigefinger auf die Augen, aus denen die Tränen hervorquollen.

»Ich komme morgen wieder und sehe nach ihm«, sagte Bench und tätschelte mitfühlend ihre Schulter.

»Ich werde Catherine noch heute schreiben.« Bertha drückte Maryannes Hand, schluchzte leise in ihr Taschentuch, dann brachte sie Bench zur Tür.

»Oh, Maryanne ...« Bettys Stimme brach, als Maryanne ihr verzweifelt in die Arme fiel. Ihr Weinanfall raubte ihr die Kraft in den Gliedern. Er ließ sie erzittern und kam so plötzlich, dass sie sich auf Betty stützen musste und ihr Schluchzen an deren Schulter erstickte, damit Robert sie nicht hörte.

»Du musst jetzt ganz stark sein, Tante Maryanne.« Betty seufzte schwerfällig. Auch in ihren Augen glänzten die Tränen. »Rob sollte dich nicht so sehen.«

Maryanne blickte ihr ins Gesicht, holte tief Luft und nickte. Sie wischte sich mit dem Ärmel über die Wangen, trocknete ihre Tränen und schalt sich, ihre Fassung zu wahren. Das, was Robert jetzt überhaupt nicht brauchen konnte, war das Gefühl, sie trösten zu müssen.

Das Schlafzimmer war nur vom Schein der Kerze erhellt, die neben Robert auf dem Nachttisch stand. Leise zog Maryanne die Tür hinter sich zu und setzte sich zu ihm ans Bett. Robert hatte die Augen geschlossen. Ein feuchtes Tuch bedeckte seine Stirn. Kurz beobachtete sie ihn, wie er da lag. Ihr fielen seine flache, angestrengte Atmung und die bläulich verfärbten Lippen auf, und sie kam nicht umhin zu überlegen, welche Anzeichen sie übersehen hatte. Welchen hatte sie zu wenig Aufmerksamkeit zuteilwerden lassen? Sie dachte an den kalten Abend in Bristol, an dem Robert ihr seine Jacke gegeben hatte. An seinen Husten, der ihr anschließend ab und an aufgefallen war und an seine erhitzten Wangen. Ein eiskalter Schauer überkam sie.

Wann hatte es begonnen? Wann hätten sie die Krankheit erkennen, wann sie bekämpfen müssen? Fragen über Fragen, aber nicht eine war mehr von Bedeutung. Die Machtlosigkeit zermarterte Maryanne. Sie konnte doch unmöglich aufgeben. Sein Leben durfte nicht vorbei sein! Die Schwermut war im Begriff, ihr die Sinne zu rauben. Ihren Kummer von Robert fernzuhalten, schien unmöglich geworden.

Maryanne stand auf. Sie wollte gehen, ihn schlafen lassen, wiederkommen, wenn sie sich gefangen hatte.

»Maryanne, bist du das?« Roberts Stimme klang rau und matt. Er drehte ihr den Kopf zu und lächelte leicht.

»Ich bin hier, Rob.« Sie setzte sich erneut zu ihm auf die Bettkante, nahm seine Hand und drückte sie fest. Er holte Luft, ein Rasseln lag dabei auf seiner Lunge. Maryanne erschauderte. Sie fühlte sich unfähig, ihm die Wahrheit zu sagen – auch wenn sie ihm diese schuldig war.

»Konntest du mit dem Arzt sprechen?«, fragte er und Maryanne hörte, wie viel Kraft es ihn kostete.

Sie nickte.

»Was ... Was hat er gesagt?«

Maryanne schluckte wiederholt, um ihre Beklemmung zu kontrollieren, doch in diesem Augenblick wurde sie von ihr kontrolliert.

»Er hat gesagt ...« Sie schaute ihn an, sah, dass er in ihrem Gesicht las, ihre Miene erkundete, die vermutlich Bände sprach. Die Verzweiflung überrollte sie wie eine Flutwelle, gewaltsam blinzelte sie sie weg, drängte sie zurück. »Er hat gesagt, du brauchst ... nur ein wenig Ruhe.«

Sie strich ihm sanft über den Handrücken und hielt dabei das Gesicht gesenkt. Maryanne wusste, Robert würde die Wahrheit sofort in ihren Augen erkennen. Er umfasste ihr Kinn mit Daumen und Zeigefinger. Widerwillig schaute sie zu ihm auf.

»Du lügst.« Ein wehmütiges Lächeln umspielte Roberts Mund. »Mir ist klar, du versuchst mich nur zu beschützen, aber ich weiß es doch längst«, sagte er so leise, dass sie dichter an ihn heranrücken musste, um ihn zu verstehen. Seine Worte brachen ihr das Herz. »Ich weiß, ich muss sterben.« Er hustete, sog röchelnd den Atem ein.

Maryanne schaute ihn ungläubig an.

»Ich ... habe es gespürt. Fühlte es ... tief in meinem Innern.« Er keuchte, schnappte nach Luft.

»Nein, Rob. Bitte nicht. Verlass mich nicht!« Ihr Flehen war unerhört, es war egoistisch von ihm zu verlangen, worüber er keine Macht hatte. Und dennoch, sie kam nicht dagegen an. Sie weinte, obwohl sie sich fest vorgenommen hatte, es nicht zu tun.

»Ich will dich nicht gehen lassen, Rob. Ich weiß nicht, was ich ohne dich tun soll.« Strafend biss sie sich auf die Lippe, nachdem diese Worte aus ihr herausgeplatzt waren. Und sie hasste sich dafür, so schwach zu sein. Warum ging es plötzlich um sie? Warum hatte sie stattdessen nicht ihn gefragt, ob er bereit war, zu gehen?

»Verzeih mir, Rob. Bitte verzeih mir! Ich will dich nicht mit meinem Gerede behelligen«, sagte sie mit weinerlicher Stimme.

Er hob seine Hand an ihre Wange und wischte ihre Tränen fort. »Du musst dich nicht entschuldigen. Deine Liebe hat mein Leben erst lebenswert gemacht, Maryanne. Ich kann diese Welt als glücklicher Mann verlassen.«

Maryanne weinte heftiger. Die Ruhe, die er sogar jetzt noch ausstrahlte, war bemerkenswert.

»Es tut mir so leid, dass ich es nicht eher gewusst habe.« Sie presste ihre Lippen zu einem Kuss auf seine Hand.

»Besser spät als nie.« Er rang sich ein Lächeln ab. »Und jetzt weine nicht mehr um mich, denn noch bin ich da.« Seine Stimme verlor an Kraft. Er schluckte schwer und Maryanne bemerkte, dass auch er mit den Tränen zu kämpfen hatte.

»Versprich mir, dass wir die Zeit, die uns noch bleibt, nicht in Trauer verbringen.«

Maryanne nickte hastig, als könnte sie seiner Bitte leicht nachkommen, in Wahrheit jedoch kämpfte sie schon jetzt gegen ihre Verzweiflung. Nichts hatte sich für sie je trostloser angefühlt als die Vorstellung von einer Welt ohne Rob.

Kapitel 15

Die Zeit hatte eine völlig neue Bedeutung bekommen. In dem ständigen Gedanken daran, wie lange Robert noch blieb, war alles in den Hintergrund gerückt. Nichts bereitete Maryanne noch Freude. Die Teeeinkäufe, das Verköstigen neuer Sorten aus den Kolonien, das Abwiegen der Teeblätter, die Gespräche mit den Gästen. Für Maryanne war es zur Nebensache geworden. Sie hatte sich im Zimmer neben Robert eingerichtet und verbrachte die meiste Zeit wachsam an seinem Bett. Aus dem Kensington Crown hatte sie sich weitestgehend zurückgezogen, um für ihn da sein zu können. Manchmal hatte Maryanne das Gefühl, mit dem Stuhl an seinem Bett zu verwachsen. Die Parallelen zwischen ihr und ihrer Mutter, die ihren geliebten Mann William, nach dessen Kutschenunfall, hatte sterben sehen müssen, kamen ihr fast surreal vor. Und sie fragte sich, wieso sie offensichtlich dazu verdammt war, das Schicksal ihrer Mutter in dieser Hinsicht zu teilen.

Maryanne kümmerte sich hingebungsvoll um Robert, reichte ihm Weidenrindentee zu trinken an, in der Hoffnung, damit sein Fieber senken zu können, und flößte ihm den Mohnsamen-Saft ein, der seine Schmerzen linderte und ihm in den Schlaf verhalf. Sie wechselte seine Kleider und kühlte seine fiebrige Stirn mit kalten Tüchern. Doch was sie auch tat, sie konnte seinen Verfall nicht aufhalten. Machtlos musste Maryanne mitansehen, wie er schwächer wurde. Wie seine Wangenknochen hervortraten und die Ränder unter seinen Augen immer tiefer und dunkler wurden. Seine Hustenanfälle schüttelten ihn immer heftiger durch und jedes Mal war danach ein wenig mehr Blut auf seinem Taschentuch.

Es war merkwürdig, wie das Warten auf das Unausweichliche die Menschen zusammenführte. So war Prudence Maryanne an einem Morgen einfach in die Arme gefallen, weinend, trauernd, bedauernd, hatte sie sie um Vergebung gebeten. Maryanne war überrascht gewesen, denn sie hatte nicht gewusst, dass Prudence ihnen aus Eifersucht das Glück nicht gegönnt hatte.

»Was, wenn ich schuld bin?«, hatte das Mädchen mit rot verweinten Augen gefragt. »Was, wenn ich mir versehentlich gewünscht habe, dass es endet zwischen Ihnen beiden? Doch niemals so! Nicht auf diese Weise. Ich schäme mich so sehr!«

Maryanne hatte ihr daraufhin tröstend über das aschblonde Haar gestrichen und ihr versichert, dass niemand Schuld an Roberts Krankheit habe und dass es so etwas wie Verwünschungen nicht gebe. Sie war ihr nicht böse, trug ihr nichts nach. In Maryannes Augen gab es nichts, was sie ihr vergeben musste.

Roberts Freunde besuchten ihn. Zum ersten Mal seit Jahren waren sie wieder öfter vereint im Kensington Crown. Das Wiedersehen hatte sich Maryanne jedoch anders vorgestellt.

Cole, George und Charles leisteten Robert Gesellschaft, lasen ihm vor, zitierten Keats oder Byron. Sie heiterten ihn auf, immer darauf bedacht, ihn nicht allzu sehr anzustrengen. Catherine hatte sich im Zimmer neben Roberts eingerichtet, um für ihn da zu sein, und wechselte sich mit Maryanne an dessen Bett ab.

Bekannte schickten Genesungswünsche. Sowie Nachbarn und Gäste der Teestube, die wie so viele Menschen davon gehört hatten, wie ernst es um Robert stand. Die Verlobungsanzeige, die Maryanne anfänglich verteufelt hatte, war nun ausschlaggebend für die breite Anteilnahme. Nicht immer wussten sie, von wem die Geschenke kamen, die so zahlreich eintrafen, dass Bertha den Flur damit vollstellen ließ, als in Roberts Zimmer kein Platz mehr war. Ein großer Strauß bunter Rosen zierte die Anrichte. Auf der Karte, die den Blumen beigelegt war, stand nur ein Buchstabe: E. Und tatsächlich: Die kräftigen und wohlduftenden Blüten erinnerten Maryanne an den Garten von Roslyn Park mit seinen exotischen und extravaganten Sorten. Aber lindern konnten sie den Kummer nicht, der ihr Herz fest umschlossen hatte.

***

In der längsten Nacht des Jahres, der Wintersonnenwende, regnete es in Strömen. Ein Unwetter tobte über London. Der Wind riss so heftig an den Fensterläden, dass es klang, als würde jemand gewaltsam hineinwollen.

Maryanne rückte mit dem Stuhl näher an Roberts Bett heran, dann blätterte sie die Buchseite um und las: »Denn Schatten an Schatten wird zu schläfrig kommen. Und die schlaflose Angst der Seele ertrinken.« Sie sog lautstark den Atem ein, als ihr die Ironie des Augenblicks bewusst wurde. Robert war seit fast zwei Tagen nicht mehr bei Bewusstsein. Er hatte Keats vergöttert, seine Verse hatten ihn in den vergangenen Wochen immer wieder ins Leben zurückgeholt. Doch in dieser Nacht war irgendetwas anders. Maryanne betrachtete ihn mit klopfendem Herzen. Noch hob und senkte sich sein Brustkorb, noch flatterten seine Lider leicht im Schlaf. Leise legte Maryanne den Gedichtband auf den Nachttisch, streckte sich müde aus, rieb sich den schmerzenden Nacken.

Der Wind rüttelte erbitterter am Fenster. Maryanne stand auf, um zu prüfen, ob es richtig verschlossen war. Sie hatte die Hand fest am Griff, drehte ihn leicht hin und her. Hinter ihr stöhnte Robert gedämpft. Sie wandte sich ihm zu, da ertönte plötzlich ein lautes Scheppern. In einem winzigen Moment der Unachtsamkeit hatte sie den Fenstergriff gelockert, der Wind hatte das Fenster aufgerissen und sich wie ein Soldat, der eine Festung erstürmt, Zutritt verschafft. Maryanne wurde von einer unsichtbaren Kraft zurückgedrängt. Der Wind pfiff und brauste umher, wirbelte die Vorhänge hoch und ließ die Seiten des aufgeschlagenen Buchs flattern. Mühsam hielt Maryanne dagegen und verriegelte das Fenster wieder sorgfältig. Kurz schaute sie hinunter auf die vom Regen glänzende, dunkle Straße, dann schickte sie ihren Blick über die Dächer der Stadt. Ein Stern, hell und leuchtend, erregte ihre Aufmerksamkeit. Er war ihr zuvor noch nie aufgefallen. Unverwüstlich schien er den Regenwolken zu trotzen, die der Wind Richtung Osten trieb. Für einen

Moment schaute sie ihm entgegen, nahm sein beständiges Funkeln wahr, das einem stillen Gruß aus einer anderen Welt glich. Fröstelnd rieb sich Maryanne die Oberarme, kehrte zum Bett zurück, stockte, hielt den Atem an. Roberts Brustkorb hob und senkte sich nicht länger. Er hatte das Gesicht leicht zur Seite geneigt, seine Augen waren geschlossen. Maryanne sank auf ihre Knie, umschloss seine Hand mit ihrer und bettete ihren Kopf darauf. Sie weinte um ihren ältesten und besten Freund, ihren Partner, ihren Geliebten und der Schmerz überfiel sie mit einer solchen Kraft, dass sie für einen Moment das Gefühl hatte, auch zu sterben. Der Wind klopfte gegen das Fenster, als würde er sie rufen. Langsam glitt ihr Blick hinaus. Erneut fand sie den hellleuchtenden Stern am Himmel, der zwischen den Wolken aufflackerte. Schluchzend zog sie die Nase hoch, blinzelte der langen Nacht entgegen, die nun noch vor ihr lag. »Geh nur. Finde Ruhe, mein Liebster«, hauchte sie und Tränen kullerten ihr über die Wangen, fielen auf die Bettdecke. Noch lange hielt sie Roberts Hand fest in ihrer. Er war gegangen, doch ein Teil von ihm würde immer bei ihr sein.

***

Roberts Beerdigung fand zwischen Weihnachten und Neujahr statt. Seine letzte Ruhe hatte er nur wenige Schritte entfernt vom Grab von Maryannes Vater gefunden. Viele Menschen waren gekommen, um Abschied zu nehmen. Freunde, Familienmitglieder, Stammgäste aus dem Kensington Crown, wie die Cotton-Brüder, Mrs Ashton und Lady Drummond. Mr

McNeil, dessen Frau sich noch von ihrem Fieber erholte. Die Schneiderin, Mrs Jenkins, die Witwe Foster und ihre Tochter, Ellen. Colin, George und Charles, deren Mienen wie eingefroren gewesen waren. Zwischen all den Trauernden hatte Maryanne sogar die geheimnisvolle Dame entdeckt. Zwar hatte sie sich zurückgehalten und mit niemandem gesprochen, aber ... sie war da gewesen.

Nach der Trauerfeier hatte Catherine sich an Maryannes Schulter ausgeweint und ihr nochmals beteuert, wie froh sie darüber sei, dass sie und ihr lieber Robert am Ende zusammen gewesen waren – stets habe sie gewusst, dass dies sein größter Wunsch gewesen sei. Ihre Worte hatten Maryanne zutiefst berührt. Sie hatte Catherine versprochen, sie in Sheffield zu besuchen und dass sie in ihr stets eine Tochter haben würde.

***

In den darauffolgenden Wochen war Maryanne wie im Nebel. Jeder Tag glich dem anderen auf eine abstruse Art und Weise. Sie hatte jegliches Gefühl für Zeit verloren. Die Tage verschwammen nur so ineinander. Ob bei ihrer Familie, im Kensington Crown oder in London, Maryanne hatte Mühe, sich zurechtzufinden, und es gab Momente, in denen sie es gar nicht erst versuchte.

Sie konnte die Misere einfach nicht fassen. Es war gerade einmal ein halbes Jahr her, dass sie mit Robert in Bristol gewesen war. Ihr Glück war zum Greifen nah gewesen. Maryanne hatte es fest in ihrer Hand gehalten und doch war es ihr erneut entrissen worden. Diesmal mit einer Brutalität, die sie nicht für möglich gehalten hatte. Die Qualen, die sie durchlitt, ließen sie kaum schlafen. Bei der Arbeit stand sie neben sich, sie war unkonzentriert und gleichgültig – was ihr selbst nicht geheuer war. Doch einen Ausweg fand Maryanne nicht. Sie hatte das Gefühl, in einem tiefen dunklen Sumpf gefangen zu sein, aus dem es kein Entrinnen gab. Für ihre Mutter war ihr Zustand derart besorgniserregend, dass sie sich nicht anders zu helfen wusste, als nach Gertrud zu schicken. Diese kam, als der Winter eine kurze Pause einlegte und die Straßen wieder passierbar waren.

Dank Henrys Unterstützung hatte Gertrud sich von zu Hause loseisen können und kurzerhand beschlossen, eine Zeit lang in Kensington zu bleiben, um für Maryanne da zu sein. Aber auch, um ihre Mutter zu entlasten, die gesundheitlich gezwungen war, ihre Arbeit im Teehaus deutlich einzuschränken.

Als die Schwestern beim Nachmittagstee zusammen im Salon saßen, ließ Maryanne ihren Emotionen freien Lauf.

»Ich hätte ihn damals bereits erhören sollen. Wir haben so viel wertvolle Zeit verloren. Dabei habe ich ihn doch immer schon geliebt. Ich habe es nur nicht wahrhaben wollen.«

»Ich bin sicher, Rob wusste das.« Gertrud strich ihr tröstlich über den Arm.

Maryanne schüttelte verzweifelt den Kopf. »Die Liebe zu ihm war überdeckt worden von etwas Neuem, etwas … Aufregendem. Ich hatte ihn gar nicht verdient. So oft habe ich ihn schlecht behandelt, Trudi. Das kann ich jetzt nie wiedergutmachen. Ich habe mich von falschem Ehrgeiz leiten lassen. Das Teehaus über alles gestellt. Manchmal weiß ich nicht, worum es mir dabei eigentlich ging. Mir selbst etwas zu beweisen oder vielmehr den anderen?« Maryanne schluchzte. »Was habe ich mir nur dabei gedacht?«

Gertrud reichte ihr ein Taschentuch. »Hör bitte auf, dich zu quälen, Schwester. Rob würde das nicht wollen.«

Maryanne weinte bitterlich. »Wie soll ich nur leben ohne ihn? Ich kann es nicht.« Ihre Stimme brach und sie starrte vor sich hin, als hätte sie soeben ihr Schicksal besiegelt.

»Du kannst! Und du wirst!«, entgegnete Gertrud. »Du bist stark, Maryanne. Du wirst das schaffen.«

Maryanne lehnte ihren Kopf an Gertruds Schulter. Sie war ihr unendlich dankbar für ihren Beistand. Von unten drangen die Geräusche aus dem Kensington Crown zu ihnen hinauf. Leises Stimmengewirr, das Aneinanderklirren von Porzellan. Der Duft von überbrühten Teeblättern und frisch gebackenen Scones strömte ebenfalls zu ihnen und ließ Maryanne schlucken. Etwas in ihr sträubte sich plötzlich dagegen. War es, weil sie im Kensington Crown einen der Gründe sah, weshalb sie ihre Gefühle für Robert so lange ignoriert hatte? Die Arbeit hatte sie derart ausgelastet, dass ihr keine Möglichkeit geblieben war, zu erkennen, was sie wirklich brauchte. Jener Zwiespalt beschäftigte sie auf eine Weise, die sie nicht greifen konnte. Er veranlasste sie dazu, sich in den darauffolgenden Tagen weiter von der Teestube zu distanzieren, und ihre Pflichten den Gästen gegenüber auf Gertrud, Sophie und Betty zu übertragen, während sie sich fast ausschließlich im Arbeitszimmer aufhielt, wo sie im fahlen Licht über die Bücher gebeugt saß, gefangen in einem Zustand ewiger Trauer.

Nachdem sie der Brief des Notariats erreicht hatte, der sich um Roberts Erbe kümmerte, fand sie überhaupt nicht mehr in ihren Antrieb zurück. Roberts zu früher Tod hatte etwas ins Rollen gebracht, auf das niemand vorbereitet gewesen war. Es stellte sich heraus, dass sein einziger männlicher Verwandter, sein Cousin Stuart Webber, seinen gesamten Besitz geerbt hatte. Darunter fiel auch das Kensington Crown.

An einem dunklen, kühlen Samstagnachmittag erwarteten sie seinen Besuch. Anthony war eigens dafür aus York angereist, um mit Stuart zu verhandeln. Die beiden waren gleichaltrig und kannten sich aus Jugendtagen. Anthony hatte Stuart als eigenbrötlerischen Patriarchen in Erinnerung, weshalb er davon ausging, dass dieser nichts Geschäftliches mit Frauen besprechen würde. Anthony hatte Maryanne im Vorfeld gebeten, sich zurückzuhalten. Er hatte vor, für sie zu sprechen. Maryanne gefiel das zwar nicht, aber zum gegenwärtigen Zeitpunkt fehlte ihr einfach die Kraft für Auseinandersetzungen. Also hatte sie beschlossen, sich an seine Regeln zu halten.

»Ich bereue es nicht, die Teestube an Robert verkauft zu haben«, sagte Anthony, während Bertha den Tisch im Obergeschoss für den Nachmittagstee eindeckte. »Ich bedauere aber Roberts Dahinscheiden. Ihr hättet mit der Heirat nicht warten dürfen, Schwester. Sie notfalls noch an seinem Bett vollziehen müssen. Wenn ich gewusst hätte, dass er krank war, dann hätte doch ich nie ...«

»Anthony, bitte!« Maryanne stöhnte leise. Sie war es leid, sich darüber den Kopf zu zerbrechen, was hätte sein können. Anthony senkte bedauernd den Blick zu Boden und zeigte sich wieder einfühlsamer. Hin und wieder blitzte so etwas wie Scham in seinen Augen auf, wegen dem, was er gesagt hatte, aber auch weil er das Haus seiner Familie, einschließlich der Teestube, so übereilt verkauft hatte. Sie alle wussten, dass finanzielle Not sein Antrieb gewesen war. Nun schien er sich in gewisser Weise für Maryannes Lage verantwortlich zu fühlen.

»Ich werde versuchen, mit Stuart zu verhandeln. Um euretwillen. Denn ihr wisst ... ich möchte das Kensington Crown eigentlich nicht zurück. Ich war dankbar, dass Robert es mir abgenommen hat, und habe es bereitwillig hinter mir gelassen.«

Bertha warf ihm einen strafenden Blick zu. Maryanne sah von der dampfenden Kanne, die ihre Mutter soeben auf den Tisch gestellt hatte, zu ihrem Bruder auf. »Was, wenn ich es auch nicht mehr will?«

»Aber, Maryanne!« Bertha betrachtete sie schockiert.

Anthonys Augen wurden schmal. »Das meinst du nicht ernst, Schwester. Du bist gerade nicht du selbst. Du hast deinen Verlobten verloren«, sagte er, als müsste er sie daran erinnern.

»Ich habe alles verloren«, raunte sie müde. »Ich bin so erschöpft vom ewigen Kämpfen, Anthony. Kämpfen um die Existenz des Kensington Crown. Um Anerkennung. Liebe.« Ihre Stimme war am Ende leiser geworden. Kurz schlich sich eine eisige Stille ein.

Bertha trat hinter Maryanne und legte ihr tröstend die Hand auf die Schulter. »Hör mir zu: Rob hätte nicht gewollt, dass du aufgibst. Er hat alles dafür getan, dass du das Kensington Crown weiterführen kannst. Auch wenn die Dinge nun anders sind, lass sein Bemühen nicht so unbeachtet, Maryanne. Das hat er nicht verdient.«

Anthony zupfte an seinem Ärmel. »Mutter hat recht. Du darfst dich nicht einfach geschlagen geben, nur weil dir gerade alles schwerfällt. Es wird wieder leichter, Maryanne. Manche Dinge passieren eben.«

Maryanne schaute verständnislos zu ihm auf. Er sprach, als würde er sich auskennen, als wüsste er genau, wie sie sich fühlte. Doch das konnte er nicht wissen. Verbittert zog sie die Brauen zusammen. Stille. Maryanne spürte Zorn in sich aufwallen, dann Anthonys tröstliche Berührung auf ihrem Arm. »Ich werde hinuntergehen und nachsehen, wo unser Gast bleibt.« Er verließ den Raum.

Maryanne trat ans Fenster, blickte hinaus in die graue Stadt und dachte über die Worte ihres Bruders nach. Es war bereits März, doch der Winter verweigerte London seinen Rückzug. Sie konnte die Kälte auf der Haut spüren, die sich durch das geschlossene Fenster zu ihnen in den Salon tastete. Schnee und Eis hatten das Leben in der Stadt verlangsamt. Brachten Passanten zum Schlittern und Kutschen dazu, sich festzufahren. Der lange Winter hielt Maryanne den Spiegel vor. Zweifelsohne hatte sie sich seit Roberts Tod in der Dunkelheit verirrt. Sie war wie gefangen in einem Irrgarten mit endlos verlaufenden Gängen. Mittlerweile war sie sogar schon zu müde, den Weg hinaus zu suchen. Sie steckte fest in einer Sackgasse, deren Mauern sich immer enger um sie schlossen.

Ein kalter Windhauch an ihrer Wange holte sie aus trüben Gedanken. Wo ist dein Wille zu leben?, hallte es daraufhin in ihr nach, als stünde jemand direkt neben ihr. Wie von selbst schlossen sich ihre Finger um die Bernsteinkette. Seit Roberts Tod hatte sie sie nicht einen Tag abgelegt. Suchend und irritiert glitt ihr Blick daraufhin zur Seite. Maryanne seufzte verdrossen auf, rieb sich energisch die Stirn, aufgrund ihrer törichten Annahme, dass dort tatsächlich jemand gewesen war. Vielleicht war sie im Begriff, ihren Verstand zu verlieren. Vielleicht war es aber auch an der Zeit, sich endlich wieder aufzuraffen.

Kapitel 16

Hätte Maryanne nicht gewusst, dass Stuart mit Robert verwandt war, sie hätte die beiden niemals miteinander in Verbindung gebracht. Dabei lag es nicht einmal an seiner untersetzten Statur und dem lichten Haar, durch das bereits die Kopfhaut durchschien. Vielmehr war es zunächst die Art und Weise, wie Stuart seinen Tee trank. Er schlürfte, nahm den Earl Grey ohne Zitrone oder Milch ein. Sein kleiner Finger war beim Trinken so weit abgespreizt, als wäre er in Gips gegossen. Seine Unbeholfenheit erklärte er damit, dass er einen Großteil seines Lebens nicht in England, sondern in Frankreich auf dem Weingut seines Onkels verbracht hatte. Diese Entschuldigung ließ Maryanne jedoch nicht gelten, und sie sah ihrer Mutter an, deren Brauen während der Teestunde ein seltsames Eigenleben entwickelt hatten, dass es ihr ähnlich ging. Sogar Anthony wirkte von Stuarts Ungeschliffenheit irritiert. Einzig Gertrud blieb die Geduld in Person und übernahm sogar das Reden, als es niemand anderes tat.

»Wie gefällt Ihnen London, Mr Webber?«, fragte sie.

Stuart wandte sich ihr nur widerwillig zu. Überhaupt schien er bisweilen über die Frauen am Tisch hinwegzusehen. Maryanne war fassungslos. Anthony hatte tatsächlich mit seiner Einschätzung recht gehabt. Im Vorfeld hatte er an sie appelliert, Stuarts Verhalten keineswegs persönlich zu nehmen. Stuart war eben nur

unter Männern aufgewachsen. Weibliche Bezugspersonen kannte er nicht. Maryanne versuchte, sich fortwährend daran zu erinnern. Selten war ihr etwas so
schwergefallen.

»Nun, ich finde es in dieser Stadt reichlich überfüllt.«
Stuart gab ein Grunzen von sich, schlürfte seinen Tee
und stellte die Tasse gedankenlos ab. Das feine Porzellan klirrte aneinander und Maryanne zuckte zusammen. Anschließend konnte sie weder ein leises Stöhnen
noch ein Augenrollen verhindern. Stuart jedoch schien
nichts Ungewöhnliches zu bemerken. »Das Wetter ist
nicht besonders einladend. Ich mache keinen Hehl daraus, ich verabscheue die Stadt.« Wieder führte er seine
Tasse an die Lippen und wieder schlürfte er beim Trinken.

Maryanne unterdrückte ein Grummeln und biss die
Zähne fest aufeinander.

»Gewiss bist du mehr Ruhe gewohnt und auch höhere
Temperaturen.« Anthony lehnte sich bemüht lächelnd
vor. »Wie sind die Winter in der Provence, Stuart? Ich
schätze, weit weniger kalt und nass als unsrige.«

»In der Tat, Anthony. In der Tat. Milder, deutlich milder kann ich nur sagen.« Stuart schob sich gleich zwei
Butterkekse auf einmal in den Mund. »Ich finde ... Ich
denke, wir sollten langsam zum Wesentlichen übergehen.« Er hüstelte, spuckte dabei versehentlich Kekskrümel quer über den Tisch. »Genau genommen will ich
meinen Aufenthalt hier so kurz wie möglich halten.«

»Gewiss«, sagte Anthony. »Ich habe dir ja bereits die
Umstände des Verkaufs der Teestube an Robert geschil

dert. Es ging mir dabei um die Planungssicherheit meiner Schwester Maryanne.« Er deutete mit dem Kinn zu ihr.

»Du hast es mir erläutert, ja. Ach, es ist furchtbar, dass mein Cousin so elendig von uns gehen musste. Wenngleich ich auch seine Verlobung als zu überstürzt empfand. Ganz zu schweigen von dem Kauf dieses ... Hauses.« Er sah sich mit gerümpfter Nase um.

»Die beiden kannten sich fast ihr ganzes Leben lang«, sagte Bertha.

Stuart seufzte laut. »Mag sein, aber ... dennoch.« Er zuckte die Schultern, schwenkte seine Tasse, schlürfte, schaute sich erneut um.

Maryanne brachte es eine Gänsehaut am ganzen Körper ein.

Anthony räusperte sich. »Nichtsdestotrotz, wir hatten gehofft, dass wir eine gemeinsame Lösung für dieses Problem finden könnten. Das Teehaus ist immerhin unser Familienunternehmen und eigentlich hatte Maryanne vor, es mit Robert weiterzuführen.«

»Ich bin durchaus im Bilde, Anthony.« Er schob sich einen weiteren Keks zwischen die Lippen. »Und ich muss sagen, dass ich es nicht gutheiße, dass dieses Haus nun ohne männliche Führung dasteht.« Er stöhnte, als läge die Last der gesamten Welt auf seinen Schultern. »Und deshalb wäre ich bereit, das Versprechen meines verstorbenen Cousins einzulösen.« Sein Blick huschte anzüglich zu Maryanne und eine noch heftigere Gänsehaut erfasste sie.

Abermals räusperte sich Anthony. »Robs Versprechen?«

Stuart nickte. »In der Tat. Wie es der Zufall will, hatte ich ohnehin vor, mir eine Frau zu nehmen. Sesshaft zu werden. Gewiss nicht in London. Aber im Königreich.«

»Wie bitte?« Maryanne konnte sich nicht länger zügeln.

Stuarts Blick fuhr erneut zu ihr herum. »Nun, meine Liebe, ich dachte an Cornwall. Das Klima dort ist dem in der Provence recht ähnlich. Und das Teehaus können Sie Ihrer werten Mutter und der Nichte überlassen. Betty, richtig? Mir schien bei meiner Ankunft, dass sie mit den anfallenden Arbeiten ausreichend vertraut ist.«

Maryanne schnellte vom Stuhl hoch. »Das ist grotesk! Ich werde Sie gewiss nicht heiraten, Mr Webber. Und jetzt entschuldigen Sie mich. Ich fühle mich plötzlich recht unpässlich.« Sie eilte aus dem Salon, hinunter in die Gaststube. Die Tische waren fast alle belegt. Sie sah Betty, Sophie und Prudence, wie sie sich um die Gäste bemühten, Tee und Gebäck austrugen. Ziellos ging sie einige Schritte umher. Ohne es zu wollen, kam sie vor dem Tisch der geheimnisvollen Dame zum Stehen. Mit hochgezogenen Brauen schaute diese ungeduldig von ihrem Buch zu ihr auf.

»Vielen Dank, aber ich habe alles, was ich brauche.«

Maryanne sog hörbar den Atem ein, schluckte. »Ganz offenbar«, zischte sie. Sie hatte ihren Groll nicht kontrollieren können. Sofort tat es ihr leid. Beschämt wandte sie sich zum Gehen.

»Warten Sie!«, sagte die Dame.

Maryanne drehte sich zu ihr um. Die Dame musterte sie aufmerksam. »Wollen Sie darüber reden?«

»Ich … ähm … Nein. Verzeihung, ich wollte nicht unhöflich sein.«

»Machen Sie sich keine Gedanken.« Die Dame winkte ab. »Es ist schön, zu sehen, dass Sie auch ein Mensch sind. Mir kam es immer ein wenig so vor, als wären Sie rundherum perfekt – in Ihrer Rolle der modernen Frau.«

Maryanne zog die Stirn kraus. Die Dame winkte sie näher zu sich. »Ich bin Alice«, sagte sie dann leise. »Was es auch ist, ich wette, es hat mit einem Mann zu tun. Also … Wer hat Sie geärgert, Miss Landerton?« Sie bedeutete ihr, sich zu ihr zu setzen. Maryanne war verwundert. Ihr Gespür war außergewöhnlich. Sie schaute sich kurz nach ihrer Familie und den Bediensteten um, und nahm dann Platz.

»Raus damit. Ich beiße nicht.« Etwas in der Stimme der jungen Frau war so vertrauenserweckend, dass Maryanne ihre Vorsicht beiseiteschob. Sie schilderte grob, was soeben im Stockwerk über ihnen vorgefallen war.

Alice' Augen wurden groß. »Wie impertinent! Und dabei haben Sie noch immer sehr mit dem Verlust Ihres Verlobten zu kämpfen, habe ich recht?«

Maryanne biss sich auf die Lippe, nickte und schaute sie an. Erst jetzt, da sie ihr direkt gegenüber saß, fielen ihr ihre jugendlichen Gesichtszüge auf. Bestimmt war sie ungefähr im selben Alter wie sie.

»Ich muss gestehen, ich bin kein Freund der meisten Männer«, sagte sie unverblümt und lehnte sich bequem zurück. »Weder von ihrem Überlegenheitsgehabe noch von ihrem politischen Einfluss. Aber Ihr Mr Webber, ja, der war anders. Das konnte man sehen.«

»Das war er.« Maryanne holte tief Luft, um die Tränen zurückzudrängen, die sich in ihren Augen sammelten, sobald das Gespräch auf ihn kam. Alice legte ihre Hand über Maryannes und schaute ihr direkt ins Gesicht. Maryanne zuckte fast unmerklich unter der Entschlossenheit zusammen, die sie wahrnahm.

»Ich werde sehen, was ich für Sie tun kann, Miss Landerton.« Ihre Miene drückte Mitgefühl und Bestimmtheit aus, dann stand sie auf. »Ich muss jetzt leider gehen, aber ... ich werde wiederkommen und vielleicht sind wir einer Lösung dann schon näher.« Sie zwinkerte ihr mit einem Auge zu, legte das Geld für den Tee auf den Tisch, berührte sanft und tröstend Maryannes Schulter und verließ das Kensington Crown.

Wenig später sah Maryanne Stuart Webber. Er schaute sich nicht um, sondern ging mit Anthony schnurstracks auf die Tür zu. Maryanne hörte nicht, was die beiden zueinander sagten, ehe Anthony ihm die Tür aufhielt. Die Miene ihres Bruders war jedoch angespannt. Rasch erhob sie sich vom Stuhl und ging zu ihm, als Stuart endlich fort war.

»Und? Was hat er gesagt?« Sie zwang sich zu fragen, weil die Antwort zukunftsentscheidend war, nicht weil sie sie wissen wollte.

»Maryanne, auch wenn sein Vorschlag wie aus dem Nichts kam und durchaus Feingefühl vermissen ließ, so war er ...«

»Moment! Feingefühl?« Maryanne lachte hell auf. »Dieser Mann kennt offenbar weder Anstand noch Taktgefühl. Er tut gerade so, als wäre Rob einfach ersetzbar. Und als wäre ich nur darauf aus gewesen, irgendjemanden zu heiraten, der Ehe wegen.«

Anthony nahm sie zur Seite, um die Gäste nicht zu stören, dann stemmte er die Hände in die Hüften und senkte seine Stimme. »Es war taktlos von ihm, so etwas vorzuschlagen, da stimme ich dir zu. Dennoch ... Es war unangemessen von dir, einfach vom Tisch aufzustehen. Fortzurennen wie ... wie ein trotziges Kind.«

Maryanne spürte Zorn in sich aufwallen. Die Hitze stieg ihr ins Gesicht. Fahrig rieb sie sich die Stirn. »Mein Verhalten war also unangemessen?« Sie blickte Anthony fest in die Augen. Er machte schmale Lippen, seufzte. Er kannte sie genau, wusste, wie sie sich verhielt, wenn sie sich übergangen fühlte. Die Hitzköpfigkeit hatte Maryanne von ihrem Vater, ebenso wie den Drang, ihre Entscheidungen allein zu fällen, selbstbestimmt und ohne Zwang.

Anthony tat ihr leid. Es war offensichtlich, dass er sich Mühe gab zu vermitteln. Sie riss sich zusammen und stimmte ihren Ton milder. »Er konnte doch unmöglich gedacht haben, dass ich auf sein Werben – wenn man es so nennen kann – eingehe.«

»Nein. Vermutlich nicht.« Anthony legte den Kopf schief, grinste halb. »Er kennt dich eben nicht. Eigentlich kennt er überhaupt keine Frauen. Es ist also nicht verwunderlich, dass er im Umgang mit ihnen ...«

»Unverschämt ist.«

»Unerfahren«, sagte er, um einen Kompromiss bemüht. »Ich konnte ihn davon überzeugen, sich Zeit zu nehmen. Stuart will gründlich darüber nachdenken, was er mit Robs Erbe macht. Unglücklicherweise sehe ich mich augenblicklich nicht imstande, das Kensington Crown zurückzukaufen. Selbst wenn ich es wollte,

Maryanne ... Die Druckerei bringt momentan einfach zu wenig ein und Caroline ...«

Sie sah, wie sehr es ihn quälte, und berührte sanft seinen Arm. »Ist schon gut. Immerhin haben wir etwas Zeit gewonnen. Das gibt uns die Möglichkeit, nach einer Lösung zu suchen.«

Er legte seine Hand auf ihre. »Ja, Maryanne.«

Sie rang sich ein Lächeln ab. Anthony nickte und verabschiedete sich. Gedankenverloren schaute sie ihm nach. Die Tür zum Kensington Crown schloss sich hinter ihm – und ging wieder auf. Samuel betrat die Teestube, nahm seinen Hut ab und drehte ihn verlegen vor seinem Bauch, während er seinen Blick auf der Suche nach Betty umherwandern ließ. Als er sie ausmachte, strahlte er übers ganze Gesicht. Maryanne beobachtete, wie Betty auf ihn zuging, dasselbe Strahlen in den Augen, und sie musste lächeln. Die beiden geben ein so schönes Paar ab, dachte sie. Vielleicht würden sie die nächste Generation sein. Jene, die das Kensington Crown in ein neues Zeitalter führt – sollte es ihr gelingen, auch diesmal erfolgreich für dessen Erhalt einzustehen. Sie wünschte es sich so sehr.

Kapitel 17

Sommer, 1884

Der Juli vertrieb das schlechte Wetter aus London und die Natur erstrahlte in frischem, üppigem Grün. Ein wenig wehmütig hatte Maryanne ihre Schwester nach York zurückkehren lassen, aber sie wusste, sie würde immer für sie da sein, wenn sie sie brauchte, und das gab ihr ein Gefühl von Sicherheit in einer unsicheren Zeit.

Im Hyde Park kamen die Familien zum Picknicken zusammen, am Themseufer zum Sonnen und Baden. Währenddessen versammelten sich andere im Stadtkern, um für einen neuen Gesetzesentwurf einzustehen, der die Rechte von unverheirateten Frauen regeln sollte. Ob Zufall oder nicht, Maryanne kam sich vor, als hätte sie diese Welle der Selbstbestimmung losgetreten. Als stünde sie, aufgrund ihrer Lage, im Mittelpunkt des Geschehens. Die Zeitungen hatten über das ungewisse Schicksal der beliebtesten Teestube der Stadt berichtet. Einige nannten es bedauerlich, feierten aber Maryanne Landertons nahenden Rückzug aus dem Männergeschäft. Andere aber schlugen sich auf ihre Seite. In Colins Artikeln war von der Enteignung des Kensington Crown die Rede – einer nicht hinnehmbaren Ungerechtigkeit. Maryanne bewunderte seinen

Mut, denn er machte sich mit seiner Meinung nicht nur Freunde.

Obwohl das Gesetz deutlich war und das Erbe des unverheirateten Robert an den nächsten männlichen Verwandten ging, begehrten einige Londoner auf. Nicht nur die fortschrittlichen Damen um Lady Drummond wollten sich nicht damit abfinden, dass einer Frau alles genommen wurde, nur weil sie es nicht bis zur Hochzeit geschafft hatte. Menschen gingen deswegen auf die Straße, demonstrierten vor dem Parlamentsgebäude, mit Schärpen und Schildern. Das geänderte Erbrecht für Ehefrauen schien die Menschen ermutigt zu haben, für alle Frauen des Landes einzustehen und mehr zu verlangen, bis hin zur Gleichheit.

Maryanne bereitete gerade die Gaststube für den Frühstückstee vor, als ein Dutzend Frauen mit Schärpen in den Farben des Union Jack an ihrem Fenster vorbeimarschierten. Kurz hielt sie bedächtig inne. Ihr Herz polterte vor Aufregung, als wäre sie nicht nur Teil dieser Gruppe, sondern deren Galionsfigur. Lady Drummond trat durch die Tür. »Miss Landerton!«, sagte sie, ein breites Lächeln im Gesicht.

»Lady Drummond.« Maryanne platzierte die letzte Tasse auf dem Unterteller auf einem der Tische.

»Wären Sie so freundlich, die hier auszulegen?« Lady Drummond wedelte mit Zetteln, drückte Maryanne einen davon in die Hand. Sie überflog den Text. »Mündigkeit ... Gleichheit. Wahlrecht?« Verdutzt schaute sie zu Lady Drummond auf. Die grinste verschmitzt.

»Nun, bis dahin ist es gewiss noch ein weiter Weg. Aber ... wir stecken unsere Ziele ab. Für den Moment geht es uns in erster Linie um die Rechte der unverheirateten Frauen. So wie den Ihren, liebe Miss Landerton. Wir sind Löwinnen. Wir kämpfen füreinander. Also? Was meinen Sie, ist das Kensington Crown unsere Löwenhöhle?« Sie wedelte erneut mit den Zetteln in ihrer Hand.

Maryanne druckste herum. »Ich ... ähm ...«

»Sehr schön!« Lady Drummond legte einen Stapel Flugblätter vor sie auf den Tisch, weitere verteilte sie auf die umstehenden Tische, dann kehrte sie flink zu Maryanne zurück. »Das Schicksal hat Ihnen übel mitgespielt, meine Liebe. Wir haben Ihren Robert alle sehr gemocht. Männer wie er sind eine Seltenheit. Er wäre eine Bereicherung für das Parlament gewesen«, sie lachte leicht, schaute kurz an Maryanne vorbei, »auch wenn er seinem Beruf den Rücken kehren wollte, um mit Ihnen in Ihrem wundervollen Teehaus zu sein.«

»Ja. Das ... ist mir alles sehr wohl bewusst.« Maryanne schluckte schwer.

Lady Drummond schenkte ihr ein aufbauendes Lächeln. »Das Kensington Crown sollte Ihnen gehören, Miss Landerton. Wir werden diese Ungerechtigkeit nicht hinnehmen«, sagte sie entschlossen, dann wandte sie sich zum Gehen. »Wir ... sehen uns am Samstag.« Mit entschlossener Miene rauschte Lady Drummond aus dem Teehaus, ehe Maryanne noch etwas sagen konnte. Sie machte sich nicht besonders viele Hoffnungen, trotzdem: Lady Drummonds Einsatz war bemerkenswert. Maryanne musste daran denken, wie sie ihr einmal gesagt hatte, sie habe erst durch sie ihre Aufgabe im Leben gefunden. Etwas, das sie aus ihrer Langeweile, der Starre, in der sie sich all die Jahre befunden habe, gerissen habe. Obwohl Maryanne sich selbst nicht als so wichtig nahm, konnte sie nicht bestreiten, dass es sie dennoch stolz machte. Neben all der Ablehnung, die ihr entgegengebracht wurde, weil sie es als Frau gewagt hatte, ein Geschäft zu führen, waren auch Türen aufgestoßen worden, und die wiesen eindeutig in eine bessere Zukunft.

Maryanne setzte sich und nahm sich einen der Zettel zur Hand, um ihn sich genauer anzusehen. Es waren unterschiedliche Blätter. Eine Karikatur fiel ihr ins Auge. Sie zeigte eine Frau mit entblößter Brust, die den Arm siegreich in die Luft reckte. Unwillkürlich dachte Maryanne daran, was Robert einst über die Frauenbewegung gesagt hatte. Er hatte prophezeit, dass ein Wandel stattfinden würde. Sollte er damit recht behalten?

*****

Maryanne hatte den Augenblick verpasst, in dem sie in ihre Routinen zurückgefunden hatte. Es war, als hätte sich etwas in ihr verselbstständigt und die Pflichten übernommen, die sich nicht wegschieben ließen. Sie wollte an das Alte anknüpfen, weitermachen wie zuvor, konnte es aber nicht – weil Angst und Frustration ein Bündnis in ihr eingegangen waren, das ihr den Optimismus austrieb. Also hielt sie sich an Kleinigkeiten fest, Dinge, die ihr Halt gaben, an denen sie sich entlanghangeln konnte.

Auf das Pfeifen des Teekessels war Verlass. Es riss sie immer wieder aus ihrer Gedankenstarre, die sie dann zu überwältigen drohte, wenn Pausen ihren Alltag störten. Mechanisch ging sie danach zur nächsten Aufgabe über. Füllte Teeblätter in die Kannen, ohne wirklich hinzusehen und überbrühte sie auf dieselbe stumpfe Weise. Automatisiert, gefangen in einer endlosen Monotonie. Maryanne tat, was von ihr gefordert wurde. Ihre Emotionen waren einer Leere gewichen, die es ihr ermöglichte, einfach zu funktionieren. Angesichts der Schatten, die sich nach Roberts Tod über sie gelegt hatten und der unsicheren Zukunft, die ihre ganze Familie betraf, war sie dankbar dafür. Es musste weitergehen, auch wenn niemand sagen konnte, wie lange noch.

Maryanne war wieder häufiger in der Gaststube zugegen, nahm die Bestellungen auf, pflegte mehr Kontakt zu den Besuchern des Kensington Crown, so wie man es zuvor von ihr gewohnt gewesen war. Doch die Gesellschaft half ihr nur teilweise, sich innerlich zu ordnen. Kaum jemand merkte ihr an, dass sie sich im ständigen Widerspruch zu sich selbst befand. Insgeheim hatte sie die Befürchtung, nie wieder zur alten Stärke zurückzufinden. Denn egal, was sie auch tat, es blieb das dumpfe Gefühl in ihr zurück, dass ein Teil von ihr mit Robert gestorben war und dass sie Schuld daran hatte, dass sich das Kensington Crown nun in der Schwebe befand. Sie hatte es aufs Spiel gesetzt. Sie hatte die falschen Karten gelegt und vielleicht das Erbe ihrer Familie verloren.

***

Es war Donnerstag und sie war froh, Alice wie üblich in der Teestube anzutreffen.

»Heute fühle ich mich nach Veränderung. Darjeeling und ein Stück vom hausgemachten Kirschkuchen, bitte.« Alice hob stolz lächelnd das Kinn, als käme eine Abweichung von ihrer üblichen Bestellung einem Ringkampf mit einem Tiger gleich.

»Kommt sofort.« Maryanne wollte bereits zum nächsten Tisch, da räusperte sich Alice laut.

»Wollen Sie denn gar nicht wissen, warum ich so guter Laune bin, Miss Maryanne?«

Maryanne schob die Hände in die Schürzentasche. »Also gut. Erzählen Sie es mir?«

Alice beugte sich vor. »Es sieht so aus, als würde unser Anliegen Unterstützung im Parlament bekommen.«

»Unser ... Anliegen?« Maryanne blinzelte ratlos.

»Na, die Rechte der unverheirateten Frauen zu stärken«, sagte Alice, als läge dies doch auf der Hand. Maryanne konnte sich nicht erinnern, mit ihr über dieses Thema gesprochen zu haben. Oder ... hatte sie sie zuvor einfach nicht richtig verstanden?

Alice jedenfalls tat, als wären sie ein eingeschworenes Duo. »Es gibt einen adeligen Fürsprecher.«

»Das ist ... großartig.« Maryanne beschloss mitzuspielen.

Alice nickte lange. »Das ist es, in der Tat. Wir haben Glück, dass wir ihn für unsere Sache gewinnen konnten. Das Oberhaus respektiert ihn und vom Unterhaus wird er ebenfalls geschätzt.«

»Ich muss gestehen, ich habe für ein solches Zeichen gebetet. Denn ... ich weiß nicht genau, wie viel Zeit mir noch bleibt. Der Cousin meines Verlobten hat geschrieben. Er will das Teehaus verkaufen, denn er sieht keinerlei Nutzen für sich darin, es sei denn, ich willige doch noch ein, ihn zu heiraten.« Übelkeit stieg in Maryanne auf, die sie kaum unter Kontrolle bringen konnte.

»Schockierend!« Alice entfuhr ein Zischen. »Dann sollte sich das Parlament wohl lieber beeilen.«

Maryanne setzte sich zu ihr, faltete die Hände vor sich auf dem Tisch und lehnte sich vor. »Haben wir denn Grund zu hoffen?« Sie wagte es kaum, diese Frage zu stellen. Zu groß war die Angst vor der Enttäuschung.

Alice beugte sich zu ihr nach vorn. »Das haben wir, Miss Maryanne. Mit Lord Grey als unserem Fürsprecher werden wir …«

»Lord … Grey?« Maryanne hämmerte das Herz wie wild in der Brust.

»Aber ja doch.« Alice strahlte vor Zuversicht. »Sie sind mit ihm bekannt?«

»Nein. Nicht besonders gut. Flüchtig.« Sie bemühte sich, aufrichtig zu klingen, aber Alice schien sie genau zu durchschauen.

»Sie müssen mir nichts vormachen, Miss Maryanne. Ich bin im Bilde, was Ihre Geschichte angeht.«

Maryanne atmete angestrengt aus. »Natürlich sind Sie das. Bestimmt weiß ganz London …«

»Dass Sie und Lord Grey einst eine innige Freundschaft verband? Dem ist wohl so«, sagte sie, ohne abwertend dabei zu klingen.

»Ich weiß nicht, ob er der Richtige ist, für dieses … Unterfangen.« Maryanne sprach so leise, dass sie sich selbst kaum verstand.

»Sie glauben doch nicht etwa, dass er dies für Sie tut, oder?« Alice betrachtete sie aufmerksam.

Maryanne schüttelte peinlich berührt den Kopf. »Nein, gewiss nicht.« Hitze stieg ihr ins Gesicht. Wie hatte sie sich selbst für so wichtig nehmen können?

»Lord Grey war schon immer ein Verfechter von Gleichheit. Er ist wahrlich ein außergewöhnlicher Mann, wenn ich das sagen darf.«

Maryanne konnte dem nur zustimmen.

»Ich finde, es war längst an der Zeit, dass er sich für die Frauenrechte ausspricht. Immerhin leben wir nicht mehr im Mittelalter«, sagte Alice. »Wir Frauen sollten nicht diskriminiert werden, nur weil wir Frauen sind. Wir sollten den Männern gleichgestellt sein, weil wir alle Bürger dieses Landes sind.« Sie faltete ihre Hände über ihrem aufgeschlagenen Buch. Ihr Rücken war so kerzengerade, als trüge sie die Bücher ständig auch auf ihrem Kopf. Eine so aufrechte Haltung hatte Maryanne nur selten gesehen.

Alices Worte waren weise, vorausschauend und gewagt. Maryanne fragte sich, wie ihre Familie wohl dazu stand, dass sie die Rechte der Frauen derart verteidigte. Doch ehe sie sie danach fragen konnte, rief Betty sie zu sich.

»Entschuldigen Sie mich bitte«, sagte sie und folgte Betty in die Küche. Für diese gab es kein Halten mehr.

»Sie hat ganz schön lange mit dir gesprochen.«

»Ihr Name ist Alice«, sagte Maryanne.

Charlotte, die gerade eine Pfirsichpastete eindeckte, drehte ihr den Kopf zu. »Alice? Aha. Und weiter?«

Maryanne zuckte die Schultern. »Ihren Nachnamen hat sie mir nicht genannt. Tut mir leid. Aber sie ist ... besonders.«

»Besonders?« Betty schaute blitzartig von einem Stapel Teller auf. »Was soll das heißen?«

»Nun ja. Ich glaube, sie ist politisch aktiv«, antwortete Maryanne.

»Gott bewahre!« Charlotte sog erschrocken Luft ein. »Nicht noch eine Frauenrechtlerin. Miss Landerton, bei allem Respekt, aber ... diese Handzettel haben einige unserer Gäste zutiefst verunsichert. Um nicht zu sagen: verschreckt. Ihre Mutter war deswegen sehr besorgt.«

Betreten schaute Maryanne erst sie, dann Betty an. »Mag sein. Manchmal ist es jedoch notwendig zu verunsichern, um wahrgenommen zu werden.«

»Miss Landerton ...« Charlotte klang ermahnend. »Ich weiß nicht, ob ...«

»Es gibt Anlass zu hoffen«, sagte Maryanne. »Offenbar ist Lord Grey auf unserer Seite im Parlament. Er wird sich für einen neuen Gesetzesentwurf einsetzen.«

»Grey?« Betty machte schmale Augen. »Weißt du das von ihr? Von ... Alice?«

Maryanne nickte, nahm die Hände ihrer Nichte und drückte zu. »Er hat die Macht, etwas zu ändern. Ich weiß es, Betty.«

Maryanne war mit einem Mal von einer Zuversicht erfüllt, die sie lange nicht gespürt hatte.

Betty sah sie einen Moment ungläubig an, dann lächelte sie jedoch gelöst. »Ich hoffe, du hast recht, Tantchen.«

Charlotte ließ ein leises Stöhnen hören. »Nun. Es wäre wahrlich eine Genugtuung, wenn wir den unfreundlichen Mr Webber nicht wiedersehen müssten.« Beschwichtigt wandte sie sich wieder den Pfirsichen zu.

Kapitel 18

Am nächsten Morgen war Maryanne in aller Frühe nach Brompton aufgebrochen. Lange hatte sie den Friedhof gemieden, doch nun waren hier gleich zwei Männer, die ihrem Leben Bedeutung verliehen hatten, beerdigt und sie empfand es zunehmend als tröstlich, einen Ort des Gedenkens an sie zu haben. Vorsichtig teilte sie den Vergissmeinnichtstrauß, legte die eine Hälfte auf das Grab ihres Vaters, die andere auf Roberts. Es war merkwürdig, seinen in den Stein gemeißelten Namen mit den Fingerspitzen zu spüren, ihn auf diese Weise verewigt zu sehen. Wehmütig zündete sie eine Kerze unterhalb des Steins für ihn an und strich nochmals über seinen Namen.

»Vergib mir, mein Liebster«, flüsterte sie.

Zum ersten Mal seit seinem Tod hatte sie sich an diesem Tag gegen ihr Trauergewand entschieden. In den vergangenen Monaten schien sie beinahe mit ihm verwachsen gewesen zu sein, nun stand ihr der Sinn nach Farbe. Und als sie wenig später auf dem Markt eintraf, um ihre Bestellung persönlich abzuholen, die sie bei einem hiesigen Obsthändler getätigt hatte, war es, als wäre eine bleierne Schwere von ihr genommen. Maryanne hatte aber nicht damit gerechnet, gleich darauf in einen Tross Frauen zu geraten, die rufend und singend durch die Stadt zogen. Sie schaute sich um, schätzte die Anzahl der Gekommenen auf mindestens fünfzig. Ehe sie es sich versah, war sie mittendrin in der aufbegehrenden Menge, die sich geradewegs auf das Parlament zubewegte. Maryanne wurde einfach mitgerissen. Frauen hakten sich bei ihr unter, hielten sie fest und irgendwann versuchte Maryanne gar nicht mehr umzudrehen. Plötzlich erkannte sie Alice in der Menge wieder. Mit einem Plakat in Händen machte sie lautstark ihrer Forderung nach Gleichberechtigung Luft. Maryanne wollte zu ihr vordringen, als ein schrilles Pfeifen ertönte. Die Menge stob auseinander, die Frauen eilten aufgebracht umher. Die Pfiffe wurden lauter und als Maryanne sich umwandte, sah sie die Polizisten heranstürmen. Der Pulk löste sich panisch, zu allen Seiten auf. Ein heilloses Chaos herrschte plötzlich vor. Schreie durchzogen die Straßen. Aufgebracht rannten die Menschen umher. Alice wurde dabei zu Boden gestoßen. Maryanne half ihr auf und zog sie mit sich, in eine kleine Gasse, in der sie vor den Polizisten in Sicherheit waren. Vorsichtig lugten sie zur Straße hin, um sich zu vergewissern, dass die Luft rein war. Die Menge schien sich verstreut zu haben und auch die Polizisten waren weitergezogen.

»Puh, das war knapp.« Alice strich sich das dunkelblonde Haar zurück, das sich bei der überstürzten Flucht aus ihrer Frisur gelöst hatte. »Ich bin Ihnen zu Dank verpflichtet, Miss Maryanne.«

»Bitte. Nur Maryanne«, sagte sie.

Alice schaute sie an, immer noch völlig außer Atem. Sie lächelte. »Maryanne. Also ohne Ihre Hilfe wären wir jetzt wahrscheinlich im Gefängnis gelandet. Das hätte meine Familie nicht besonders erfreut.«

»Nein, meine vermutlich auch nicht.«

»Ja …« Alice schnalzte mit der Zunge. »Verzeihen Sie mir, nur … wahrscheinlich hätte Ihretwegen aber niemand gleich eine Konferenz einberufen.«

Maryanne runzelte die Stirn.

»Wenn jemand wie ich auffällt, dann geht es immer gleich den ganzen Palast etwas an«, erklärte Alice verschwörerisch.

»Der Palast? Ich … fürchte, ich kann Ihnen nicht ganz folgen. Sind Sie etwa …?«

Alice grinste überführt. »Ein Mitglied der königlichen Familie. So ist es. Vor Ihnen steht die Nichte Ihrer Majestät, Lady Alice Cavendish.«

»Das erklärt so einiges.« Mehr brachte Maryanne nicht heraus.

»Ich hoffe, das bleibt unter uns, denn ich bin sozusagen unerlaubterweise außer Haus. Inkognito.«

Fassungslos fasste sich Maryanne an die Schärpe, die ihr jemand umgelegt hatte, machte einen Schritt zurück und sank auf einen Mauervorsprung. »Meine Nichte, Betty, hatte diese verrückte Theorie«, raunte sie, wie zu sich selbst.

»Nun, so verrückt war sie dann wohl doch nicht.« Alice lachte.

»Aber dennoch verrückt genug, dass ich ihr nicht glauben wollte.«

»Das ist auch gut so«, sagte Alice. »Wissen Sie, in Ihrem Teehaus hatte ich immer das Gefühl, normal zu sein. Unbehelligt. Nur eine einfache Frau, die bei einer guten Tasse Tee in Ruhe ihr Buch liest.«

»Es ehrt mich, dass Sie das so empfinden«, entgegnete Maryanne. »Aber … jetzt weiß ich nicht so genau, wie ich mit Ihnen umgehen soll. Ist ein … Knicks angebracht?«

Alice lachte hell auf, dann stieß sie sie sanft in die Seite. »Gewiss nicht! Sie, meine geschätzte Maryanne, behandeln mich bitte genau wie zuvor. Denn, ob Sie es glauben oder nicht, ich bin nicht anders als Sie. Allenfalls eine Frau mit Bedürfnissen, und ein großes Bedürfnis ist es mir, schlicht und einfach ab und zu mal der erdrückenden Stimmung im Palast zu entkommen.« Sie zuckte flüchtig die Schultern. »Nun und vielleicht meinem Bruder James, der mir meine Autonomie nehmen will, indem er mich mit Lord Crawford, dem eitlen Gockel, verheiraten will.«

Maryanne konnte ein erstauntes Lächeln nicht zurückhalten. »Sie wollen also nicht heiraten?«

»Meine Freiheit aufgeben? Nicht, wenn es sich vermeiden lässt. Nein … Aber mir ist durchaus bewusst, wir Frauen, egal ob bürgerlich oder adelig, haben eine Rolle zu spielen. Nichtsdestotrotz, es ist ein weitverbreiteter Irrtum, dass wir nur an der Seite eines Mannes zur wahren Größe finden. Ich meine, es sollte jedem klar sein, dass diese umstrittene Weisheit von Männern stammt, die, wie wir beide genau wissen, ohne uns Frauen vollkommen hilflos wären. Das fängt doch schon mit ihrer alleinigen Existenz an. Ich meine, keiner von ihnen wäre auf dieser Welt – ohne eine Mutter.«

Maryanne hob überaus verwundert über ihre revolutionäre Denkweise die Brauen.

»Was ist? Schockiere ich Sie etwa, Maryanne?« Alice suchte eindringlich ihren Blick, als diese immer noch nichts erwidert hatte.

»Schockieren? Nein«, antwortete sie endlich. »Es ist nur, ich habe noch nie eine Frau getroffen, die ihre Ansichten so radikal vertritt.«

Alice schaute grimmig drein. »Radikal?«

Maryanne legte unsicher den Kopf schief. War sie etwa versehentlich respektlos gewesen?

Alice lachte auf. »Keine Angst, ich bin nicht militant. Meine Werte verteidige ich verbal. Gewalt stünde uns Frauen ohnehin nicht. Oder was denken Sie?«

»Da haben Sie recht.« Nun, da Maryanne um ihre wahre Identität wusste, war sie noch mehr von ihr fasziniert. Sie wirkte wie jemand, der genau wusste, wie er seine Ziele erreichte. Alice' Aufmachung war nobel, aber nicht königlich. Offenbar verstand sie es, unerkannt zu bleiben. Aber warum hatte sie sich ausgerechnet ihr anvertraut?

»Haben Sie denn gar keine Angst, ich könne Sie verraten?«, fragte Maryanne.

»Gewiss nicht.« Alice hakte sich bei ihr unter, während sie die Gasse zurückgingen. »Sie und ich, wir beide sind vom selben Schlag. Glauben Sie etwa, ich hätte das Kensington Crown zufällig ausgewählt, um dort entspannt meinen Tee zu genießen? Nein, ich habe Ihre Geschichte verfolgt, Maryanne. Ich weiß, über Sie und meinen Cousin Edward Bescheid. Besser, als ich bei unserem letzten Gespräch zugegeben habe.«

Maryanne fuhr ein Schauer durch die Glieder. Sie zuckte leicht zusammen, blieb stehen.

Alice gluckste amüsiert, dann zog sie sie weiter. »Keine Sorge, ich verurteile Sie deswegen nicht. Vielmehr bedauere ich, dass Ihre Beziehung wegen meiner verbitterten Großtante ein so abruptes Ende gefunden hat. Gott habe Lady Grey selig.«

»Ich habe nicht gewusst, dass sie gestorben ist«, sagte Maryanne leise.

Alice nickte seufzend. »Ist sie, ja. Aber ... es ist gewiss kein großer Verlust, wenn ich das so sagen darf. Sie war nie besonders liebenswert, nur ihrem Geld gegenüber. Aber das spielt nun keine Rolle mehr. Was auch immer zwischen Ihnen und Edward gewesen war, Ihr sogenannter Skandal ist mit ihr gestorben. Dieses altmodische Denken, das Verbot von einer Durchmischung der Gesellschaftsschichten ...« Sie stöhnte entnervt. »Ich hielt das schon immer für antiquiert. Ihre Geschichte dagegen, Maryanne, hat mich zutiefst bewegt, als ich sie hörte.«

»Wie ... Wie geht es Edward?« Die Frage war heraus, bevor Maryanne darüber nachgedacht hatte.

»Er wirkt recht zufrieden. Jedenfalls äußerlich.«

»Und seine Frau? Wie ist sie so?« Maryannes Herz schlug schneller, als sie ihre eigenen Worte hörte. Waren sie einem grausamen Wunsch von Selbstverletzung entsprungen?

Alice schaute sie aufmerksam von der Seite an, offenbar abwägend, ob sie darauf antworten sollte. »Anne ist genügsam. Ein eher unscheinbares Ding. Ganz anders als Sie.« Sie sah Maryanne immer noch an, lächelte verklärt. »Ich kann verstehen, warum Edward sich damals in Sie verliebt hat.«

Leichtes Unbehagen stieg in Maryanne auf, als Alice sie weiterhin betrachtete. Erst nachdem sie ihren Blick wieder nach vorn gewandt hatte, fand Maryanne ihre

Stimme wieder. »Haben Sie ... das Teehaus deswegen aufgesucht, um mich damit zu konfrontieren?«

»Mitnichten. Sie kennen meine Gründe inzwischen. Ich habe einiges über Sie und Ihre Familie gelesen. Die Vorstellung, dass eine Frau ein Geschäft führt ...« Sie seufzte ergriffen und tief. »Ihr Teehaus ist für mich ein Sinnbild für Gleichberechtigung. Wahrscheinlich fühle ich mich auch deswegen so wohl dort.«

Maryanne ließ ihre Worte in sich nachhallen. Sie hatte keine Ahnung gehabt, dass sie diese Wirkung auf Menschen hatte. Langsam kehrten sie zur Straße zurück. Alice nahm ihre Schärpe ab, verstaute sie in ihrer Tasche und bedeutete Maryanne, dasselbe zu tun. Rasch knüllte Maryanne den Stoff zusammen und steckte ihn in die Innenseite ihres Mantels.

Der Himmel war in ein einziges Grau getaucht. Feiner Nieselregen fiel. Die Menschen gingen wieder ruhig ihrer Wege, Hufgeklapper und das Rattern von Kutschen erfüllten die Gegend. Nichts zeugte mehr von einem Aufruhr. Es war, als hätte es die aufbegehrenden Frauen nie gegeben.

Alice löste sich aus Maryannes Arm und ging zu dem aufwendig dekorierten Schaufenster einer Schneiderei. Eine fliederfarbene Festrobe, reich mit Spitze und Perlen bedeckt, nahm ihre Aufmerksamkeit ein. Maryanne trat neben sie, doch statt des Kleides sah sie nur Alice' und ihr Spiegelbild im Fenster.

»Wenn ich Sie das fragen darf, Maryanne«, Alice' Blick blieb auf die Robe gerichtet, »warum haben Sie Ihre Meinung geändert? Wieso hatten Sie sich am Ende doch für die Ehe entschieden?«

Maryanne schluckte. Offenbar war ihr einstiges Vorhaben, ewig ledig zu bleiben, noch immer fest in den Köpfen einiger Menschen verankert. Alice scheute nicht davor, ihrer Neugier freien Lauf zu lassen und unbequeme Fragen zu stellen. Zweifellos war dies etwas, das sie voneinander unterschied.

»Es war Liebe«, antwortete Maryanne nach einer Pause heiser. »Eine tief verwurzelte. Wenn Sie es genau wissen wollen.« Ihre anfängliche Intention spielte keine Rolle mehr. Weder für sie noch für irgendjemanden.

Alice' Blick ruhte voll Mitgefühl auf ihr. »Ich sehe, ich muss mich entschuldigen. Ich dachte, Sie wären zuvor fest entschlossen gewesen, wegen Edward so lange auf Ihr eigenes Glück zu verzichten.«

Maryanne biss die Zähne aufeinander. Ihr war nicht wohl dabei, zu erfahren, dass sich jemand wie Alice so viele Gedanken über sie gemacht hatte. Wer war sie denn schon? Eine einfache Wirtin aus Kensington, die kaum ihre Pacht, geschweige denn ihren Lebensunterhalt aufbringen konnte. Es genau genommen, nicht einmal durfte.

Dicke Regentropfen prasselten gegen das Schaufenster und verzerrten ihre Spiegelbilder. Maryanne wandte sich der Straße zu. »Dort drüben steht eine Kutsche. Ich würde vorschlagen, Sie kehren in den Palast zurück. Sonst bemerkt noch jemand Ihre Abwesenheit.«

Alice lächelte sanft, dann nickte sie. »Wir sehen uns am Donnerstag«, sagte sie und stieg in die Kutsche.

»Ja.« Maryanne lächelte verhalten, während sie ihr nachschaute. Ihre Identität aufgedeckt zu haben, hatte einen faden Beigeschmack. Ein weiterer Skandal war etwas, das sie mit aller Macht abwenden musste. Was würde wohl geschehen, wenn der Palast vom Kensington Crown – dem Sinnbild für Gleichberechtigung – erfuhr?

Sie war nicht sicher, ob Alice nicht von einer Art aristokratischer Naivität geblendet war. Vorerst jedenfalls beschloss sie, niemandem davon zu erzählen, wer die geheimnisvolle Dame wirklich war, und Vorsicht walten zu lassen. Im Gegensatz zu Alice hatte sie weder Geld noch Titel, die ihr Schutz boten. Sie hatte viel zu verlieren.

Kapitel 19

Der Duft von frisch gebackenem Apfelkuchen und Buttergebäck mischte sich unter den von aufgebrühtem Schwarzen Tee. Der Winter schien die Gerüche in der heimeligen Gaststube zu konservieren. Alles roch und schmeckte intensiver.

Kurz vor Weihnachten schrieben die Zeitungen von der Aussichtslosigkeit einer Erweiterung des Erbrechts lediger Frauen, denn nichts hatte sich seit der Petition bewegt, die Lady Drummond an den Palast gesandt hatte. Die Enttäuschung bei den Befürwortern war groß. Zwar hatte Maryanne sich wenig Hoffnungen gemacht, dennoch konnte sie eine gewisse Niedergeschlagenheit nicht verbergen. Zudem drängte ihre Mutter sie dazu, mit Roberts Cousin eine langfristige Einigung zu erzielen. Was nach ihrem letzten Aufeinandertreffen bedeutete, dass sie sich für ihr Verhalten ihm gegenüber entschuldigen und das Angebot, ihn zu heiraten, zumindest in Erwägung ziehen musste. Bertha fürchtete zu Recht, dass Anthonys Wirken auf ihn nicht von Dauer sein würde. Spätestens wenn Stuart im Frühjahr, nach dem Abschluss seiner Geschäfte in England, in seine Wahlheimat Frankreich zurückkehren würde, würde er über den Verbleib des Kensington Crown neu entscheiden. Und da Maryanne ihn bisher rüde abgewiesen hatte, bestand Grund zur Annahme, dass er sich dabei wenig rücksichtsvoll gegenüber der Familie erweisen würde.

»Ich bitte dich, Maryanne. Spring über deinen Schatten. Tu es für uns.« Bertha klang unerbittlich, als sie vor dem Nachmittagsgeschäft in der Küche zusammenkamen.

»Was wäre denn, wenn Sie ihn einfach heiraten würden?« Prudence, die das Gespräch unfreiwillig mitgehört hatte, hielt beim Geschirrspülen inne.

Maryanne betrachtete sie mit großen Augen. Für gewöhnlich war kaum etwas von ihr zu hören. Sie war eine stille Zuhörerin, die sich nur selten einbrachte. Ihre eigene Meinung hatte sie stets unter Verschluss gehalten – bis jetzt.

»Er ist ein Dummkopf.« Betty, die gerade eine Etagere mit Sandwiches und Hefeküchlein bestückte, nahm Maryanne die Antwort ab.

»Ich würde ja gerne sagen, darüber wächst er hinaus, aber ...«, sagte Bertha mürrisch.

»Wie alt ist eigentlich dieser neue Mr Webber? Dreißig?« Charlottes Einwurf hinterließ Ratlosigkeit in den Gesichtern aller.

»Nun, wir können nur beten, dass das Parlament doch noch eine Änderung zulässt«, sagte Betty.

Maryanne schnaubte entrüstet. »So viel Zeit haben wir nicht. Außerdem weiß ich nicht einmal, ob es uns helfen würde. Stuart ist der Erbe. Ich müsste zunächst seinen Anspruch anfechten. Selbst wenn das irgendwie gelänge, er würde es uns wahrscheinlich nicht einfach machen.«

»Was willst du dann tun, Liebes?«, fragte Bertha milde.

»Ich muss persönlich mit Lord Grey sprechen. Wenn jemand etwas bewirken kann, dann er«, entgegnete Maryanne. Sie hatte lange über diesen Schritt nachgedacht, nun fand sie es an der Zeit, ihn zu gehen. In der Küche herrschte Stille. Maryanne spürte die erstaunten Blicke aller auf sich und ein kalter Schauer fuhr ihr über den Rücken.

»Maryanne, selbst wenn, wie willst du ihn erreichen? Hast du vor, ihn auf einer … Spazierfahrt abzufangen?« Bertha stützte eine Hand in die Hüfte.

Maryanne schluckte schwer, während sie nachdachte. Ihre Mutter hatte nicht Unrecht. Für jemanden wie sie war es fast unmöglich, mit jemandem wie Edward Kontakt aufzunehmen. Doch dann schoss ihr doch noch eine Möglichkeit durch den Kopf. »Es gibt da vielleicht jemanden, der vermitteln kann.«

»So?« Ihre Mutter hob neugierig die Brauen. Betty und Charlotte erwarteten Maryannes Ausführung ebenso gespannt. Aber sie dachte nicht daran, Alice' Geheimnis preiszugeben.

»Die Bestellung!«, sagte sie stattdessen, schnappte sich die Etagere, die Betty soeben fertig bestückt hatte, und brachte sie in den Gastraum.

***

Nie zuvor hatte Maryanne einem Donnerstag mehr entgegengefiebert. Verlässlich saß Alice an ihrem angestammten Platz am Tisch unter dem Fenster und wartete darauf, von Maryanne bedient zu werden. Von ferne wirkte es so, als wäre sie zu ihrer Verschwiegenheit zurückgekehrt, doch als Maryanne zu ihr an den

Tisch trat, breitete sich ein verräterisches Lächeln auf ihrem Gesicht aus.

»Ein Jammer, dass das Parlament bisher abgewunken hat. Aber wir sollten es als Ansporn sehen und nicht als Niederlage. Es gibt eben noch einige wenige Mitglieder, die sich eher entmannen lassen würden, bevor sie den Frauen weitere Rechte zusprechen.«

»Dem ist wohl so. Aber … glücklicherweise gibt es auch andere.« Maryanne neigte sich leicht vor und sprach in gesenkter Lautstärke. »Alice, ich brauche Ihre Hilfe.«

Ein wilder Eifer brannte in ihren Augen. Sie bedeutete Maryanne, sich zu ihr zu setzen. Kurz schaute Maryanne sich nach Betty, ihrer Mutter und den Bediensteten um, konnte aber niemanden sehen. Rasch nahm sie Platz. »Ich würde mich gerne direkt an Lord Grey wenden und meinen Fall vortragen. Vielleicht kann er in meinem Fall etwas bewirken. Denn … ich bin ehrlicherweise wahrlich, zutiefst verzweifelt.«

»Sie wollen also mit Edward sprechen?« Alice wirkte weit weniger verwundert, als ihre Frage vermuten ließ.

»Das will ich. Ich denke, es könnte möglicherweise hilfreich sein.« Sie hatte kaum gemerkt, dass sie am Ende leiser geworden war.

Alice musterte sie grübelnd. »Möglicherweise. Ja.« Ihr Blick glitt ins Leere und Maryanne fürchtete schon, mit ihrer Bitte zu weit gegangen zu sein. Genau genommen war sie nicht einmal sicher, ob sie einer Begegnung mit Edward gewachsen war. Immerhin wähnte sie sich in einer fragilen Sicherheit, was ihre Gefühle für ihn anging. Jahre waren vergangen, seit sie sich das letzte Mal gesehen hatten. Doch wirklich vergessen hatte sie ihn nie. Nicht einmal in der bisher dunkelsten Zeit ihres Lebens.

Alice sah Maryanne durchdringend an. Sie streckte ihre Hand über den Tisch aus, griff nach Maryannes und drückte diese leicht. »Ich kann nichts versprechen, aber ... ich werde sehen, was ich tun kann. Wer weiß, womöglich gelingt es mir ja auch noch, meine Tante auf unsere Seite zu bringen.«

Maryanne blinzelte verwirrt. »Sie meinen, die Königin würde ...?«

Alice schaute sich fahrig um, dann legte sie den Zeigefinger an ihre gespitzten Lippen und brachte Maryanne zum Schweigen.

»Verzeihen Sie, ich ... hatte für einen Moment vergessen, dass ...«

»Schon gut.« Sie trank ihre Tasse leer und stand auf. »Ich werde Edward noch heute schreiben.«

Maryanne nickte kaum merklich. Die Gefühle schäumten förmlich in ihr über. Noch konnte sie es aufhalten. Noch hatte sie es in der Hand. Sie wollte auf keinen Fall wie eine Bittstellerin erscheinen. Doch bevor sie ihre Zweifel in Worte fassen konnte, spürte sie Alices Hand ermutigend auf ihrer Schulter.

»Es wird sich alles zum Guten wenden. Da bin ich sicher.« Sie kramte in ihrer Tasche nach dem passenden Geld. Maryanne schüttelte den Kopf, winkte ab. »Das geht aufs Haus.«

Alice lächelte mit leiser Rührung in den Augen auf sie herab. »Wir sehen uns nächste Woche.«

Kapitel 20

Frühling 1885

Trotz ihrer Unsicherheit darüber, ob sie das Kensington Crown endgültig verlassen mussten, bemühte sich Maryanne, nicht die Hoffnung zu verlieren. Es war ihr gelungen, Stuart mit einem Brief zu besänftigen, in dem sie ihr Verhalten ihm gegenüber dem Kummer über Roberts Verlust zuschrieb und gleichzeitig um mehr Bedenkzeit für sich bat. Im Nachgang war er der überraschenden Einladung eines einflussreichen Adeligen auf ein Jagdschloss nach Edinburgh gefolgt. Ein glücklicher Umstand für die Landertons, weil er ihnen einen längeren Aufschub gewährte. Bis auf Weiteres würden sie weiterhin die Pachtsumme, die Anthony mit ihm vereinbart hatte, an ihn abführen und darauf hoffen, dass sich eine Lösung für das Kensington Crown finden ließ, ehe er aus Schottland zurückkehrte und Maryannes endgültige Entscheidung verlangte.

Die meisten Gäste der Teestube ahnten nichts von der prekären Lage, in der sich die Landertons befanden. Die Familie spielte ihre Rolle perfekt. Im Kensington Crown war die Zeit wie eingefroren und mitunter sonnte sich auch Maryanne in der Wohlfühlatmosphäre ihres Teehauses, befeuert durch die Hoffnung auf Edwards Hilfe. Sie fand in der Geselligkeit Ablenkung von ihren Sorgen, während sie auf Nachricht von Alice wartete. Der Duft von aufgegossenen Teeblättern und frischem Hefegebäck tat den Rest. Er führte sie regelmäßig in unbescholtene Tage zurück und manchmal gelang es ihr, sich darin zu verlieren – wenigstens für den Moment.

***

Im April warf Colins Zeitungsartikel über Lady Drummonds fortschrittliche Frauen große Wellen, weil er darin den engstirnigen Lord Bellingham kompromittierte, der das Parlament unter seiner Kontrolle zu haben schien. Und auch Alice wich nicht von ihren Zielen ab. Zwar hatte Edward ihren Brief bislang unbeantwortet gelassen, aber es war ihr wohl gelungen, die Königin für ihre Sache zu interessieren. Es blieb jedoch fraglich, ob Victoria sich nochmals einmischen würde. Immerhin hatte auch sie eine Rolle zu spielen und sich bereits mit ihrem Einsatz für das Gesetz über den Besitz verheirateter Frauen weit vorgelehnt.

Bei einem ihrer sonntäglichen Besuche in Kensington fand Tante Ursula dazu klare Worte. »Man darf nicht vergessen, dass sie in erster Linie Herrscherin ist.«

Resigniert stimmte Bertha ihr zu. »Die Königin ist fürwahr ein überirdisches Wesen, das keinem Geschlecht unterworfen ist.«

»Und gleichzeitig besteht ihr Beraterstab ausschließlich aus Männern.« Maryanne konnte ihren Sarkasmus nicht bändigen.

Verwundert stellte sie fest, dass ihr niemand widersprach. Ihre Mutter seufzte leise auf, dann senkte sie bedauernd den Blick. Ursula hingegen sah sie an und

Maryanne glaubte, Missfallen in ihren Augen aufblitzen zu sehen. Weil sie es gewagt hatte, die Macht Ihrer Majestät infrage zu stellen? Oder weil auch sie die Ironie darin missbilligte?

Maryanne hakte nicht nach. Sie war immer noch erstaunt darüber, wie sehr sich die Gewohnheiten der Landerton-Frauen geändert hatten. Bis vor wenigen Jahren noch hatten die neueste Hutmode und der übliche Londoner Klatsch ihren Nachmittagstee ausgefüllt. Niemals hätten sie über Politik gesprochen. Was für eine Entwicklung das doch war!

Abermals musste Maryanne an Roberts Worte über eine Neuordnung der Gesellschaft denken und fasste sich dabei unbewusst ans Herz. Zum ersten Mal seit seinem Tod war es nicht von Trauer erfüllt, sondern von Stolz. Dankbar und erleichtert auch über diese Entwicklung lächelte sie in sich hinein.

»Ich werde meinem guten Bekannten, Sir Richard Grisham, schreiben.« Ursula biss vornehm vom Gurkensandwich ab und tupfte sich mit einer Serviette über die Mundwinkel. »Er hat Beziehungen zum Oberhaus. Vielleicht kann er auf Bellingham einwirken und auch den anderen Lords begreiflich machen, dass sich die Mehrheit der Bürger für eine Gesetzesänderung zugunsten lediger Frauen ausspricht.«

Maryanne wechselte einen überraschten Blick mit ihrer Mutter. Wer hätte das gedacht?, schoss es ihr anschließend durch den Kopf. Wie doch die Lebensumstände einen Menschen dazu verleiteten, seine Prioritäten zu ändern, und damit ein Stück weit auch sich selbst. Unauffällig schaute sie ihre Tante über den Rand ihrer Tasse hinweg an. Offenbar hatte sie nach

Matthews Fortgang ihre Prinzipien völlig neu sortiert. Ihr gefiel die neue Ursula, die sich offen der Frauenbewegung gegenüber zeigte. Nie hätte Maryanne ihr das zugetraut. Mittlerweile empfand sie sie nicht länger als anstrengend oder feindselig, sondern durchaus auch als weise.

***

Der Sommer schickte seine Vorboten. Mit dem Aufblühen der Natur kehrten auch wieder mehr Menschen von außerhalb im Teehaus ein. Frisch eingetroffene exotische Teesorten aus Südindien begeisterten die Gäste, die förmlich nach Neuem lechzten. Wer offen für Abwechslung war, der konnte in kräftigen und schärferen Schwarzteearomen seine Lieblingssorte entdecken. Und nicht wenige taten es. Maryanne spürte förmlich den Aufwind. Der Wandel, den Robert angekündigt hatte, schien plötzlich überall in der Luft zu liegen.

Inzwischen hatte sie in Alice eine Freundin gefunden. Und obgleich Betty nicht müde wurde, sie über sie auszufragen, gab Maryanne ihr Geheimnis nicht preis. Zu wertvoll war es, angesichts dessen, was sie unerkannt, als Springerin zwischen den Gesellschaftsschichten, bewirken konnte. Die beiden sahen sich mittlerweile nicht nur im Kensington Crown, sondern auch hin und wieder an den Wochenenden im Hyde Park, wo sie gemeinsame Spaziergänge unternahmen und sich über etwaige politische Fortschritte austauschten.

Als Alice Maryanne um ein dringliches Treffen gebeten hatte, trat sie, an einem Samstagabend, jedoch als

Lady Cavendish im Park in Erscheinung. Beinahe hätte Maryanne sie deshalb nicht erkannt. Ihr Haar trug sie sorgfältig hochgesteckt und unter einem auffälligen Federhut verborgen. Der elegante blassgrüne Zweiteiler mit aufwendiger Stickerei schmeichelte ihrer femininen Figur, die in der Alltagskleidung, die Maryanne von ihr gewohnt war, kaum Beachtung fand. Die Zofe, die unauffällig Abstand zu ihnen hielt, wies Alice letztlich eindeutig als wichtige Person aus.

Sie gingen zum See, wo die Weiden dicht beieinanderstanden, und suchten ihr Versteck zwischen den tief hängenden Ästen.

»Wie schön, dass Sie Zeit für mich finden.« Alice wirkte ungewöhnlich aufgedreht. »Es gibt Neuigkeiten. Meine Tante hat interveniert und dem Parlament geschrieben. Selbstredend kann sie sich nicht direkt dafür aussprechen, die Rechte der Frauen zu stärken, immerhin ist sie selbst eine, was sie, nun ja, – Sie wissen schon – in eine gewisse Zwickmühle bringt. Immerhin war bereits ihre Krönung für die britische Bevölkerung anfänglich etwas befremdlich. Sie musste sich erst beweisen, als Frau und als Ausländerin. Obgleich genau genommen nicht viel Neues dabei war. Immerhin hat Elisabeth I. ein goldenes Zeitalter erschaffen, und meine Tante ist gewiss nicht weniger ruhmreich. Dennoch ... Es gibt immer noch leise Stimmen im Land, die sich von Frauen bedroht fühlen.«

Maryanne nickte. »Ja, ich weiß.«

Alice lächelte sie an. »Es gibt aber noch mehr Neuigkeiten.«

Flanierende näherten sich, Gespräche wurden lauter. Alice zog Maryanne hinter den Stamm der Weide und senkte ihre Stimme. »Ich habe endlich Antwort von Edward erhalten.«

Maryanne zuckte fast unmerklich zusammen. Darauf hatte sie nicht mehr zu hoffen gewagt.

»Es stellte sich heraus, dass seine Frau schon vor Weihnachten schwer bettlägerig gewesen war. Er brachte sie nach Roslyn Park zurück. Zur Niederkunft.«

Maryanne sog zischend Luft ein. »Ich … wusste nicht, dass er …« Sie schluckte, senkte betreten den Blick. Alice hob die Hand an ihre Wange und brachte sie auf diese Weise dazu, sie wieder anzusehen. »Woher sollten Sie denn auch?« In Alice' Augen stand ein Bedauern, das sie nicht einzuordnen wusste.

»Nun jedoch … Nun herrscht Klarheit. Lady Greys Schwangerschaft war der Grund, weshalb er sich nicht schon vorher gemeldet hat. Er wollte für sie da sein.«

Abermals schluckte Maryanne. »Nichts anderes hatte ich von ihm erwartet.« Sie hatte ihn als einen Mann kennengelernt, auf den Verlass war, der mehr Mitgefühl und Herz besaß als die meisten anderen seines Standes.

»Ja … so … ist Edward.« Alice seufzte leise. »Gewiss hätte er es sich nie verziehen, wenn er nicht alles für Annes Wohl getan hätte.«

Hellhörig geworden, hob Maryanne die Brauen. »Hätte?«

Alice holte tief Luft, bevor sie sprach. »Lady Grey ist verstorben. Sie … hat die Geburt des Kindes nicht überstanden. Offenbar war sie schon immer überaus zart gewesen. Kränklich. Es hatte sich wohl abgezeichnet. Edward wollte nicht, dass es an die Öffentlichkeit dringt.«

»Wie furchtbar!« Maryannes Herz klopfte mit einem Mal so schnell, dass ihr schwindelig wurde. Alice bemerkte ihr Unwohlsein, reichte ihr den Arm und stützte sie.

»Der Ärmste!« Maryannes Stimme klang belegt. »Er muss schrecklich leiden.«

Alice presste beklommen die Lippen aufeinander. »Das tut er. In der Tat«, flüsterte sie dann. »Es geht ihm schlecht, weswegen er auch entschieden hatte, vorerst nicht nach London zurückzukehren.«

»Verständlich!« Allmählich kam Maryanne wieder zu Atem. »Es ist schon in Ordnung. Ich vermag mir kaum vorzustellen, was er gerade durchmacht.«

Alice betrachtete sie tadelnd. »Oh, ich denke, Sie wissen so ziemlich genau, was er gerade durchmacht. Wahrscheinlich mehr als jeder andere.«

Maryanne sah ihr bekümmert ins Gesicht. In den vergangenen Wochen hatte sie sich bemüht, die Tatsache zu verdrängen, dass sich Roberts Tod schon bald zum zweiten Mal jähren würde. Manchmal war ihr, als wäre er immer noch da. Sie erwischte sich dabei, dass sie ihm etwas berichten wollte, das ihr auf der Seele brannte, und musste sich dann selbst daran erinnern, was geschehen war. Dass er für immer fort war. Schnell wischte sie sich die Tränen aus den Augenwinkeln.

»Es ist gut, dass Edward auf Roslyn Park bleibt. In der Stadt würde er nicht zur Ruhe kommen. Und ... wahrscheinlich ist unsere Sache ohnehin aussichtslos.« Maryanne hatte die Hoffnung verloren, dass das Gesetz doch noch geändert werden würde. Zunehmend verspürte sie den Wunsch nach Frieden. Keine Geheimnisse mehr, keine Versammlungen, kein Aufbegehren.

Bei all dem Gegenwind, der ihnen immer wieder entgegenschlug, fürchtete sie, dass es eines Tages eskalieren könnte.

Alice legte ihr die Hand auf die Schulter und suchte eindringlich ihren Blick. »Aber, meine liebe Maryanne, Sie wollen doch jetzt nicht etwa aufgeben? Nun, da wir es geschafft haben, dass die Stühle im Parlament wackeln. Veränderungen dauern.«

»Das mag sein. Nur fehlt mir allmählich die Kraft zu hoffen. Außerdem denke ich, dass es mir persönlich ohnehin wenig nutzt. Ich werde den Cousin meines Mannes nicht los. Gesetzesänderung hin oder her. Es ist zu spät für das Kensington Crown. Es sei denn ... ich heirate ihn, opfere mich, damit es in Bettys Händen weiterbestehen kann.«

»Nein! So etwas dürfen Sie nicht sagen!« Alice war todernst.

»Warum nicht?«

Alice schüttelte den Kopf und hob einen Mundwinkel an. »Weil Edward dem Treffen zugestimmt hat. Er kommt morgen nach London.«

Maryanne glaubte, sich verhört zu haben. »Aber ... Sie sagten doch, er ...«

Alice nickte hastig. »Er kommt Ihretwegen, Maryanne.«

Fassungslos schaute sie vor sich hin.

»Wo ... und ... wann?« Zögernd sah sie Alice wieder ins Gesicht.

»Er wird morgen Abend ins Kensington Crown kommen. Ich hoffe, das ist in Ordnung. Der Vorschlag kam von ihm.«

Maryanne nickte zögerlich und abgehackt.

»Also schön.« Alice lächelte. »Ich muss jetzt gehen. Wir sehen uns am Donnerstag.« Sie drückte zum Abschied bestärkend ihre Hand, dann sah Maryanne zu, wie sie durch den Vorhang aus Ästen verschwand.

Kapitel 21

Seit dem frühen Nachmittag ging Maryanne ungeduldig in der Teestube auf und ab. In der Nacht hatte sie kaum ein Auge zugetan. Immer wieder war sie gedanklich durchgegangen, wie das Treffen mit Edward verlaufen würde, hatte alles bis ins Detail vorbereitet. Sie hatte ihre Mutter, Betty und die Bediensteten eingeweiht, damit sie ungestört mit Edward sprechen konnte. Betty hatte sie angewiesen, seine Lieblingsteemischung vorzubereiten, und Charlotte hatte für die Scones und das Fruchtgelee gesorgt. Doch ihre Aufregung konnte das nicht mildern. Fünf Jahre waren vergangen, seit sie sich zuletzt gesehen hatten, und plötzlich war sie von einer Nervosität befallen, die sie vollkommen aus der Fassung brachte. Eigentlich hatte Maryanne geglaubt, sie könnte ihm mittlerweile besonnener gegenübertreten. Ohne lästiges Herzklopfen, ohne Gefühlschaos. Doch nun reichte bereits der Gedanke an das Wiedersehen mit ihm aus, um sie zu dem Punkt zurückzuführen, an dem sie nie wieder hatte sein wollen.

Die Standuhr schlug unaufhaltsam und Maryanne hastete in die Küche, benetzte Stirn und Nacken mit kaltem Wasser, holte tief Luft. Die Erfrischung half ihr, sich zu ordnen und sich zwei Dinge ins Gedächtnis zu rufen. Erstens: Sie war nicht mehr dieselbe wie damals. Oftmals hatte sie das Gefühl, als läge ein ganzes Leben zwischen dem Gestern und dem Heute. Zweitens: Sie hatte ihr Herz gänzlich für Robert geöffnet, ihm die Liebe geschenkt, die sie all die Jahre aus Angst vor einer erneuten Verletzung in sich eingeschlossen hatte. Sie würde gelassen bleiben, sie würde nicht einknicken.

»Maryanne? Hier ist Besuch für dich«, rief ihre Mutter.

Maryanne nahm einen weiteren tiefen Atemzug, ehe sie aus der Küche in den Gastraum trat.

»Guten Abend, Miss Landerton.« Edward war immer noch die Höflichkeit und Eleganz in Person. Er hielt seinen Hut vor sich, lächelte sanft, während Maryanne einfach nur dastand und keinen Ton herausbrachte. Beinahe schockiert stellte sie fest, dass er immer noch unverschämt attraktiv war. Fast noch mehr als zuvor. Die blauen Augen, umringt von einem dunklen Wimpernkranz, ein modisches Samtjackett bedeckte seine breiten Schultern. Unwillkürlich fuhr sich Maryanne über ihr Haar, dann zupfte sie ihren Rock glatt. Sie hatte die Wirkung, die er auf sie hatte, eindeutig unterschätzt. Jetzt kam sie sich wie das hässliche Entlein vor.

»Es ist lange her.« Edward unterbrach das peinliche Schweigen, das im Raum hing.

»Ja ... das ist es.« Endlich hatte Maryanne ihre Stimme wiedergefunden, traute sich aber nicht mehr, ihn direkt anzusehen.

»Am besten, ihr geht gleich ins Hinterhaus. Da ist es ruhiger.« Diskret machte Bertha sie darauf aufmerksam, dass sie noch da war.

Für einen Moment blieb Maryanne noch wie erstarrt stehen, dann ließ sie ihren Blick zu ihr gleiten. »Gewiss.« Sie machte eine einladende Handbewegung und Edward folgte ihr. Maryanne schloss hinter ihm die

Tür, und einen Augenblick lang standen sie sich erneut in peinlichem Schweigen gegenüber. Bis es Maryanne gelang, ihre Beklommenheit zu durchbrechen.

»Tee?« Sie bedeutete ihm, sich an den Tisch zu setzen, den Betty für sie eingedeckt hatte. Edward sah auf das Teeservice herab.

»Ceylon mit Saflorblüten«, sagte Maryanne sanftmütig.

Sein Blick huschte zu ihr. Erstaunt. Gerührt. »Das ... Das wissen Sie noch?«

Sie lächelte verlegen. »Aber gewiss doch. Wie könnte ich das vergessen?«

Sie verharrten einen Moment, gefangen im Blick des anderen. Maryannes Gedanken kehrten an den Tag zurück, an dem sie sich bei einer Tasse Tee über die Ursprünge des Earl Grey und dessen Verbindung zu Edwards Vorfahren unterhalten hatten. An jenem Tag hatte sie zum ersten Mal Ceylon mit Saflor gekostet und war für den süßlich-milden Geschmack entflammt, ebenso wie für dessen leidenschaftlichsten Bewunderer. Sie behielt die brisante Tatsache für sich, dass sie Edwards Teemischung in ihre Karte mitaufgenommen hatte, und wann immer ein Gast diese bei ihr in den vergangenen Jahren bestellt hatte, hatte sie das unwillkürlich an ihn erinnert.

Edward räusperte sich leise, dann nahm er Platz. Nach einigen Sekunden tat Maryanne es ihm nach.

»Wie geht es Ihnen, Lord Grey?« Sie schenkte ihnen ein und stimmte ihren Ton noch feinfühliger. »Mit Bestürzung habe ich von Ihrem Verlust erfahren.«

Er schaute sie an und Maryanne zuckte innerlich zusammen. Hatte sie sich zu weit vorgewagt?

»Es tut mir sehr … sehr leid«, sagte sie rasch und mit tiefem Bedauern in der Stimme.

Er senkte den Blick, räusperte sich erneut. »Ja … es ist noch recht … schwer.« Edward schaute zu ihr, doch Maryanne bemerkte, dass er Schwierigkeiten hatte, ihr in die Augen zu sehen. Wieder entstand eine Stille zwischen ihnen, die nur schwer zu ertragen war.

»Und … wie geht es Ihnen?« Edward brachte das Thema so plötzlich auf sie, dass Maryanne zunächst keine Antwort fand. »Ihr Verlobter …« Anteilnahme lag in seinem Blick, als er weitersprach.

»Ja …« Maryanne wurde von einer Kältewelle erfasst. »Es ist jetzt fast zwei Jahre her, dass er …«

»Mein Beileid.« Edward schluckte hörbar. »Darf ich Sie fragen, wie Sie … Wie kommen Sie damit zurecht?«

Maryanne sog schwerfällig den Atem ein, hielt ihn kurz an, ehe sie ihre Stimme fand. »An manchen Tagen geht es, an anderen aber ist es, als wäre seither kaum Zeit vergangen.«

Er nickte mit glitzernden Augen, dann fuhr er sich durchs Haar. »Meine gütige Frau, sie wusste, was ihr bevorstand. Ich wollte es nicht wahrhaben. Habe ihr nicht geglaubt, als sie sagte, dass sie …« Er schluchzte bitter, vergrub das Gesicht unter seinen Händen.

Maryanne stand auf, ging zu ihm, bettete ihre Hand tröstend über seine und reichte ihm ein Taschentuch.

Er hielt inne, trocknete seine Tränen und schaute dankbar zu ihr auf. »Kurz vor ihrem Tod sagte sie, ich solle mich wappnen. Trauer sei unendlich – wie ein Meer mit Ebbe und Flut. Mal zieht es sich zurück, mal überwältigt es uns, schlägt hohe Wellen, die uns mit sich reißen können, wenn wir es zulassen.«

Maryanne schluckte ergriffen, denn genauso fühlte es sich an. »Ihre Frau … Sie schien mir ein weiser Mensch gewesen zu sein. Ich … habe sie leider nicht gekannt, aber ich weiß nun, dass sie ganz besonders gewesen sein muss.«

»Ja. Das war sie.« Er lächelte kurz wehmütig, dann wurde er ernst.

Maryanne setzte sich wieder hin. Sie hatte befürchtet, dass das Gespräch mit ihm ins Stocken geraten könnte. Dass es jedoch so tiefgründig und emotional beginnen würde, damit hatte sie nicht gerechnet. Nun fühlte sie sich schier davon überwältigt. Dabei hatten sie noch keine Gelegenheit, den Grund anzusprechen, der ihn hierhergeführt hatte. Und Maryanne hatte plötzlich gar nicht das Bedürfnis, über Politik zu reden.

»Wie … geht es Emily?«, fragte sie stattdessen.

»Es geht ihr sehr gut, danke. Sie lässt Sie grüßen.«

Maryanne lächelte entzückt. Noch oft hatte sie an seine lebhafte Nichte gedacht, deren Gouvernante sie einst gewesen war.

»Und Bonnie ist inzwischen Großmutter«, erzählte er.

»Nicht zu glauben!« Maryanne lachte auf. Als sie die Cocker-Spaniel-Dame das letzte Mal sah, war diese noch ein Welpe gewesen. »Ich bin sicher, Emily hat ihre Freude mit den Hunden.«

»Das hat sie.« Er wirkte mit einem Mal gelöster, griff nach seiner Tasse und führte sie an seinen Mund. Maryanne beobachtete ihn aufmerksam. Ein Prickeln breitete sich in ihrem Bauch aus. Die galante Art und Weise, mit der er den Tee zu sich nahm, hatte sie schon früher betört. Seine Lippen schlossen sich um den Rand, von dem er vornehm nippte, geräuschlos setzte er seine Tasse anschließend ab. Maryanne hatte noch keinen Mann erlebt, der die Kunst des Teetrinkens mehr beherrschte als er.

»Nun, ich hoffe, ich erscheine nicht anmaßend, aber ...« Er schaute sie betreten an. »Meine Cousine hat mir Ihre Situation geschildert. Es ist überaus bedauerlich, dass das Teehaus nicht länger in Ihrem Familienbesitz ist.«

»Ja. Das ist es in der Tat. Ich danke Ihnen für Ihr Kommen. Ich weiß, Sie hatten London bereits verlassen.«

»Das hatte ich ...«

Gedankenschweres Schweigen hing im Raum.

»Miss Landerton, Maryanne ...« Er sah ihr direkt in die Augen und Maryanne spürte, wie ihr die Hitze in die Wangen stieg.

»Ich vermute, Sie hatten heute vor, mich um meine Unterstützung, meine Fürsprache für ein erweitertes Erbrecht der Frauen zu bitten.« Er stockte, senkte kurz den Blick, als fiele es ihm schwer, offen mit ihr über die Tatsachen zu sprechen.

Maryanne zog angespannt die Brauen zusammen.

»Ich sehe jedoch keine Aussichten auf Erfolg. Nicht in Ihrem Fall, Maryanne, und auch sonst nicht.« Er klang nicht frustriert, sondern ehrlich.

Maryanne prustete enttäuscht aus.

»Das geänderte Gesetz für verheiratete Frauen war ein Entgegenkommen. Mehr würden die Abgeordneten dem Volk gerade niemals zugestehen«, sagte er weiter.

»Dann ist alles umsonst? Die Schlagzeilen, Lady Drummond ...« Sie sah ihn ungläubig an.

»Mehr ist momentan einfach nicht zu erwarten«, antwortete er bedauernd.

»Sind Sie nur hergekommen, um mir das zu sagen?«
Maryanne schwirrte der Kopf.

Er blinzelte mehrmals, zupfte an seinem Stehkragen.

Maryanne schluckte energisch ihre Enttäuschung
hinunter, die sich als Kloß in ihrem Hals festgesetzt zu
haben schien. Sie fasste sich. »Danke für Ihre Zeit, Lord
Grey. Ich weiß, Sie hätten nicht herkommen müssen.«

Er suchte ihren Blick. Ohne es zu wollen, hielt sie ihm
stand. Der Ausdruck seiner Augen war immer noch so
stark wie eh und je. Das Tiefblau hatte nichts von seiner
Kraft verloren, die sie schon früher gefangen genommen hatte.

»Ich wollte es gern«, sagte er leise, aber bestimmt. Und
Maryanne nahm das Kribbeln im Bauch wieder wahr.
Heftiger, drängender. Es war anders als damals, jedoch
ließ es sich nicht leugnen.

»Ich bedauere, Sie enttäuschen zu müssen. Sehr sogar.«

»Ist schon gut.« Maryannes Stimme war schwach,
denn noch immer hielt er sie mit seinem Blick gefangen.

Langsam richtete er sich auf. Maryanne tat es ihm
fahrig nach. »Sie … Sie gehen schon?«

»Bedauerlicherweise. Ja. Ich werde noch zum Dinner
erwartet.« Grübelnd verzog er den Mund, zögerte kurz.
»Sagen Sie, würden Sie in Erwägung ziehen … mich …
zu begleiten?«

Maryanne wich perplex zurück.

»Percy Witham, von dem ich erwartet werde, ist ein
einflussreicher Mann. Er ist der Neffe des Herzogs von
Buckingham, der wiederum hohes Ansehen im Oberhaus genießt.«

»Ich weiß nicht so recht.«

Edward näherte sich ihr beschwörend. »Es mag vielleicht keine Gesetzesänderung zur Folge haben, wenn Sie mich begleiten, aber vielleicht gelingt es Ihnen, die Engstirnigkeit aus den Köpfen einiger anwesender Männer zu vertreiben. Sie zumindest ... aufzuweichen.«

»Es werden Mitglieder des Oberhauses dort sein?«, fragte sie verwundert.

Er nickte.

»Was wollen Sie denen sagen? Welches Recht habe ich, dort zu sein?«

Er machte einen weiteren Schritt auf sie zu, stoppte jedoch, als wollte er sich daran erinnern, dass sie Distanz zueinander wahren mussten. Von Skepsis befallen schaute Maryanne zu ihm auf.

»Sie sind eine Berühmtheit, Maryanne Landerton, auch wenn Sie sich dessen gar nicht bewusst sind. Jeder der Männer, die heute in Hampton Court am Tisch sitzen werden, hat schon mindestens einmal von Ihnen gehört oder gelesen. Sie wären der Überraschungsgast.«

»Hampton Court?« Unschlüssig rieb sie sich übers Kinn. Es war nicht besonders weit bis Richmond, jedoch weit genug, um bis zum Morgen fortzubleiben.

Edward schien ihr Zaudern zu spüren. »Witham ist der Günstling der Königin. Sie schätzt ihn für sein ... extravagantes Wesen. Sie werden feststellen, dass er wenig Wert auf Förmlichkeit legt. Er wird Sie gewiss mit Freuden willkommen heißen, sogar über Nacht.«

»Aber dennoch ... Ich kann doch nicht einfach ...«

»Sie können!« Er nickte hastig und mit einem Lächeln im Gesicht, das seine blauen Augen strahlen ließ, und für den Bruchteil einer Sekunde fühlte sich Maryanne in die Vergangenheit zurückversetzt, die sie mit ihm geteilt hatte.

»Also gut«, sagte sie kurzerhand. »Geben Sie mir zehn Minuten?« Sie sah auf sich herab und er schien zu verstehen.

Lächelte zufrieden, nickte. »Ich warte draußen auf Sie.«

Kapitel 22

In aller Eile hatte sich Maryanne bei ihrer Mutter abgemeldet, war in ihr bestes Kleid geschlüpft, hatte sich, so gut es ging, hergerichtet und ein paar Sachen für die Nacht zusammengepackt. Wenig später sah sie sich mit einer Situation konfrontiert, die sie in einen Moment zurückkatapultierte, der sie noch oft in ihren Träumen verfolgt hatte. Verlegen knetete sie ihre Unterlippe mit den Zähnen, als sich Edwards und ihr Blick kreuzten. Hitze wallte in ihr auf. Wieder mit ihm zusammen in einer Kutsche zu sitzen, weckte Erinnerungen, die sie nie losgelassen hatten. Es war die Nacht, in der sie sich ihrer Leidenschaft hingegeben und sämtliche Regeln der Schicklichkeit über Bord geworfen hatte, nur um im letzten Moment doch noch von ihrer Vernunft übermannt zu werden. In jener Nacht hatte sie Edward Lebewohl gesagt.

Nun versuchte sie mit aller Macht, die Gedanken an damals zu verdrängen. Verbissen schaute sie aus dem Fenster, sah ganze Straßenzüge an sich vorbeirauschen, ohne sich in Details zu verlieren. Einzig mit dem Ziel vor Augen, auszublenden, was Edwards Nähe in ihr hervorrief: Gefühle, von denen sie gedacht hatte, sie hätte sie überwunden. Es war absurd. Nach all der Zeit. Nach allem, was geschehen war. Maryanne konnte nicht verhindern, dass sich ein Teil von ihr willig in die Zeit mit ihm flüchtete. Unauffällig schaute sie zu

Edward, der mit undurchsichtiger Miene auf seine Hände sah, die locker auf seinen Oberschenkeln auflagen.

Genug jetzt, schalt sich Maryanne innerlich und wandte ihren Blick wieder hinaus. Es war nötig, sich immer wieder daran zu erinnern, dass sie damals fast noch ein Kind gewesen war. Sie beide waren jung und naiv gewesen. Hatten sich einem Traum hingegeben, der von vornherein zum Platzen verurteilt gewesen war.

***

Das mächtige Schloss lag im ständigen Wechsel von Licht und Schatten. Unermüdlich trieb der Wind die Regenwolken am Vollmond vorbei, öffnete Fenster und schloss sie wieder.

Als Maryanne an Edwards Seite die weitläufige Vorhalle mit der breiten Treppe betrat, fühlte sie sich im ersten Moment an Roslyn Park erinnert. Auch wenn der Maskenball dort mehr Menschen zusammengebracht hatte, besaß Hampton Court dennoch eine ganz ähnliche Ausstrahlung. Vielleicht lag es an der Architektur, möglicherweise war sie aber einfach nur überwältigt von dem Prunk, der sich ihr in dem barocken Gebäude zeigte. Ihr Herz polterte vor Aufregung so laut, dass sie die Schläge in ihren Ohren hörte.

»Keine Angst.« Edward bot ihr seinen Arm. »Sie werden entzückt von Ihnen sein.«

Maryanne rang sich ein Lächeln ab, schloss ihre Hand um seinen Arm und betrat mit ihm den Speisesaal. Ein Diener kündigte sie an. Sofort erfüllte das Geräusch von Stühlen, die zurückgeschoben wurden, den hohen Raum. Zögerlich schaute Maryanne in die sie neugierig musternden Gesichter und stockte kurz, als sie Alice unter ihnen erkannte, deren Mund vor Erstaunen zuckte. Ihre Augen jedoch strahlten eine Genugtuung aus, die davon zeugte, dass sie weit weniger von Maryannes Anwesenheit überrascht war als der Rest.

»Mein lieber Grey, welche Freude, Sie zu sehen.« Ein junger Mann, schlank, mit wallendem blondem Haar, kam vom Kopf des Tisches auf sie zugeeilt, schüttelte kurz Edwards Hand und wandte sich dann erstaunt Maryanne zu.

»Witham, darf ich vorstellen. Maryanne Landerton«, sagte Edward.

Withams große braune Augen wurden noch größer, das Lächeln, das zu seinem natürlichen Ausdruck zu gehören schien, wurde breiter.

»Die gute Seele des Kensington Crown.« Er stieß einen kurzen, schrillen Laut aus, nahm ihre Hand, ehe sie wusste, was geschah, und presste seine Lippen zu einem festen, feuchten Kuss darauf. »Es ist mir eine Ehre, Sie heute hier willkommen heißen zu dürfen, Miss Landerton. Bitte ... Nehmen Sie Platz.« Er führte Maryanne zu Tisch, bedeutete einem der Männer aufzurutschen und rückte ihr den Stuhl neben seinem zurecht.

»Miss Landerton. Vom Kensington Crown«, sagte Witham mit Nachdruck an die anwesenden Herren gerichtet. Im Eiltempo nannte er ihre Namen und Maryanne nickte allen höflich zu, wobei Lord Bellingham ihre größte Aufmerksamkeit forderte.

»Landerton also …« Er nahm sie genau in Augenschein, strich sich dabei über seinen weißen Bart. Maryanne ahnte, dass sich hinter seiner ernsten Miene Ablehnung ihr gegenüber verbarg, die er sie nur allzu gern spüren lassen würde. Ein kalter Schauer erfasste sie.

»Wer kennt es nicht, Londons beliebtestes Teehaus?« Strahlend wie ein Schuljunge an seinem Geburtstag nahm Witham Platz. Sein Blick blieb dabei bewundernd und unverblümt auf Maryanne gerichtet.

»Vielen Dank … Mylord«, entgegnete sie leicht überfordert von einem solchen Empfang. »Für Ihre Gastfreundschaft. Es war doch recht kurzfristig.«

»Aber, aber, nein … Ich habe zu danken.« Er sah sie wie verzaubert an. »Was für eine wundervolle Überraschung, Sie heute Abend bei uns zu haben. Immerhin sind Sie wahrlich recht häufig Gegenstand unserer Gespräche hier. Ist dem nicht so, Gentlemen? Lady Cavendish?« Er gluckste, als er seinen Blick über den Tisch schweifen ließ.

Irritiert sah sich Maryanne nach Edward, dann nach Alice um. Machte er sich etwa lustig über sie?

»Lord Witham ist ein Liebhaber der Teekultur«, erklärte Alice rasch.

»Oh ja.« Witham lachte schallend auf. »Ich lebe sie. Das kann man durchaus so sagen. Oder etwa nicht, mein lieber Grey?« Er sah zu Edward, suchte nach Zustimmung.

»In der Tat«, sagte dieser vollkommen ungerührt. »Ich kenne niemanden, der mehr über Tee weiß. Abgesehen von Ihnen natürlich, Miss Landerton.« Er bedachte Maryanne mit einem intensiven Blick, unter dem ihr erneut ganz heiß wurde. Witham gluckste abermals und Maryanne löste sich aus Edwards Blick.

Die Speisen wurden aufgetischt und die Gäste fanden andere Themen. Es wurde über die geplante Palast-Renovierung gesprochen und die diesjährigen Erwartungen an die englische Fußballmannschaft. Irgendwann zwischen Kressesuppe und Schokoladensoufflee lehnte sich Maryannes Tischnachbar, ein hagerer Mann mit Halbglatze, zu ihr vor. »Sie sind Ursula Grosvenors Nichte, oder nicht?«

»Das ist richtig«, antwortete sie. »Und Sie sind?« Es war ungewöhnlich, nicht alle Namen der Anwesenden am Tisch zu kennen. Zwar hatte Witham ihr die Männer vorgestellt, doch bei all der Nervosität hatte sie sich auf die Schnelle kaum einen merken können. Sie wusste nur eins: Jeder an diesem Tisch war auf seine Weise mächtig und einflussreich.

»Sir Richard Grisham.« Der Mann an ihrer Seite lächelte verschwörerisch, als er sich ihr vorstellte.

»Sie sind das.« Maryanne erinnerte sich. »Meine Tante erzählte von Ihnen.«

»Oh, zugegeben, ich bin überrascht, dass Ursula mich erwähnte. Dann fühle ich mich geehrt.«

Maryanne fragte sich, ob ihre Tante ihm bereits geschrieben hatte, so wie sie es vorhatte. Kurz dachte sie darüber nach, ihn darauf anzusprechen, ließ dann aber davon ab. Ohnehin kam ihr dieser Abend ein wenig seltsam vor. War es wirklich nur einem glücklichen Zufall geschuldet, dass sie hier war? Oder steckte ein Plan dahinter, geschmiedet von ihrer Freundin Alice, die, wie sie bereits herausgefunden hatte, äußerst geschickt darin war, ihre Ziele auf ungewöhnliche Art und Weise zu erreichen.

Der Wein floss in rauen Mengen und zur späteren Stunde waren die Gespräche leichter und weniger förmlich geworden. Maryanne hatte inzwischen die Namen der einflussreichen Männer am Tisch verinnerlicht und brachte sich, wenn auch zurückhaltend, in die Debatten mit ein. Das Thema wechselte vom anstehenden Gartenfest der Königin auf die nächste Parlamentssitzung, die nur wenige Tage danach stattfinden sollte, und Alice schien ihre Gelegenheit erkannt zu haben. »Ich hörte, die Frauenbewegung plant eine Versammlung vor dem Westminsterpalast. Ich hoffe doch, es kommt zu keinen Einschränkungen im Tagesablauf.«

Lord Bellingham stöhnte. »Mitnichten, werte Lady Cavendish. Jedwede Versammlung wird sogleich im Keim erstickt. Alles wird vollkommen geordnet ablaufen.«

»Oh, das ist in der Tat überaus beruhigend zu wissen, Lord Bellingham«, entgegnete Alice.

Er nickte großväterlich.

»Miss Landerton, wie steht es um das Kensington Crown? Der Cousin Ihres seligen Verlobten erwägt den Verkauf? Habe ich das richtig gehört?« Alice wandte sich Maryanne erwartungsvoll zu.

Auch alle anderen Blicke richteten sich auf sie. Witham sog mit einem schrillen Ton den Atem ein. »Ich habe darüber gelesen. Bedauerlich ist das. Was kann man da nur tun?«

Maryanne schluckte nervös ob der sie anstarrenden Gesichter hin. »Nun, sollte der Erbe meines Familienbetriebes tatsächlich den Verkauf wollen, so bleibt uns nichts zu tun, als zu gehen.«

»Eine Katastrophe!«, zischte Witham.

Alice pflichtete ihm bei. »Wie recht Sie doch haben. Das Ende eines traditionsreichen Familienbetriebes. Es ist eine absurde Ungerechtigkeit.«

Lord Bellingham räusperte sich, dann fuhr er sich erneut mit der Hand über seinen Bart. »Nun. Eine Ehe hätte sie gewiss davor bewahrt.«

»Ja. Nur ist es dazu leider nicht mehr gekommen«, sagte Alice.

Bellinghams Blick fuhr herausfordernd zu ihr. »Dank der Morning Post sind wir alle mit den unglücklichen Umständen vertraut, Lady Cavendish, und doch lässt sich daran nichts ändern. Gesetz ist nun einmal Gesetz. Ich bin sicher, Miss Landerton findet etwas anderes, auf das sie ihr Augenmerk richten kann.« Er bedachte Maryanne mit einem flüchtigen Blick, ehe er sein Glas austrank und sich nachschenken ließ.

Maryanne knirschte erbost mit den Zähnen. Am liebsten hätte sie ihre Meinung lautstark kundgetan. Und ihm und den anderen stummen, teils trübsinnigen Männern an diesem Tisch gesagt, wie sehr sie es leid war, ihnen unterworfen zu sein. Wie veraltet ihre Ansichten waren. Wie falsch. Doch dann erfasste sie Edwards ruhige Miene, die Geduld ausstrahlte, dann Alice', die vollkommen ungerührt von Bellinghams Reden wirkte, fast ein wenig siegessicher. Geduldig schluckte sie ihren Groll hinunter.

Weit nach Mitternacht hatte sich die Gesellschaft langsam aufgelöst und es war noch nicht zu spät für eine Rückkehr nach Kensington, was Maryanne durchaus befürwortete. Der Gedanke, die Nacht auf Hampton Court zu verbringen, löste in ihr ein gewisses Unbehagen aus. Wenngleich auch das Schloss reichlich Platz bot, hätte die Tatsache, mit Edward unter einem Dach zu schlafen, ihre Gefühle nur noch mehr durcheinandergebracht. Also sehnte sie das Ende dieser Abendgesellschaft herbei. Bevor sie jedoch mit Edward die Heimfahrt antrat, nahm Witham sie nochmals zur Seite. »Es war mir eine große Freude, Miss Landerton«, sagte er und hielt ihre Hand so fest, dass sie fürchtete, er hätte nicht vor, sie jemals wieder loszulassen. »Ich hoffe doch sehr, wir sehen uns schon bald wieder.« Er küsste ihren Handrücken.

Maryanne verneigte sich knapp vor ihm, dann verabschiedete sie sich von Alice, die als einziger Gast auf Hampton Court blieb.

»Wir sehen uns gewiss bald, Miss Landerton.« Sie lächelte geheimnisvoll. Etwas Triumphierendes lag in ihrem Blick, als Maryanne sich von ihr abwandte und hinter Edward in die Kutsche stieg.

Die Rückfahrt kam ihr viel kürzer vor. Die Gedanken, die sie zuvor eingenommen hatten, waren anderen gewichen. Hoffnungsvollen. Und Edward schien ihren Eindruck zu teilen.

»Sie haben wahrlich alle entzückt«, sagte er. »Wie üblich.«

»Dann ... war das Ihr Plan? Ich bin nicht sicher, ob jeder an diesem Tisch so angetan von mir war, wie Sie meinen.«

Er lächelte, schlug kurz die Augen nieder. »Es kommt nicht auf alle an. Die wichtigste Person an diesem Tisch, die haben Sie auf jeden Fall für sich gewonnen.«

Sein Blick war durchdringend. Maryannes Herz machte einen Satz. Offensichtlich sprach Edward nicht von Bellingham, sondern wollte eher auf Witham hinaus.

Für sie jedoch war er die wichtigste Person am Tisch gewesen, aber das spielte natürlich keine Rolle. Edward lehnte sich leicht zu ihr vor und Maryannes Puls beschleunigte sich nochmals.

»Verzeihen Sie mir, sollte ich Sie mit dem Dinner überrumpelt haben. Ich wollte keinesfalls ...«

Sie schüttelte den Kopf. »Das haben Sie nicht. Ich danke Ihnen sogar dafür. Es war ein ... aufschlussreicher Abend.«

Er wirkte erleichtert, als er zurück in die Lehne sank. Sein Lächeln umgab sie und sie fühlte eine Leichtigkeit in sich aufsteigen, die sie lange entbehrt hatte.

Kapitel 23

»Setz Teewasser auf, Betty! Wir müssen uns einen Moment nehmen.« Bertha kam abgehetzt und mit hochrotem Kopf in die Küche. Sie sank auf einen Stuhl, atmete tief aus und fächelte sich mit einer Hand Luft zu.

»Mama, ist alles in Ordnung? Geht es dir wieder nicht gut?« Maryanne war in Aufruhr. Ebenso wie Betty, die den Kessel so abrupt aufs Feuer stellte, dass es laut klapperte.

»Großmama?«, fragte sie hastig und musterte sie besorgt.

»Es ging mir nie besser, Betty«, entgegnete Bertha, dann wandte sie sich an Maryanne. »Liebes. Sieh nur, was gerade gekommen ist.« Sie holte einen Brief aus ihrer Schürzentasche hervor. Sofort fiel Maryanne die ungewöhnliche Signatur auf.

»Man hat uns zum Gartenfest der Königin eingeladen«, sagte Bertha, noch ehe sie Gelegenheit hatte zu lesen.

»Die Königin?« Betty schaute ihr über die Schulter, aber Maryanne nahm das Schreiben an sich. Sie besah es sich genauer. Es gab keinen Zweifel. Der Brief kam direkt aus dem Palast. Erstaunt fasste sie sich an den Hals und tastete nach ihrer Bernsteinkette.

»Wie mag es nur dazu gekommen sein?«, fragte Bertha mit ungläubiger Freude.

»Vielleicht hat dieser Witham etwas damit zu tun.« Betty sprach aus, was auch Maryanne durch den Kopf ging. Immerhin hatte sie ihnen ausführlich über den Abend auf Hampton Court berichtet.

»Der Günstling der Königin!« Auch Bertha schien es nun wie Schuppen von den Augen zu fallen. »Dieses Dinner hat seinen Zweck erfüllt, Maryanne.«

»Was sollen wir nur anziehen?«, fragte Betty.

Bertha lächelte selig. »Ihr zieht das Beste an, was ihr habt. Ich bin sicher, Ihre Majestät erwartet keine Extravaganz.«

»Und du, Mama?« Maryanne war ihr vorsichtiger Unterton nicht entgangen.

»Ich werde hierbleiben und mich um das Teehaus kümmern. Das Fest ist immerhin an einem Donnerstag«, antwortete sie. Sofort musste Maryanne an Alice denken. Was, wenn sie dafür verantwortlich war und nicht Witham?

Ganz gleich, wem sie diese Ehre zu verdanken hatten, für das Kensington Crown würde ihr Erscheinen auf dem jährlichen, königlichen Gartenfest mehr Aufmerksamkeit bedeuten. Mit etwas Glück vielleicht sogar die der Königin.

***

Die feste Wolkendecke brach auf, als Maryanne am Donnerstagnachmittag hinter Betty aus der Kutsche stieg. Die Sonne tauchte den Buckingham-Palast in ein funkelndes Licht, als hätte Ihre Majestät den Wetterwechsel befohlen.

Andächtig folgten Maryanne und Betty den anderen Gästen über einen gepflasterten Pfad, vorbei an Pflanzen, die sie noch nie gesehen hatten, und Bäumen, an denen gelbgoldene Früchte hingen. Der Garten glich einer grünen Oase inmitten der Stadt. Maryanne hatte schon viel darüber gehört, doch nun selbst dort zu sein, überstieg alles, was ihr bisher zugetragen worden war. Etwas Ergreifenderes hatte sie nie gesehen. Es war ein Fest für die Sinne. Überall roch es nach Blumen. Daneben hingen die köstlichen Gerüche von Gebäck und Tee in der Luft. Mehrere Pavillons standen auf der Wiese vor dem Hauptgebäude und luden die illustren Gäste zum Naschen und Verschnaufen ein.

»Was machen wir jetzt?« Betty lehnte sich zu Maryanne vor, nachdem sie etwas abseits stehen geblieben waren.

Unschlüssig sah sich Maryanne um. Als sie plötzlich ein bekanntes Gesicht erblickte. »Dort drüben.« Sie deutete zu einem der Pavillons hin und zog Betty mit sich, ehe diese ihr mit dem Blick hatte folgen können.

»Aber, aber das ist doch ...«, sagte Betty versehentlich etwas zu laut, als sie sich Alice näherten.

Maryanne stupste sie ermahnend in die Seite.

»Unser geheimnisvoller Gast. Ja.«

»Dann ist sie wirklich ... jemand.« Betty schaute sie mit großen Augen an.

»Jemand aus dem Königshaus. So ist es.« Maryanne war erleichtert, dass die Wahrheit endlich raus war. Zu lange hatte sie vor Betty darüber schweigen müssen. Inzwischen hatte diese ihre Theorie bereits verworfen. Umso erstaunter war sie nun, festzustellen, dass sie sich doch noch als richtig erwiesen hatte.

»Miss Maryanne Landerton. Und Miss Betty.« Alice begrüßte beide herzlich.

Sofort drückte Betty die Schultern durch. »Sie kennt meinen Namen«, flüsterte sie zu Maryanne. Diese lachte kurz leise auf.

»Aber gewiss kenne ich den«, sagte Alice. »Und jetzt kennen Sie auch meinen. Aber ...« Sie neigte sich vor, senkte ihre Stimme. »Ich bitte darum, mit niemandem darüber zu sprechen, wo ich für gewöhnlich meine Donnerstagnachmittage verbringe.«

»Selbstverständlich«, entgegnete Betty. »Ich kann schweigen.«

Alice schenkte ihr ein Lächeln, dann wandte sie sich wieder Maryanne zu. »Ich nehme an, wir verdanken das Privileg, heute hier sein zu dürfen, Ihnen?« Maryanne wurde es ganz heiß, sie hatte wieder einmal nicht nachgedacht.

»Mir?« Alice deutete unschuldig auf sich, grinste leicht. »Wie kommen Sie denn darauf?«

Maryanne machte schmale Augen. Alice kam nah an sie heran, senkte nochmals ihre Stimme. »Diese Einladung ist nur ein Puzzlestück im großen Ganzen. Aber ... ich muss zugeben, es ist ein wesentliches. Denn so langsam ergibt sich ein Bild, meinen Sie nicht auch?« Sie deutete mit dem Kinn zu einer Gruppe elegant gekleideter Männer hinüber, die sich vor dem größten der Pavillons befand. Maryannes Herz polterte in ihrer Brust, als sie Edward darin bemerkte.

»Und? Was meinen Sie?« Alice lehnte sich forsch zu ihr vor.

»Ich wusste nicht, dass er auch kommen würde«, murmelte Maryanne, ohne den Blick von ihm zu lösen.

»Ach so. Dabei hatte ich ihn gar nicht gemeint.« Noch ehe Maryanne fragen konnte, worauf sie eigentlich hinauswollte, gesellte sich Witham zu ihnen. »Meine verehrte Miss Landerton. Sie sehen ganz hinreißend aus.« Er verbeugte sich überschwänglich. »Dürfte ich Sie kurz entführen? Da ist jemand, der darauf brennt, Sie kennenzulernen.« Er bot ihr den Arm. Ein mulmiges Gefühl schoss in ihr hoch.

»Miss Betty, gehen wir beide doch in der Zwischenzeit zum Büfett«, meinte Alice. »Das Konfekt ist sehr zu empfehlen.« Zögerlich ging Betty mit ihr mit. Maryannes Skepsis wuchs. Dennoch nahm sie Withams Arm, den er ihr einladend hinhielt. Sie fühlte sich von den Umherstehenden regelrecht begafft. Unauffällig sah sie an sich hinunter. Nervös strich sie sich den blauen Rock glatt, dann zog sie ihre Bernsteinkette aus dem Kragen ihrer weißen Seidenbluse. Ihr war bewusst, dass sie und Betty unter all den einflussreichen Damen und Herren in ihren teuren, modischen Roben auffielen, aber dass es so schlimm werden würde?

Sie holte tief Luft, während Witham sie über die Wiese führte, bis hin zum großen Pavillon. Die Männergruppe um Edward teilte sich, machte Platz und Edwards Blick verfing sich mit ihrem. Ein sanftes Lächeln lag über seinem Gesicht, als sie an ihm vorbeiging. Es gelang ihr kaum, sich von ihm zu lösen, sodass sie viel zu spät wieder nach vorn blickte. Erst als Witham stoppte, wandte sie sich der Königin zu, die von ihrem erhöhten Sitz erhaben auf sie herabsah. Witham gab Maryanne ohne ein Wort der Erklärung frei und machte einen Schritt zurück.

»Miss Maryanne Landerton vom Kensington Crown«, sagte jemand. Maryanne wusste nicht, wie ihr geschah. Sie sank so schnell in eine tiefe Verbeugung, dass ihr schwindelig wurde.

»Majestät.« Ein Beben lag in ihrer Stimme.

»Ich habe ja schon so einiges von Ihnen gehört und über Sie gelesen«, sagte Victoria.

Langsam und von einer nervösen Unruhe befangen richtete sich Maryanne auf.

»Ihr Teehaus ist wahrlich in aller Munde. Wenn ich könnte, würde ich ihm selbst noch einen Besuch abstatten und mich von den Vorzügen überzeugen, von denen mir berichtet wurde.« Die warmen Worte der Königin ermutigten Maryanne, sie anzusehen. Victoria war eine kleine Frau, doch ihre innere Größe stach förmlich aus ihren wachen Augen heraus. Neben ihr stand ein Mann mit dunklem Teint, in einem langen, weißen Gewand. Maryanne dachte dabei an Indien, an das weit entfernte Land, das unter Victorias Herrschaft stand und aus dem ihre beliebtesten Teesorten stammten. Schlagartig war sie um Worte verlegen.

»Ich hörte, Ihr Teehaus habe kürzlich seinen Besitzer gewechselt.« Die Stimme der Königin brachte sie zurück in den Moment.

»Das ist richtig, Majestät«, antwortete sie behutsam.

»Nun, ich hoffe doch, es wird dennoch im Familienbesitz verbleiben und der Betrieb wird fortgeführt. Es wäre überaus bedauerlich, eine so wichtige Stätte unserer Kultur zu verlieren.«

Ein Diener, der unterhalb der Königin stand, wedelte Maryanne fort. Sie nickte mit zusammengepressten Lippen, sank dann erneut etwas unbeholfen in eine

Verbeugung. Victoria lächelte leicht, dann wandte sie sich ihrem indischen Diener zu.

Mit wild klopfendem Herzen mischte sich Maryanne unter die Menge und sie war dankbar, als alle Aufmerksamkeit nicht länger auf sie gerichtet war. Erleichtert atmete sie durch und schlug sich einen Weg in einen weniger belebten Teil des Gartens frei. Vor einem Rosenbusch mit leuchtend gelben Blüten hielt sie inne, roch an den Blumen und ließ die Begegnung mit der Königin sacken.

»Sie haben sich gut geschlagen.« Maryanne brauchte sich nicht erst umzudrehen, um zu wissen, dass Edward hinter ihr stand.

»Habe ich das?« Sie klang beschämt.

»Keine Sorge, in Victorias Gegenwart kommen vielen die Selbstzweifel. Sie ist einschüchternd, und sie weiß um ihre Wirkung.«

Langsam löste Maryanne sich von der Rosenblüte, die sie mit ihrer Hand umschlossen gehalten hatte, und drehte sich zu ihm um.

»Ich bin mir immer noch nicht sicher, womit ich diese Ehre verdient habe«, sagte sie.

Er machte einen Schritt auf sie zu. »Nun, ich glaube, Sie haben mehr Unterstützer, als Sie wissen, Miss Landerton. Maryanne.« Er lächelte sie an und ihr wurde ganz warm. Rasch schluckte sie, schaute zu Boden, dann wieder zu den Rosen, die ihr aufgeregt polterndes Herz beruhigten.

»Sie sind ihr recht ähnlich«, sagte er und deutete zum Pavillon der Königin. Kurz schaute Maryanne sich nach ihr um, nur um festzustellen, dass sich die Gäste auf dem Anwesen zerstreut hatten und sie nun freie

Sicht auf die Königin hatte. Andersherum jedoch: diese auch auf Maryanne. Ein Kälteschauer erfasste sie.

»Victoria sind die Traditionen sehr wichtig. Und sie schätzt Frauen, die sich für sie einsetzen«, sagte Edward. »Abgesehen davon hat sie eine Schwäche für Klatsch. Sie ist der Gerüchteküche Londons nie abgeneigt, wenn Sie es genau wissen wollen.«

Maryanne vermied es, erneut zu ihr zu sehen. Sie gingen ein Stück. »Dann muss es im Palast mitunter ganz schön eintönig sein.«

Er lachte leise. »Das ist es bestimmt.«

Eine Weile gingen sie schweigend nebeneinanderher, bis Maryanne es nicht mehr aushielt.

»Ich dachte, Sie wollten zurück nach Roslyn Park.« Schüchtern schaute sie zu ihm auf.

»Meine Pläne haben sich geändert. Emily ... Sie wollte nach London zurück. Wir haben uns wieder in unserem Stadthaus in Palace Green eingerichtet.«

»Emily? Ist sie ... Ist sie hier?« Maryanne stand still, hatte sich ihm gänzlich zugewandt, ließ jedoch ihren Blick suchend umherschweifen.

Er lächelte, nickte dann. »Ich glaube, Ihre Nichte hat sie bereits gefunden.« Er deutete mit einer knappen Kopfbewegung Richtung Büfett. Dort, unter einem halben Dutzend junger Damen, machte Maryanne Betty aus und neben ihr: Emily.

»Sie ist ... so erwachsen geworden.« Maryanne konnte nicht fassen, wie schnell die Zeit vergangen war und was sie aus dem Mädchen gemacht hatte, für das sie einst verantwortlich gewesen war.

»Das ist sie.« Edward begleitete sie zu Emily. Maryanne jedoch beschleunigte ihren Schritt und erreichte die jungen Damen noch vor ihm.

»Emily?«, sprach sie sie direkt an.

Emily hob die Brauen und betrachtete sie einen Moment unschlüssig, doch kurz darauf hellte sich ihre Miene auf. »Miss Landerton!« Sie musterte ihre ehemalige Gouvernante, als wäre sie nicht sicher, ob sie eine Erscheinung vor sich hatte. Ein Trugbild, eine lebendig gewordene Erinnerung.

»Wie geht es dir? Ich meine ... wie geht es Ihnen, Miss Grey?« Maryanne zuckte entschuldigend die Schultern.

Emily nahm ihre Hand, drückte sie fest. Ihre Augen strahlten so viel Wiedersehensfreude aus, dass Maryanne ganz warm ums Herz wurde.

»Ausgezeichnet. Ich habe noch so oft an Sie gedacht. Sie waren damals ganz plötzlich fort.«

Maryanne tauschte einen vielsagenden Blick mit Edward, bevor sie sich ihr erklärte. »Das tut mir sehr leid. Ich musste gehen. Es ging nicht anders.«

Kurz betrachtete Emily sie prüfend, dann kehrte ihr Lächeln zurück. »Es ist eine solche Freude, Sie wiederzusehen, Miss Landerton. Vielleicht besuchen Sie uns einmal in Palace Green? Wir ... könnten Tee zusammen trinken.« Sie suchte bei ihrem Onkel nach Zustimmung. Edward nickte und sie strahlte.

»Dann komme ich gern«, antwortete Maryanne leise. Sie bemerkte Betty neben sich erst, als diese sie mit dem Ellenbogen leicht anstieß, so sehr hatte sie Edwards sanfter Blick gefangen genommen.

Der Nachmittag ging in den Abend über und die Dämmerung legte sich über den Garten. Fackeln wurden angezündet und Maryanne fühlte sich an den Ball auf Roslyn Park erinnert, auf dem eine ganz ähnliche Stimmung vorgeherrscht hatte. Musik erklang, durchbrach Gespräche, stimmte den Tanz an, der auf einer gepflasterten Fläche zwischen Ahorn und Magnolien stattfand. Betty war bereits aufgefordert worden. Ein schneidiger Gentleman führte sie gekonnt in den Walzer. Maryanne sah ihnen eine Weile zu, ehe sich Edward zu ihr gesellte.

»Darf ich bitten?« Er reichte ihr seine Hand. Maryanne überlegte nicht, sie legte ihre Hand in seine. Sie schlossen zu den anderen, bereits tanzenden Paaren auf und bewegten sich zur Musik. Maryanne erbebte leicht, als sie Edwards Hand an ihrer Taille spürte. Seinen sanften Druck im Rücken, während sie ihm so nah war wie seit Jahren nicht. Sie schluckte nervös, weil sein Geruch, dem sie sich nun nicht entziehen konnte, ihrer Erinnerung auf die Sprünge half. Hitze durchströmte sie, während er sie achtsam in die Drehung führte. Edwards Blick tastete sich anschließend über ihr Gesicht, ruhte kurz auf ihren Augen, dann auf ihren Lippen. Er sprach kein Wort, aber eine innige Zuneigung sprach aus der Art und Weise, mit der er sie betrachtete. Oder bildete sie sich das nur ein? War es lediglich ein Hoffen? Ein ... Sehnen? Die Erinnerung, die ihr einen Streich spielte?

Maryanne spürte ein heißes Kribbeln, das von ihrer Mitte aufstieg und stetig anwuchs. Edward suchte ihren Blick, doch sie wusste, würde sie sich ihm ergeben, gäbe es für sie kein Halten mehr. Hatte sie sich nicht geschworen, nie mehr bei ihm schwach zu werden?

Sie hielt es nicht länger aus, gab schließlich nach, sah ihm in die Augen. Und für einen Moment schien die Zeit stillzustehen. Die Musik hörte zu spielen auf, die Paare um sie herum tanzten nicht länger, sondern schauten in den Himmel. Maryanne und Edward jedoch blieben einander zugewandt. Erst als sich das Feuerwerk in Edwards Augen spiegelte und ein weiterer dumpfer Knall durch den Garten hallte, löste sich Maryanne aus ihrem tranceähnlichen Zustand, schaute ebenfalls zum Himmel hinauf, an dem funkelnd helle Lichter tanzten. Nie zuvor hatte sie etwas Vergleichbares mit eigenen Augen gesehen, doch das Schauspiel über dem Palast verblasste hinter der überwältigenden, anziehenden Wirkung, die Edward auf sie hatte. Nach all der Zeit war sie ihm immer noch verfallen. Ein Teil von ihr schämte sich dessen, ein anderer wollte ihn nie mehr gehen lassen.

Kapitel 24

In den darauffolgenden Tagen herrschte eine seltsame Stimmung in London. Klatsch und Tratsch schienen sich zugunsten der Landertons auszudehnen und die Zeitung machte aus Gerüchten eine allseits bekannte Wahrheit.

»Das Kensington Crown wurde von niemand Geringerem als der ehrenwerten Miss Maryanne Landerton selbst repräsentiert ...« Bertha keuchte. Ein seliges Lächeln umspielte ihren Mund, als sie weiter aus der Zeitung vorlas. »Eine Gästeliste, so bunt wie der königliche Garten ...« Stolz wandte sie sich Maryanne zu, die ihr gerade eine Tasse Kamillentee ans Bett brachte.

»Ich werde leider nicht erwähnt.« Betty, die auf der Bettkante saß, zog enttäuscht eine Schnute.

Bertha strich ihr über die Wange. »Aber du wurdest dort gesehen und du bleibst den feinen Leuten zweifellos in Erinnerung.«

»Und du bist sicher, dass wir den Arzt nicht kommen lassen sollen, Mama?« Maryanne schaute besorgt auf ihre Mutter herab. Am Morgen war ihr schwarz vor Augen geworden. Maryanne fürchtete, dass sich ihr Zustand verschlechtert haben könnte.

»Ganz sicher.« Bertha winkte entschieden ab. »Den können wir immer noch verständigen. Momentan könnte es mir nicht besser gehen.« Sie seufzte zufrieden und presste die Zeitung an ihre Brust. »Ach, wer hätte das gedacht. Unsere Teestube wird in einem Atemzug mit der Königin genannt. Das ist der Ritterschlag, Mädchen.«

»Wenn wir jetzt nur noch diesen schnöden Cousin loswerden würden«, sagte Betty und erntete von Maryanne sogleich einen ermahnenden Blick. Sie wusste, dass dies ein Thema war, das ihre Mutter aufregte, und das konnte sie gerade überhaupt nicht gebrauchen.

»Im Augenblick müssen wir uns deswegen nicht sorgen«, sagte Maryanne deshalb schnell. »Ruh dich jetzt etwas aus, Mama.« Sie schenkte ihr ein beruhigendes Lächeln und ging mit Betty aus dem Zimmer.

Auf dem Weg hinunter griff diese das Thema erneut auf. »Dass Robs Cousin nichts von sich hören lässt, hat nichts zu bedeuten. Er könnte gerade dabei sein, unser ...«

Maryanne brachte sie mit einem Zischen zum Schweigen. »Du sagst es, Betty. Es bedeutet weder, dass wir bleiben, noch, dass wir bald ausziehen müssen.« Maryanne ging in die Küche, schnürte sich die Schürze enger um ihre Hüften und nahm drei Kannen gleichzeitig aus dem Regal.

Betty musterte sie verunsichert. »Warum bist du plötzlich so ... so gleichgültig?«

»Ich bin gewiss nicht gleichgültig«, entgegnete sie harsch. »Es bringt nur nichts, sich unnötig verrückt zu machen. Er hat sich bis jetzt nicht entschieden, was aus dem Teehaus wird. Also ... vielleicht belässt er auch einfach alles beim Alten.«

»Dann denkst du, er wird sich nicht in seiner Ehre verletzt fühlen, wenn du seinen Antrag ein für alle Mal ausschlägst?«

»Womöglich beweist er Vernunft und … Anstand, ja«, antwortete Maryanne, obwohl sie daran zweifelte.

»Dann willst du weiterhin diese horrende Pacht an ihn bezahlen? Ohne die Sicherheit zu haben, dass er das Teehaus nicht doch noch irgendwann verkauft?« Betty klang todernst. Maryanne hielt mit dem Teelöffel in der Hand inne, sah sie an.

»Alles, was wir tun können, Betty, ist Vertrauen zu haben. Die Königin hat uns auf ihr Gartenfest eingeladen, weil sie das Kensington Crown wertschätzt. Und dass sie dies tut, davon weiß nun ganz London.«

»Dann hast du also vor, dich auf unseren guten Namen zu verlassen?« Betty verschränkte ungläubig die Arme vor der Brust.

Maryanne dachte nach, nickte dann aber. »Ja, das habe ich, Betty. Weil es alles ist, was uns geblieben ist.«

Betty lachte argwöhnisch auf. »Wir alle hatten Rob von Herzen gern, aber du … du hättest seinen Antrag nicht annehmen dürfen.«

»Was sagst du da?« Der Löffel glitt aus Maryannes Fingern, streifte die Tischkante und fiel klirrend auf den Boden. Der herbe Duft der Teeblätter, die nun vor ihr verstreut lagen, kroch Maryanne in die Nase und erinnerte sie daran, wieder zu atmen. Hatte sie eben richtig gehört?

Betty seufzte, sah beschämt auf ihre Schuhe, dann zaghaft in Maryannes Gesicht. »Ich weiß, du wolltest nie heiraten und dass es dir um den Erhalt des Kensington Crown ging, als du Robs Antrag annahmst.«

Maryanne schüttelte energisch den Kopf. »Das … Das ist nicht wahr.«

»Doch, ist es.«

Maryanne schluckte schwer. Noch nie hatte sie ihre Nichte derart bestimmt erlebt. Ihre Fassade bröckelte. Lange hatte sie versucht, diese Gedanken und die damit einhergehenden Schuldgefühle zu vergessen, nun aber brodelten sie in ihr und stiegen mit einer gewaltigen Kraft an die Oberfläche. Maryanne wurde schlecht. Sie stützte sich auf der Tischplatte ab, nahm einen tiefen Atemzug. Sie hatte keine Ahnung gehabt, dass Betty ihre einstigen Beweggründe gekannt hatte, und ihr wurde klar, wie wenig sie doch von der Wahrheit wusste.

»Rob war alles für mich«, sagte sie, ohne ihre Nichte anzusehen. »Ich habe ihn mehr geliebt, als ich es je zulassen wollte.«

»Daran habe ich auch nie gezweifelt.« Betty stöhnte leise. »Bis ich dich mit Lord Grey sah.«

Langsam schaute Maryanne zu ihr auf. Tränen quollen aus ihren Augen. »Ich habe Rob nicht betrogen.« Ihre Stimme war mit einem Mal ganz kraftlos.

»Das habe ich auch nicht behauptet. Aber ... zwischen dir und Lord Grey ... da ...«

»Wir sind nur alte Bekannte. Ich habe für ihn gearbeitet.«

»Mehr ist da nicht?« Betty klang, als würde sie ihr kein Wort glauben.

»Nein«, antwortete Maryanne dennoch.

Bettys Blick blieb noch eine Weile auf ihr. Erst das Pfeifen des Teekessels befreite Maryanne aus dem Verhör, in dem sie sich wähnte. Betty machte sich daran, die Tassen aus dem Regal zu holen und sie auf die Tabletts zu verteilen. Maryanne fühlte eine Beklommenheit in sich, die sich nicht so leicht abstellen ließ. War sie zu unvorsichtig gewesen?

Im Nachhinein musste sie zugeben, sich auf dem Gartenfest zeitweise in einem Wohlbehagen verloren zu haben, das ihr nicht zugestanden hatte. Wie etwa bei den langen, intensiven Gesprächen mit Edward und nicht zuletzt, als sie miteinander getanzt hatten. Aus einem Tanz waren drei geworden, was mehr als nur Höflichkeit füreinander ausdrückte. Zu ihrer Bestürzung hatte sie nicht einmal gemerkt, dass sie dadurch Aufsehen erregt hatte. Wenn Betty das nicht entgangen war, so fragte sie sich nun, wem war es wohl sonst noch aufgefallen?

***

Der Rest der Woche verging klanglos – und ohne dass sich Alice im Kensington Crown blicken ließ. Maryanne wollte sich deswegen nicht beunruhigen. Doch dann erreichte sie die Nachricht darüber, dass das Parlament im Oktober erneut über eine Gesetzesanpassung beraten wolle. Colin, der sich nur noch selten von seiner Arbeit loseisen konnte, wollte es sich nicht nehmen lassen, deswegen persönlich im Teehaus vorbeizukommen.

»Diesmal könnte es klappen.« Konzentriert bestrich er einen Scone mit Himbeergelee. Maryanne schenkte ihm den Tee ein. »Wie kam es dazu? Ich hatte den Eindruck, das Parlament habe mit dem Gesetz abgeschlossen.«

244

Er lächelte verschwörerisch, wischte sich mit der Serviette über den Mund und lehnte sich zu ihr vor. »Das weiß niemand so recht. Aber ... man munkelt so einiges. Es geht von einem besonders einflussreichen Adligen bis hin zur Einflussnahme Ihrer Majestät selbst.«

Maryanne hob verdattert die Brauen, doch Colin war noch nicht fertig. »Willst du meine bescheidene Meinung hören?«

»Unbedingt!« Sie horchte auf.

»Ich denke, beides stimmt.«

Maryannes Herz klopfte plötzlich schneller.

»Um die Tattergreise im Oberhaus dazu zu bringen, ihre Entscheidung zu revidieren, ist schon sehr viel Druck von oben nötig. Wie ich hörte, hast du dich gut geschlagen auf dem Gartenfest Ihrer Majestät?«

»Das wird wohl kaum der Grund sein, für ...«

Er lachte kurz hell auf, wurde dann wieder ernst. Gedankenvoll starrte er vor sich hin. Maryanne tat es ihm grübelnd nach. Konnte es wirklich möglich sein, dass sie ein Umdenken bewirkt hatte? Sie glaubte nicht daran, es allein geschafft zu haben. Die richtigen Freunde, die richtigen Verbündeten hatten ihnen diesen Weg geebnet. Nun blieb nur zu hoffen, dass ihr Einfluss weit genug reichte.

Noch am selben Abend schrieb Maryanne ihrer Schwester, dass es ihrer Mutter wieder besser ging, sie sich aber weiterhin schonte. Sie schrieb auch von den hoffnungsvollen Neuigkeiten, die Colin ihr überbracht hatte. Gertrud fieberte wie sie der Erweiterung der Frauenrechte entgegen. Obgleich sie sich früher nie für Politik hatte begeistern können, hatte Maryanne sie regelrecht mit ihren Ambitionen angesteckt. Sie schrieben sich oft seitenlange Briefe, in denen sie sich darüber austauschten, wo sie Verbesserungen für das Volk sahen und was das Leben lebenswerter machen könnte. Die Mutterschaft hatte Gertrud dazu gebracht, sich mehr mit der Zukunft auseinanderzusetzen, die – wenn es nach ihrer Ansicht ging – den Kindern gehörte.

***

Als Maryanne das letzte Mal in Palace Green gewesen war, wäre sie beinahe erdrosselt worden. Nie würde sie den Tag vergessen, an dem sie sich ins Arbeitszimmer des gerissenen amerikanischen Investors Benedict Bloom gewagt hatte, um ein Geständnis von ihm zu erzwingen. Die meisten, die davon erfahren hatten, hatten sich, schockiert über ihr tollkühnes Verhalten, die Hand vor den Mund geschlagen. Viele waren unentschlossen, ob sie sie für verrückt oder heldenhaft hielten. Nur in einer Sache waren sich die Menschen einig gewesen: Sie hätten es vor Angst nicht über sich gebracht, diesem Mann entgegenzutreten, der vor nichts zurückgeschreckt war. Nicht einmal davor, das Hinterhaus des Kensington Crown in Brand zu stecken, um es damit wertlos zu machen und den Verkauf an ihn zu erzwingen. Maryanne wusste noch, wie nervös sie gewesen war, wie sie gezögert hatte, die Eingangsstufen zu seinem Haus hinaufzusteigen. Damals war es Robert gewesen, der sie begleitet und bestärkt hatte. Nun stand Blooms Haus leer. Mit seiner Entscheidung, sich dem Gesetz zu entziehen, hatte er seinen Besitz in England aufgegeben. Was damit geschehen würde, konnte niemand sagen.

»Wie sehe ich aus?« Die Unsicherheit in Bettys Stimme holte Maryanne aus ihren tiefen Gedanken. Abrupt wandte sie sich ihr zu und lächelte versöhnlich. »Du siehst zauberhaft aus, Betty. Als gehörtest du hierher. Mein Kleid steht dir.«

Bettys Augen strahlten vor Erleichterung. Immer häufiger durfte sie sich am Kleiderschrank ihrer Tante bedienen und oftmals musste Maryanne zugeben, dass die Sachen an ihr sogar besser aussahen.

Beklommen schaute Maryanne an der weißen Fassade des Stadthauses hinauf, in das Edward sie eingeladen hatte. Sie war dankbar, dass er auch Betty gebeten hatte mitzukommen, denn Emily, so hatte er geschrieben, wolle sie gerne wiedersehen. Maryanne versprach sich von dem gemeinsamen Nachmittag, einige Unklarheiten auszuräumen. Immerhin, so hatte sie feststellen müssen, war Betty nicht abgeneigt gewesen, sie nach Palace Green zu begleiten. Auch wenn sie nicht mehr mit ihr darüber gesprochen hatte, was sie geglaubt hatte, zwischen ihr und Edward gesehen zu haben, hatte Maryanne dennoch das Gefühl, dass seitdem etwas zwischen ihnen stand. Ein ruhiger Nachmittagstee, so hoffte Maryanne, würde sie schon davon überzeugen, dass sie lediglich gute Bekannte waren, die einander schätzten – nicht mehr und nicht weniger.

Ein Diener führte sie in den Salon, aus dem melancholisches Klavierspiel drang. Sobald Maryanne und Betty den Raum betraten, hörte es auf. Emily schoss so schnell vom Instrument hoch, dass ihre blonden Locken auf ihren Schultern wippten.

»Miss Landerton! Betty!« Stürmisch begrüßte sie die beiden. Ihr Onkel hingegen kam gemächlicher auf sie zu.

»Erfreulich, dass Sie es einrichten konnten«, sagte er. »Bitte, nehmen Sie doch Platz.« Er wies zu den barocken Sitzmöbeln. Eine Bedienstete brachte den Tee, schenkte ihnen ein und reichte Maryanne eine Tasse. Diese hielt kurz inne, denn ein markanter Duft ging von dem Aufguss aus. Herb, rauchig, blumig. Vielsagend sah Maryanne daraufhin zu Edward. »Dann haben Sie nun auch seine Vorzüge erkannt?«

Er lächelte verstohlen. »Um ehrlich zu sein, hoffe ich immer noch, ihn irgendwann zu mögen.«

»Ach, Sie mögen ihn gar nicht?« Verwirrt runzelte sie die Stirn. »Und warum trinken wir dann heute Grünen Tee?«

Er schaute beschämt drein, wechselte einen schnellen Blick mit Emily, die ein breites Grinsen nicht zurückhalten konnte, und räusperte sich verlegen.

Im Verlauf des Nachmittags verschlug es Emily und Betty zu einer Partie Dame in den hinteren Bereich des Salons. Und Maryanne brachte den Mut auf, ihre Gedanken auszusprechen.

»Sie … Sie haben sie nicht vergessen. Meine Lieblingssorte.« Es war keine Frage, sondern eine Feststellung. Bei ihrer ersten gemeinsamen Teestunde auf Roslyn Park hatte sie ihm erzählt, dass sie Grünen Tee am liebsten trank. Eine unbedeutende Neigung, die sie eher beiläufig erwähnt hatte. Offenbar nicht für ihn.

»Empfinden Sie das als unpassend?«, fragte er ernst.

»Nein. Ich fühle mich geschmeichelt, dass Ihnen eine solche Nichtigkeit im Gedächtnis geblieben ist.«

»Nichtigkeit.« Er schüttelte leicht den Kopf.

Maryanne versuchte, in seinem Gesicht zu lesen. Was ging in ihm nur vor? Was verbarg sich hinter seinen tiefblauen Augen? Hinter seiner maskulinen Ausstrahlung? Ihr nachdenklicher Blick glitt hinunter zu seinen Händen, die locker auf seinen Schenkeln auflagen. Ob er sich in ihrer Gegenwart ähnlich verzaubert fühlte wie sie in seiner? Eine wohlige Wärme breitete sich in ihrer Magengegend aus, als sie diese Vorstellung zuließ. Edward war ihre erste Liebe und die, so hatte Alice es einmal gesagt, vergaß man nie. Doch Edward war nicht nur der erste Mann in Maryannes Leben, den sie begehrt hatte, er war auch ein ewiges Geheimnis. Ein Mysterium, von dem sie sich immer noch genauso angezogen fühlte wie an ihrem ersten Tag in Roslyn Park. Während sie versuchte zu entschlüsseln, wie beides zusammenpasste, ließ sie ihren Blick umherschweifen. Das Gemälde einer Frau, mit liebreizenden Gesichtszügen, das über dem Kamin hing, nahm sie gefangen. Warum war es ihr zuvor nicht aufgefallen? Nun konnte sie sich nicht mehr davon lösen.

»Wer ist sie?«, hörte sie sich fragen.

Edward stieß leise seinen Atem aus, bevor er sich langsam im Sitz zu dem Gemälde drehte. »Das ist Anne. Meine Frau.« Seine Stimme war zum Ende hin schwächer geworden.

Bedauernd sah Maryanne zu ihm. Er wirkte bedrückt, als hätte sie soeben eine Wunde wieder aufgerissen, über der lediglich ein lockerer Verband gelegen hatte.

Sie suchte nach der Bernsteinkette und schloss die Finger um die glatten Perlen, die ihre Körperwärme angenommen hatten. In diesem Moment war Roberts Kette, wie so oft, ihr Anker. Ihr Weg zurück zu Vernunft und Anstand.

»Wir … Wir sollten aufbrechen«, sagte sie und erhob sich so schnell, dass ihre Knie den Tisch berührten und das Porzellan ins Wackeln geriet. Edward stand ebenfalls auf. Seine Miene drückte Unbehagen aus, aber auch Hilflosigkeit.

»Betty!« Maryanne rief sie eilig zu sich.

»Aber … wir sind doch gerade erst gekommen. Unser Spiel …« Sie deutete zum Spieltisch hin, neben dem Emily mit irritierter Miene stand.

Maryanne rang sich ein Lächeln ab. »Wir können Lord Greys Zeit nicht noch länger in Anspruch nehmen. Außerdem erwartet uns Großmama im Kensington Crown zurück. Wir haben noch zu arbeiten.«

»Lass mich wenigstens das Spiel beenden.« Betty sah sie flehend an.

»Ein anderes Mal.« Maryanne verneigte sich vor Edward. Betty tat es ihr unwillig nach.

»Haben Sie vielen Dank für die freundliche Einladung, Mylord. Auf Wiedersehen, Emily.«

»Ich hoffe, wir sehen uns ganz bald«, sagte Emily.

Maryanne nickte ihr zu, dann eilte sie hinaus, ohne Edward Gelegenheit zu geben, sich noch einmal zu äußern.

»Was sollte das denn?« Vor dem Haus machte Betty ihrem Unmut Luft. »So plötzlich zu gehen, das war unhöflich, Tante Maryanne.«

Maryanne sah verbissen nach vorn, während sie die Allee hinuntergingen, vorbei an Blooms leer stehendem Haus und schließlich am Kensington-Palast.

»Willst du jetzt etwa zu Fuß nach Hause? Tante Maryanne?« Betty wedelte mit der Hand vor Maryannes Gesicht.

»Der Spaziergang wird uns guttun«, antwortete Maryanne heiser.

»Ich hatte mich gerade so schön mit Emily unterhalten. Da habe ich zum ersten Mal, seit Katie weggezogen ist, eine Freundin, mit der ich mich austauschen kann, und du unterbindest es.«

Maryanne wurde langsamer, seufzte auf und wandte sich Betty zu. »Das tut mir leid.«

Betty legte den Kopf schief und kniff die Augen zusammen. »Ich sehe doch, wie ihr euch anseht. Bitte sei ehrlich, Tante. Was verbindet dich und Lord Grey?«

»Nichts«, raunte Maryanne in einem Ausatmen. »Nur die Schatten der Vergangenheit.« Sie setzte sich wieder in Bewegung und gab den Heimweg vor.

Kapitel 25

Der Herbst fegte erneut das Laub durch die Stadt und erinnerte Maryanne an die Vergänglichkeit aller lebenden Dinge. Daran, dass alles einmal zu Ende ging. Die Natur aber würde sich wieder neu erfinden. Doch noch dauerte es bis zum Frühling. Zwischen ihnen lag ein langer, kalter Winter. Zum ersten Mal dachte Maryanne auch an die Bäume im königlichen Garten. Sie stellte sich vor, wie kahl sie schon waren und fragte sich, welche Stimmung wohl im Garten Ihrer Majestät herrschte und wie die exotischen Pflanzen für die nahende Kälte vorbereitet wurden. Was die Gärtner wohl auffahren mussten, um sie vor dem Tode zu bewahren? Ohne ihre Fürsorge würden die wärmeliebenden Gewächse sicherlich keinen weiteren Frühling erleben.

Mit den letzten Blättern der alten Eiche im Hinterhof des Kensington Crown ging auch die Hoffnung auf eine Gesetzesanpassung für unverheiratete Frauen verloren. Das Parlament sprach sich endgültig dagegen aus. Und als wäre dies nicht bereits schlimm genug, hatte Stuart von sich hören lassen. Da sich Maryanne offenbar nicht dazu durchringen könne, ihn zum Mann zu nehmen, sehe er sich zu einem entscheidenden Schritt gezwungen, so hatte er Anthony mitgeteilt. Wie üblich hatte er die Landerton-Frauen bei seiner Entscheidung übergangen und sich direkt an ihn gewandt. Dieser hatte seine Schwester schweren Herzens davon unterrichtet, dass Stuart entschieden hatte, den gesamten Besitz, den er von Robert geerbt hatte, zu veräußern. Das Kensington Crown hatte bereits einen neuen Eigentümer. Damit hatte er die Landertons vor vollendete Tatsachen gestellt. Für Maryanne war der Tiefpunkt erreicht. Zum ersten Mal seit Langem wusste sie sich keinen Rat. Sie musste loslassen – ein für alle Mal.

Den Stammgästen hatte Maryanne die schlechten Nachrichten bereits überbracht. Lady Drummond, Mrs Ashton sowie die Cotton-Brüder hatten fassungslos reagiert. Doch keiner von ihnen, auch nicht Lady Drummond, konnte noch etwas am Schicksal der beliebten Teestube ändern. Indem Stuart das Haus ohne Vorwarnung verkauft hatte, hatte er ihnen allen die Möglichkeit genommen, zu intervenieren.

»Ich hätte schon noch einen ehrenhaften Käufer gefunden, der es euch verpachtet hätte«, hatte Lady Drummond erhitzt verlauten lassen, nachdem Maryanne ihr mitgeteilt hatte, dass sie London schon bald verlassen würden und sie die Reservierung des Hinterhauses deshalb mit ihrem Nachfolger ausmachen musste. Obwohl es Maryanne nun ohnehin nicht geholfen hätte, fand sie für die Weigerung des Parlaments, das Erbrecht lediger Frauen anzupassen, klare Worte: verschlagen und boshaft. Kurz bevor sich Lady Drummond von ihr verabschiedet hatte, hatte diese nochmals deutlich gemacht, dass sie nicht vorhatte, klein beizugeben, und versprochen, sie würde es dem neuen Pächter nicht leicht machen. Ihre aufbauenden Worte hatten Maryanne gerührt, aber sie hatten sie auch traurig gestimmt, weil sie sie daran erinnerten, dass sie zur

Kapitulation gezwungen wurde. Plötzlich musste sie sich völlig neu ordnen und einen Weg einschlagen, vor dem sie sich stets gefürchtet hatte. Auch wunderte sie sich darüber, dass Alice, von der sie doch geglaubt hatte, sie sei ihr eine Freundin geworden, sich in Schweigen hüllte. Seit Wochen hatte sie sie weder gesehen noch hatte sie etwas von ihr gehört.

***

Seit dem frühen Morgen packte sie zusammen, was ihnen wichtig war. Sie konnten unmöglich alles mitnehmen. Ursula hatte ihnen angeboten, bei ihr in Mayfair zu wohnen, und tatsächlich hatte Maryanne gründlich über diesen Vorschlag nachgedacht. Sie war jedoch zu dem Schluss gekommen, dass die Nähe zu Kensington ihnen stets ihren Verlust vor Augen führen würde, weshalb sie einen kompletten Neuanfang in York für sinnvoller für sie alle hielt. Vorerst würden sie also bei Gertrud unterkommen. Nur so lange, bis Henry eine bezahlbare Wohnung für sie gefunden hatte. Mit trübsinniger Miene wickelte Maryanne das edle Familiengeschirr in Papier, verstaute es sorgfältig in der Reisetruhe, so wie sie es ihrer Mutter versprochen hatte. Um Bertha nicht noch weiter zu belasten, hatte Maryanne sie bereits vor drei Tagen zu Gertrud nach York vorgeschickt. Sie wusste, es war einst ihr Wunsch gewesen, bei ihr zu wohnen. Wenigstens diesen konnte sie ihr nun erfüllen. Ohnehin hatte Dr. Bench Bertha zur Schonung geraten. In den vergangenen Monaten war es ihr jedoch schwergefallen, sich daran zu halten.

In der Teestube hatte es einfach immer etwas zu tun gegeben, und es war ihr nicht gelungen, die ganze Arbeit anderen zu überlassen, obgleich Maryanne und Betty sie dazu angehalten hatten. Vielleicht, so dachte Maryanne nun resignierend, war es gut, dass es so gekommen war. Sie selbst würde bis zum Schluss bleiben und dann zusammen mit Betty ihrer Mutter nach York folgen.

»Was wird aus uns werden?« Charlotte reichte ihr eine filigrane Tasse aus dem Regal. Die Bediensteten hatten sich um sie geschart, seit sie von den Veränderungen erfahren hatten, die sie alle betrafen.

»Nun, ich kenne den neuen Besitzer nicht, aber ich könnte mir vorstellen, dass er euch weiterbeschäftigen wird. Ihr seid mit den Abläufen in der Teestube vertraut, und ich denke, es wird in seinem Interesse sein, dass alles vorerst seinen gewohnten Gang geht. Denn immerhin, der gute Name unseres Teehauses soll bestehen bleiben.«

»Es ist eine solche Unverfrorenheit von diesem hartherzigen Mr Webber, Sie von hier zu vertreiben, nur weil Sie sich geweigert haben, ihn zu heiraten. Und von diesem neuen Besitzer, einen Vorteil aus Ihrem guten Namen zu ziehen«, zischte Sophie erbost.

»Sie hat recht.« Prudence wischte sich eine Träne aus dem Augenwinkel. »Sie, Miss Landerton, sind das Kensington Crown.«

Maryanne schluckte ihre Niedergeschlagenheit hinunter und zwang sich, die Fassung zu bewahren. »Ich danke euch.« Sie umarmte Charlotte, Sophie und Prudence, dann machte sie sich weiter daran zu packen. Schon morgen erwarteten sie den neuen Eigentümer.

Bis dahin mussten ihre Habseligkeiten verstaut sein. All das, was sie tragen konnten, und das, was in ihrer Truhe Platz fand. Erinnerungsstücke, wie das Lieblingsservice ihrer Mutter mit dem Blumenmotiv und eine der ersten silbernen Teekannen, die ihr Vater für das Kensington Crown angeschafft hatte. Je eine Dose ihrer Lieblingsteesorten und der alte Teekessel, mit dem vor mehr als dreißig Jahren alles begonnen hatte. Im weiteren Verlauf des Tages nahm sich Maryanne die Zeit, Abschied zu nehmen. Sie ging durch die Gaststube, strich mit den Fingerkuppen über die Tische, die Stühle und verabschiedete sich von dem Ausblick aus dem Fenster, der ihr so lieb geworden war. Danach ging sie in die Küche, sagte ihr Lebewohl und sah sich anschließend im Hinterhof um. Ehrfürchtig berührte sie den Stamm der alten Eiche, blickte hinauf zur kahlen Krone. Wattebauschartige Wolken zogen den Himmel entlang und die Sonne kam zwischen ihnen hervor. Ihre wärmenden Strahlen trafen das Hinterhaus und Maryanne verharrte einen Moment davor. Erinnerungen an eine unbeschwerte Zeit schossen in ihr hoch, wie etwa das Wiedersehen mit Robert. An jenem Sommertag hatte sie gleich hier seine Freunde Colin, Charles und George kennengelernt, die im Laufe der Zeit auch zu ihren Freunden geworden waren. Sie sah ihren Vater vor sich, wie er sich um die Gäste bemüht hatte, ihre Mutter, die in ihrer Arbeit im Teehaus unverhofft aufgeblüht war. Gertrud, wie sie in der Küche die köstlichsten Sachen gezaubert hatte, und die kleine Betty, die stets einen Weg gefunden hatte, Gebäck von ihr zu stibitzen.

Stuart hatte ihr über Anthony ausrichten lassen, dass er sie bat, den neuen Eigentümer herumzuführen, ihm alles zu zeigen. Bei dem Gedanken an diese lästige Pflicht drehte sich ihr der Magen um.

»Wie hat Samuel es aufgenommen?«, fragte Maryanne, als sie am Abend mit Betty im Salon vor dem Kamin saß.

»Er hat versprochen zu schreiben. Und mich in York zu besuchen.« Betty hatte den Kopf an ihre Schulter gebettet.

Maryanne strich ihr das Haar zurück und schlang die Decke enger um sie, in die sie beide gehüllt waren. Draußen war es kälter geworden. Der Wind pfiff ums Haus und drang durch jede Ritze. Sie wärmten sich die Hände an heißem Tee mit Orangenaroma – eine neue Sorte aus Übersee, deren fruchtiger Duft den ganzen Raum erfüllte.

»Ich habe überlegt, Gouvernante zu werden, so wie du es warst, Tante.«

Maryanne lächelte mit leiser Wehmut. Bettys Idee kam unerwartet, doch sie erschien ihr vernünftig. Wenigstens hatte sie einen Plan für die Zukunft. Sie machte sich Gedanken. Etwas, das Maryanne nicht gelingen wollte.

»Was wirst du in York machen?« Betty richtete sich auf und schaute sie neugierig an.

»Ich weiß es noch nicht.« Maryanne war bemüht, die nagende Ungewissheit in ihrer Stimme zu verstecken. »Aber ... ich werde schon irgendetwas finden.«

»Es wird dir sehr fehlen, habe ich recht? Das Kensington Crown war dein Leben.« Das Mitgefühl in Bettys Ausdruck ließ Maryanne schlucken. Es schnürte ihr das Herz zusammen, denn sie hatte ausgesprochen, was sie zu verdrängen versuchte. Sie biss sich auf die Lippe, um den Schmerz zu ersticken, der unaufhaltsam in ihr hochkochte.

»Das Leben sollte nicht nur aus Arbeit bestehen«, sagte sie, um sich selbst zu beruhigen, doch sie scheiterte. Tränen flossen unter ihren geschlossenen Lidern hervor und kullerten ihr über die Wangen, ehe sie wusste, was geschah.

»Ach, Tante.« Betty schluchzte und Maryanne schloss sie in ihre Arme. In diesem Moment ließen sie ihrer Traurigkeit freien Lauf und beweinten gemeinsam das verlorene Erbe ihrer Familie.

Kapitel 26

Gespenstischer Nebel verschleierte Londons Straßen. Das Wetter schien dem Anlass angemessen. Es spiegelte wider, wie sich Maryanne fühlte: gefangen in einer undurchsichtigen Welt, ohne zu sehen, was vor ihr lag.

Voll Anspannung erwartete sie die Ankunft des neuen Eigentümers. Ein letztes Mal machte sie ihre Runde durchs Haus, schloss im Arbeitszimmer ihres Vaters die Finger um die hohe Lehne seines Stuhls. Wie oft hatte er in diesem Stuhl gesessen. Wie viele Stunden hatte sie in den vergangenen vier Jahren darin verbracht. Das Klopfen an der Tür klang ihr wie ein unnachgiebiges Hämmern in den Ohren. Maryanne ballte so fest die Fäuste, dass ihre Fingerglieder schmerzten.

»Soll ich aufmachen?« Betty war hinter sie getreten.

»Nein. Ist schon gut. Ich muss das tun.« Maryanne strich so langsam durch die Gaststube, als wäre es ihr Gang zum Schafott. Alles in ihr weigerte sich, die Tür aufzusperren und jemanden hereinzulassen, der ihr alles fortnehmen würde. Widerwillig öffnete sie. Zu ihrer Verwunderung blickte sie in Alice' Gesicht.

»Guten Morgen, Maryanne.«

»Alice ...« Mehr brachte Maryanne nicht heraus.

»Ich weiß, mein Besuch ist schändlich überfällig.«

»Ja. Ich meine ... nein.« Maryanne wusste nicht, wo ihr der Kopf stand. »Es ist gerade ungünstig.«

»Ist es das? Ich denke nicht, denn ... ich überbringe die besten Grüße Ihrer Majestät.«

»Vielen ... Dank.« Maryanne war nicht sicher, womit sie diese Ehre verdient hatte. Warum ausgerechnet jetzt, wo sie doch an ihrem Tiefpunkt angelangt war?

Alice ging nicht auf ihr Zetern ein. Stattdessen schaute sie an Maryanne vorbei und rümpfte aufgrund der leeren Gaststube die Nase. »Die Tische sind ja noch gar nicht eingedeckt.«

»Wir haben geschlossen. Bis auf Weiteres.« Sie konnte nicht glauben, dass Alice noch nichts vom Verkauf des Kensington Crown erfahren hatte. Ganz London sprach doch darüber. Colin hatte ihrem Teehaus einen Zeitungsartikel gewidmet, in dem er dessen nostalgischen Wert rühmte. Sein Text war fast schon einer Traueranzeige gleichgekommen. Betty jedenfalls hatte geweint wie ein Schlosshund, als sie ihn gelesen hatte.

Alice' Schultern hoben und senkten sich in einem tiefen Atemzug, dann manövrierte sie sich an Maryanne vorbei, hinein in die Gaststube. Verdattert schloss Maryanne die Tür hinter ihr. »Alice, es ist wirklich kein guter Zeitpunkt. Wir erwarten jeden Moment den neuen Eigentümer.«

»Tatsächlich?« Sie lächelte verschwörerisch. »Und ich hatte schon befürchtet, ich käme zu spät.«

»Sie ... Sie sind gar nicht überrascht und es schockiert Sie auch nicht, dass wir die Teestube verloren haben?« Maryanne nahm kein Blatt vor den Mund. Fassungslos sah sie zu, wie Alice das Geöffnet-Schild ins Fenster hängte.

»Darf ich vielleicht erfahren, was das soll?« Maryannes Mund stand offen, als Alice sich ihr zuwandte. Blitzte da etwa Schadenfreude in ihren Augen auf?

Maryanne wollte etwas sagen, Alice verdeutlichen, dass sie weder die Zeit noch die Lust dazu hatte, mit ihr zu diskutieren, doch dann klopfte es erneut an der Tür und Maryanne fuhr erschrocken zusammen.

»Wer das wohl sein kann?« Alice machte ein paar tänzelnde Schritte im Raum.

»Wahrscheinlich ein Gast. Wegen des Schildes!« Maryannes Blick ruhte kurz nachtragend und verständnislos auf ihr. Was war nur in Alice gefahren? Sie musste den Verstand verloren haben. Achtlos riss Maryanne die Tür auf und erschrak sogleich.

»Edward? Ich meine ... Lord Grey.« Sie senkte kurz beschämt den Blick. »Was ... Was führt Sie zu uns?«

Hinter ihm trat Emily in Erscheinung. Maryanne zog verwirrt die Brauen tief.

»Dürfen wir eintreten?« Edward deutete an ihr vorbei. Verdattert nickte Maryanne, zog die Tür weiter auf und machte Platz. Edward und Emily begrüßten Alice mit einem wohlwollenden Nicken. Maryanne wurde das Gefühl nicht los, dass sie nicht zufällig an diesem Morgen im Kensington Crown zusammengekommen waren.

»Wahrlich. Es ist ungemein hübsch. Genauso wie du es beschrieben hast, Onkel.« Emily sah sich begeistert in der Gaststube um.

Maryannes Skepsis wuchs, doch sie blieb höflich. »Ich ... würde Ihnen ja gerne etwas anbieten, aber ... die Küche ist geschlossen.«

Edward sah sich flüchtig nach der Küchentür um. »Wie bedauerlich. Erwarten Sie heute etwa keine Gäste, Miss ... Landerton?«

Sie schluckte, weil er sie mit einer Eindringlichkeit betrachtete, die ihr den Atem raubte. »Nur einen«, murmelte sie dann.

Betty kam aus dem Arbeitszimmer in die Stube. »Guten Morgen.« Ihr fragender Ausdruck wich der Freude über Emilys Besuch.

Sie knickste damenhaft vor ihr, Alice und Lord Grey.

Einen Augenblick lang standen alle in einträchtiger Stille da, bis Alice die Geduld verlor.

»Also ich weiß ja nicht, was ihr vorhabt, aber ... ich hätte jetzt gerne eine schöne Tasse Tee.« Sie legte Mantel, Schal und Hut ab und setzte sich an ihren Tisch in der Ecke unter dem Fenster.

Betty tauschte einen ratlosen Blick mit Maryanne. Diese nickte. »Eine letzte Kanne kann nicht schaden«, sagte sie.

Betty lächelte. »Möchtest du die Küche sehen?«, fragte sie anschließend Emily.

»Oh ja, nur zu gerne«, antwortete diese. Gemeinsam verschwanden die jungen Frauen aus dem Gastraum. An ihrem Tisch in der Ecke unter dem Fenster schlug Alice ihr Buch auf und tat ganz versunken. Maryanne aber entging nicht, dass sie in regelmäßigen Abständen erwartungsvoll zu ihr und Edward aufschaute.

Angespannt sah Maryanne zur Tür.

»Freuen Sie sich denn, uns zu sehen?«, fragte Edward und suchte verunsichert ihren Blick.

»Gewiss doch. Wie freundlich, den Besuch zu erwidern. Es ist nur so ... dass es momentan etwas unpassend ist.«

»In der Tat, ich habe schon bemerkt, dass das Teehaus geschlossen ist. Gibt es dafür einen Grund?«

Maryanne nahm einen tiefen Atemzug, bevor sie antwortete. »Es gibt einen neuen Eigentümer. Wir erwarten seine Ankunft in diesem Augenblick.«

Sie wagte es kaum, ihn anzusehen, wollte sich sein Mitleid ersparen, doch als sie in sein Gesicht blickte, war sein Ausdruck ganz und gar nicht mitleidig. Ein sanftes Lächeln lag darüber, das sie nur noch mehr verwirrte.

»Miss Landerton ... Maryanne.« Er näherte sich ihr.

Sie stand einfach nur da, unfähig, sich zu bewegen, ließ sie es zu, dass er ihre Hand nahm. Er blickte ihr tief in die Augen und ihr Herz geriet ins Stolpern.

»Sie?«, sagte sie leise und schüttelte den Kopf ob der Ironie, die sich ihr plötzlich zeigte. »Sie sind der neue Eigentümer.« Mit einem Mal lag die Wahrheit so glasklar vor ihr, dass sie nicht danach zu fragen brauchte.

»Es ... war der Vorschlag der Königin.« Er klang ein wenig verlegen.

»Der ... Königin?« Maryanne entriss ihm ihre Hand. Sie blinzelte verwundert, sah zu Alice, deren Grinsen über den Rand ihres Buches hinausging, das sie vor ihr Gesicht hielt.

Langsam wandte sich Maryanne wieder Edward zu.

»Die Königin, ja. Sie ... Sie machte auch noch einen weiteren Vorschlag.« Er kam näher. »Nun, vielmehr war es ein Befehl.« Er lächelte, sah sie durchdringend an. »Ein Befehl, den ich mit größter Freude ausführen würde.«

»Und ... der wäre?« Maryannes Stimme zitterte, sie hielt die Anspannung kaum aus.

Edwards Blick ruhte entschlossen auf ihrem Gesicht und Wogen heftiger Empfindungen schossen durch ihren Körper.

»Werde meine Frau, Maryanne Landerton.« Seine Worte waren wie ein Blitz. Er hielt ihren Blick gefangen, machte es ihr unmöglich, ihm zu entkommen. Aber ... wollte sie das denn?

Er nahm erneut ihre Hand, strich zärtlich mit seinen Fingerkuppen darüber. Und als Maryanne hinuntersah, entdeckte sie den goldenen Ring, den er ihr angesteckt hatte.

Edward räusperte sich, während er vor ihr auf die Knie ging. »Ich weiß, ich kann nicht von dir erwarten, dass du deine Freiheit aufgibst, aber ...« Er schaute kurz zu Boden, dann holte er tief Luft. »Das Schicksal hat uns mehr als einmal zusammengeführt. Und gewiss hat es einen guten Grund dafür. Glaubst du das denn nicht auch?

»Edward ... Ich ...« Sie starrte sich am Ring fest. Überrascht, überführt.

»Nach dem Tod meiner Tante habe ich mich von allen Verpflichtungen losgelöst. Und nun, nachdem auch meine liebe Anne fort ist ... da gibt es nur noch Emily und mich. Vervollständige uns.« Er betrachtete sie flehend.

»Ich ... weiß nicht, was ich sagen soll.« Maryannes Stimme war belegt.

»Du kannst das Teehaus weiterführen wie bisher – egal, wie du dich entscheidest. Aber wenn du mich willst, dann … Dass du arbeitest, würde mich nicht stören. Wir könnten Vorreiter sein, auch in anderen gesellschaftlichen Belangen. Wir könnten endlich zusammen sein. Nach all der Zeit. Maryanne, was trennt uns jetzt noch? Ich will … Ich kann nicht mehr ohne dich leben.« Seine Hand schmiegte sich um ihre Taille. Willenlos ergab sich Maryanne seiner Führung. So lange hatte sie sich danach gesehnt, ihm nah zu sein. Sie hatte es sich nicht eingestehen wollen, doch seit sie ihn wiedergesehen hatte, war sie ihm erneut verfallen.

»Bitte, sag Ja.« Er berührte sanft ihre Wange und erinnerte sie auf diese Weise daran, dass sie ihm noch eine Antwort schuldig war. Tränen füllten, wie so oft in den vergangenen Tagen, ihre Augen. Diesmal waren sie anderen Ursprungs. Ihre Hand lag an seinem Hals, fuhr von dort aus sanft in seinen Nacken. Mit zärtlichem Druck zog sie ihn zu sich heran.

»Ja. Ja!«, sagte sie und lachte auf, weil das pure Glück sie durchströmte.

In Edwards blauen Augen blitzte erst Erleichterung auf, dann die Freude. Er umschloss sie mit beiden Händen, hob sie an. Maryanne neigte leicht den Kopf. Und als er sie sacht hinunterließ, bedeckten ihre Lippen seine. Sie blieben eng umschlungen, vereint in einem langen, zärtlichen Kuss, der die Vergangenheit für beide zurück in die Gegenwart holte.

Die Emotionen, die Maryanne in dem Moment überrollten, ließen sie aufseufzen. Mit ihnen erschloss sich ihr eine Weisheit, die Herz und Verstand auf nie dagewesene Weise einte.

Sie beide waren gereift, sie hatten gelebt und sie hatten geliebt. Doch alles, was sie erfahren hatten, war Teil ihrer Reise gewesen. Jeder einzelne Moment hatte sie zu diesem Augenblick hingeführt – zueinander.

Kapitel 27

Mai, 1899

Die Rosen, die sie mitgebracht hatte, leuchteten in den unterschiedlichsten Farben: in Gelb, Rosa, Rot und Weiß und verströmten dabei ihren angenehm süßlichen Duft im Kensington Crown. Neue Teesorten waren aus den Kolonien eingetroffen. Maryanne hatte es sich nicht nehmen lassen, sie an diesem Morgen noch einmal persönlich in Empfang zu nehmen. Genussvoll schwenkte sie die Tasse mit dem rötlich schimmernden Inhalt in ihrer Hand. Assamtee gehörte mittlerweile zu ihren Favoriten. Der malzige, süßliche Geschmack erinnerte sie an ihre Jugendtage und brachte sie mit jedem Schluck zurück in eine Zeit der Schwerelosigkeit, in der sie noch keine Kenntnis von der Zukunft hatte. Weder von den sorgenreichen noch den glücklichen Tagen, die all ihre Erwartungen übertroffen hatten. Noch immer war das Hinterhaus ein Ort der Zusammenkunft, an dem sich fortschrittliche Frauen trafen, um für ihre Rechte einzustehen. Ihre Stimmen waren in den vergangenen Jahren stetig lauter geworden. Schon bald, so ahnte Maryanne, würden sie überall im Land gehört werden. Die Veränderung, von der Robert einst gesprochen hatte, war im Begriff, Gestalt anzunehmen und Maryanne hoffte inständig, dass sie sie noch erleben würde. Er hatte sie damals daran erinnert, dass alles seine Zeit brauchte. Das hatte sie nie vergessen.

In der Gaststube hatte sie ein Regal mit wertvollen Andenken geschaffen. So befand sich Keats' Gedichtband neben einem Säckchen mit Pfefferminztee und der Bernsteinkette, die ihr Robert einst geschenkt hatte. Gedankenverloren strich Maryanne über das fein geschliffene Glas, das von ihrem ersten Ausflug ans Meer erzählte und die Katzenmaske, die sie auf dem Ball in Roslyn Park getragen hatte. So viele Erinnerungen. Ein ganzes Leben.

Inzwischen war Betty der neue, gute Geist des Kensington Crown geworden. Gemeinsam mit ihrem Mann Samuel führte sie die Teestube ins nächste Jahrhundert und Maryanne konnte sich niemanden vorstellen, der besser dafür geeignet wäre.

Fast dreißig Jahre hatte Maryanne den Tee für ihre Gäste zubereitet. In letzter Zeit war sie jedoch immer seltener im Kensington Crown gewesen. Seit dem Tod ihrer Mutter vor zehn Jahren hatte sie ihren festen Wohnsitz nach Roslyn Park verlagert. Zu ihrer Familie. Zu Edward. Und allmählich fühlte es sich dort genauso zu Hause an wie in ihrer geliebten Teestube.

»Mama? Bist du so weit?« Ihr Sohn reckte seinen blonden Schopf zur Tür herein. Etwas unsicher blickte er sie aus seinen großen, tiefblauen Augen an.

»Ich bin gleich da, Will«, antwortete Maryanne.

Er nickte und verschwand wieder. Manchmal konnte sie einfach nicht glauben, wie schnell er seiner Kindheit entwachsen war. Nun war er der Erbe seines Vaters und er stand ihm in nichts nach, war ebenso schneidig, höflich und gutherzig. Manchmal glaubte Maryanne in seinem außerordentlichen Gerechtigkeitssinn aber auch ihren liebsten Freund wiederzuerkennen und auch seinen Großvater, nach dem er benannt worden war.

Maryanne folgte William wenig später hinaus. Ein kühler Wind peitschte ihr entgegen, als sie die Tür verriegelte, sorgfältig verstaute sie ihren Schlüssel in der Manteltasche. Sobald Betty und Samuel von ihrem Besuch bei Gertrud zurückkehren würden, würde sie ihn endgültig an die beiden übergeben.

Der Wind wurde heftiger. Maryanne presste eine Hand auf ihren Hut, damit er nicht fortgeweht wurde. Ihr Blick glitt die Straße hinunter, auf der die rosafarbenen Blütenblätter zu tanzen schienen, die der Wind vom Hyde Park, wie jedes Jahr um diese Zeit, verlässlich zu ihnen trug. Er wirbelte sie umher, die Blütenblätter umspülten Maryannes Füße. Aufmerksam horchte sie auf. Im Flüstern des Windes glaubte sie eine Geste zu entdecken. Den Gruß eines geliebten Freundes, eine im Rad der Zeit verloren gegangene Liebe. Maryanne folgte den Blütenblättern mit dem Blick und wandte sich wieder dem Kensington Crown zu, vor dessen Eingang sie sich drängten, als wollten sie unbedingt hineingelassen werden. Unerwartet wurde sie von einer Gewissheit erfasst, die ihr Herz erwärmte. Es schlug in einem Takt, der ihr vor vielen Jahren vorgegeben worden war – als sie jung und furchtlos gewesen war und fest entschlossen, ihren eigenen Weg zu gehen. Er war ihr, das wusste sie nun, vorherbestimmt gewesen.

Der Wind pfiff eindringlicher um die Häuser. Er schaukelte das Schild mit der Aufschrift *Kensington*

Crown sanft hin und her. Ergriffen wandte Maryanne sich dem Schild zu und war wie gebannt.

»Mylady?«, fragte der Kutscher vorsichtig.

Maryanne drehte sich zur Kutsche um, aus der William lugte. Mit einem milden Lächeln drängte er sie zur Heimkehr.

Ein letztes Mal schaute Maryanne an ihrem Elternhaus hinauf und Stolz und Glück erfüllten sie gleichermaßen. Es war ihr Erbe und es würde auf ewig ihr Vermächtnis sein.

Ende